Heinrich Bernhard Oppenheim

Friedensglossen zum Kriegsjahr von Heinrich Bernhard Oppenheim

Heinrich Bernhard Oppenheim

Friedensglossen zum Kriegsjahr von Heinrich Bernhard Oppenheim

ISBN/EAN: 9783743300491

Hergestellt in Europa, USA, Kanada, Australien, Japan

Cover: Foto ©Andreas Hilbeck / pixelio.de

Manufactured and distributed by brebook publishing software
(www.brebook.com)

Heinrich Bernhard Oppenheim

Friedensglossen zum Kriegsjahr von Heinrich Bernhard Oppenheim

Friedensglossen zum Kriegsjahr.

Von

Heinrich Bernhard Oppenheim.

Leipzig,
Verlag von Duncker und Humblot.
1871.

Vorrede.

Wohl mancher Autor, der sein Buch in die Welt schickt, wird von ängstlichen Zweifeln beschlichen, ob man demselben nicht die Existenzberechtigung bestreiten werde. Und nun gar, wenn es sich, wie in dem vorliegenden Bande, darum handelt, die Erzeugnisse vorübergehender Situationen und Stimmungen zu einem Gesammtbilde zu vereinigen. Wohl ist Vieles, das der Moment geboren, auch mit ihm zu vergehen bestimmt; Manches aber schöpft die Gewähr seiner inneren Wahrheit gerade aus der Unmittelbarkeit des Eindruckes. Unter den überwältigenden und oft betäubenden Ereignissen des letzten Jahres kam die ruhige Betrachtung nur selten zu ihrem Rechte. Wenn es jetzt zu den schriftstellerischen Aufgaben gehört, die Thatsachen und die begleitenden Umstände erzählend und beschreibend, schildernd und berichtigend festzustellen, so darf auch das Gebiet der Reflexion nicht völlig leer ausgehen. Es wird ohnehin in nicht gar ferner Zeit kaum für glaublich gelten, gegen was für Vorurtheile und Trugschlüsse im Auslande, gegen welche Schwierigkeiten im Innern der Gedanke des deutschen Staates behauptet und vertheidigt werden mußte. Eben weil der Abschluß der Entwickelung sich in diesem Moment der Reife so rasch vollzieht, ist es nützlich und der Mühe werth, die An- und Aufregungen der Uebergangszeit dem Gedächtniß zu bewahren. In leidenschaftlich erregten Zeiten kommen extreme Ansichten leicht zu besondren Ehren; daß ich in meinem Streben nach objektiver Auffassung und ruhiger Beurtheilung die Zustimmung befreundeter Kreise fand, hat mich zu dieser Reproduktion ermuntert. Ich habe mir auch in den Augenblicken der stärksten Spannung stets die Frage gestellt, ob ich mein Urtheil wohl später noch unterschreiben möchte. Vielleicht ist es noch zu frühe, diese Probe anzustellen; allein der Tages-Schriftsteller muß seinen Gedankenprozeß verfolgen, so lange er auf das Interesse des richtenden Publikums zählen darf. Noch, vielleicht nicht lange mehr, lebt es im allgemeinen Bewußtsein, daß die öffentliche Meinung in Europa und über Europa hinaus durchweg für Frankreich Partei ergriff und sich von der Entfaltung des deutschen Staatswesens mißtrauisch und widerwillig abwandte. Die Wendung, welche sich gegenwärtig vorbereitet, ist ganz zu unseren Gunsten. Die zu Fluchen kamen, stammeln ihren Segen; wogegen die schrecklichen Verirrungen des pariser Pöbels jedes milde Urtheil über das französische Volk den Meisten als eine grausame Ironie, als einen offenen Hohn erscheinen lassen. Wenn es überall schwer, ja fast unmöglich ist, in der doppelten Buchhaltung der Weltgeschichte die Conten von Schicksal und Karakter getrennt zu halten, so mag jetzt auch bei den Franzosen noch nicht endgültig zu entscheiden sein, wie viel von den tief betrübenden und für die ganze Menschheit demüthigenden Erscheinungen unmittelbar dem Nationalkarakter, wie viel der geschichtlichen Verwickelung, besonders dem Abhandengekommensein des Staatsbegriffs, in Rechnung zu setzen ist.

Die Lehren, welche aus diesen Zuständen abstrahirt werden, treffen in Deutschland zum Glück mehr gewisse Verirrungen des Denkens in dieser oder jener politischen Sekte, als daß sie irgend einer realen Seite der öffentlichen Parteiungen zu begegnen hätten. Während bei den „praktischen" Franzosen ein auf luftigen Voraussetzungen und scheinbar idealistischer Grundlage errichtetes Staatswesen rettungslos in sich zusammenbricht, erbaut „das Volk der Denker" aus mühselig zusammengetragenen Bestandtheilen langsam die Staatsform, welche dem Einzelleben und dem Sonderleben, wie dem Gesammtbewußtsein, gerecht werden soll. Zum ersten Male seit Jahrhunderten ist die deutsche Staatseinheit und die Integrität des deutschen Bodens keine internationale Frage mehr. Damit sind nicht blos einzelne Irrthümer und Vorurtheile widerlegt, sondern die ganze politische Welt ist in eine andere Beleuchtung gerückt und auf andere Messungen hingewiesen. Wir selbst müssen an die Aufgaben der inneren Freiheit größere Maaßstäbe anlegen und können mit frischeren Kräften und verstärkten Werkzeugen an deren Lösung gehen. Mögen die erhebenden Verheißungen dieser herrlichen Tage niemals aus der Erinnerung schwinden, möge diese Erinnerung immerdar alles politische Thun adeln! —

Berlin, Ende April 1871.

H. B. Oppenheim.

Inhalt.

Auf dem Wege zur Einheit:

Studien und Kritiken:

Oppenheim, Friedensglossen.

I.

Die Zeiten erfüllen sich.

Ende Juli 1870.

Wie mit einem Zauberschlage ist bei uns Alles verändert und gleichsam in eine höhere Sphäre gerückt, Verhältnisse, Anschauungen, Parteistellungen! Noch am Morgen des 15. Juli erschien selbst in manchen der Regierung nahe stehenden Kreisen die Möglichkeit der Erhaltung des Friedens nicht ausgeschlossen. Die Morgenblätter hatten noch hier und da allerlei nachzügelnde Resolutionen fortschrittlicher Bezirks- und Wahl-Vereine für Minderung des stehenden Heeres, für Herabsetzung des Militär-Etats, für Anbahnung des Milizsystems gebracht: am Abend desselbigen Tages hörte ich robuste Mitglieder der Berliner Volkspartei unter des Königs Fenster Hurrah schreien! — Es giebt geschichtliche Nothwendigkeiten, welche unser Verstand begreift, die aber so ungeheuerlich sind, daß die Phantasie sich sträubt, sie für gegenwärtig zu halten. Unsere geschichtlichen Vorstellungen rechnen ohnedies noch nicht mit den in's Unendliche ein- und fortwirkenden Kräften des Dampfes und der Elektrizität, so daß seit 1848 alle großen Evolutionen der in diesem denkwürdigen Jahre auf die politische Bühne getretenen Faktoren, wie namentlich des Nationalitätsprinzips, eigentlich durch ihr plötzliches oder doch rasches Eintreten überrascht haben. Haben doch Deutschland und Italien, deren Revolutionen damals niedergeschmettert wurden, bessere Früchte daraus gezogen als Frankreich, dessen Revolution ohne Anstrengung gelungen schien. Frankreich hatte wiederum den Becher der Freiheit für Europa kredenzt und selber die Hefe ausgetrunken. Denn nicht auf die siegreichen Straßenkämpfe kommt es dabei an, sondern auf den ausgeprägten Ideengehalt und auf die Fähigkeit, denselben praktisch zu verwerthen. Ja, Frankreichs Feindschaft muß uns helfen, in Deutschland die leitenden Gedanken von 1848 zu verwirklichen, die deutsche Einheit aus unserer Selbstbestimmung heraus, mit des Volkes Willen und des Volkes Kraft zu vollenden!

Man kann sich des Gedankens nicht erwehren, daß die romanischen Rassen in ihrem bisherigen Bestand für die Menschheit so ziemlich Alles geleistet haben, wozu ihre Kräfte sie befähigten, und daß sie den unvermeidlichen Niedergang, dessen dunkles Bewußtsein sich ihnen aufdrängt, durch unerhörte Anstrengungen beschwören wollen, aber nur beschleunigen. Die Verkündigung der päpstlichen Unfehlbarkeit und Napoleons Versuch, durch Preußens Niederwerfung die unbestrittene Suprematie auf dem alten Kontinent zu gewinnen, stehen auf derselben Stufe und gehören eng zusammen. Das wird man bald deutlich sehen, wenn Napoleon etwa Rom dem italienischen Nationalstaat überlassen sollte. Er beginge dann aus Noth eine Inkonsequenz, die sich sehr bald an seiner eigensten Machtstellung rächen würde.

Gewisse Historiker, welche große Ereignisse auf kleine Ursachen zurückzuführen lieben, erzählen, daß der französisch-deutsche Krieg von 1688 wegen eines neugebauten Fensters in Trianon angezettelt worden sei. Weil Ludwig XIV. sich über dessen Dimensionen gar nicht zufrieden geben wollte, hätte Louvois ausgerufen: „Ich bin verloren, wenn ich den Mann nicht mit Krieg beschäftige!“ Ein ähnlicher Gedanke hat Louis Napoleon geleitet: er mußte den König Volk mit Krieg beschäftigen, sonst war er verloren. Wenigstens war das sein Programm, als er vor vier Jahren die ungeheuren Rüstungen begann. Ein Usurpator, ein Cäsar, ein Mörder der Gesetzlichkeit, geht am sichersten, wenn er nur die schlechten Leidenschaften anruft, wenn er die Stimme der Vernunft über dem Tumult des Vorurtheils und Aberglaubens nicht zu Worte kommen läßt. Vielleicht hätte ihn das Plebiszit auf andere Gedanken bringen können, denn die Stimmen der Bauern hießen: „Um der Ruhe und des Friedens willen wollen wir den gegenwärtigen Zustand erhalten wissen," — aber die 62,000 Nein der Armee zerstörten jeden Skrupel. Er weiß schon aus seiner Verschwörer=Praxis, daß ein Nein eines gemeinen Soldaten an Energie zehn bürgerlichen Nein gleichkommt. Und nun war gerüstet und vorbereitet, die Umgebung drängte den unschlüssigen Mann. Die ganze konstitutionelle Komödie mit Ollivier, dem Friedensapostel, gehörte zu diesen Vorbereitungen. Ein gewohnheitsmäßig falscher Spieler treibt den Betrug mit Leidenschaft und betrügt selbst, wenn das Spiel „nur um die Ehre" geht. Welche allgemeine Charakterfäulniß mußte sich noch rasch vor dem Anfang dieses Endes in Frankreich offenbaren! Wie eilig hatten es doch die Laboulaye, Guizot und Andere mit ihrer Ueberläuferei. Und während Thiers durch verschiedenartige Zufälle, als Friedensprediger, auf ehrenvolle Weise mit seiner ganzen älteren und neueren Vergangenheit in Widerspruch geräth, verfällt sein talentvoller Zögling und Liebling, Prevost=Paradol, an ferner Küste dem Selbstmord, der vielleicht der inneren Demüthigung über seine, übereilt preisgegebene, politische Ehre zuzuschreiben ist. Denn kaum hatte er sich in Olliviers Diensten über das Meer schicken lassen, als hinter ihm alle Grundsätze verleugnet und verrathen wurden, auf die er mit dem phrasenhaften Komödianten unterhandelt hatte. Ollivier hat sich als das servile Werkzeug des Kaisers erwiesen; die Kaiserin konnte ihre Furcht vor ihm, ihren Haß ablegen und ihm mit der gerührten Erklärung, sich früher in ihm getäuscht zu haben, die Hand reichen. Rouher, der Großmeister der Reaktion, regierte und regiert in Olliviers Namen weiter. Ollivier, macht die tragischen Gesten und Rouher zieht die Dräthe. Und doch mußte es jedem Kind einleuchten, daß Ollivier so lange er ein Prinzip zu vertreten schien, mächtiger war als der Kaiser, daß er, einmal angenommen, unentbehrlich war und seine Bedingungen stellen konnte, denn seine Entlassung hätte allgemeinen Schrecken erregt als die offene Verkündigung, daß Kaiserthum und Freiheit unvereinbar sind. Er hat sich selbst entmannt und spielt gewiß schon jetzt, selbst am Tuilerien-Hofe, wo man es sonst nicht so genau mit Gesinnungswechseln nimmt, nur noch eine lächerliche Rolle. „Ah, le beau billet, qu'a Monsieur“ — de Rabenau! denn Der hat sich von Ollivier bei dessen Eintritt in's Ministerium den europäischen Frieden schriftlich geben lassen! — Wir haben Ollivier gesehen und gekannt, da er ein junger Advokat von ernsten, katonischen Formen und ein Prinzipienreiter von bedeutender Stärke war. Schon damals begegnete ihm in seinem eigenen Kreise ein geheimes Mißtrauen, er gehörte zu den Leuten, welche viel leisten müssen, um Vertrauen zu gewinnen, und denen man in der Stille stets eine sichere Bürgschaft abverlangt: er rechtfertigt somit für mich nachderhand das alte Axiom von der Untrüglichkeit der ersten Eindrücke. Dazwischen freilich lag eine Zeit, wo er durch die unverständige und geschmacklose Haltung der „Unversöhnlichen“ einige Sympathien errang. Ein erprobt ehrlicher Mann ist ja ohnedies in Frankreichs politischen Kreisen nirgends zu finden.

Die neueste Zeit hat soviel Unerwartetes gebracht und den politischen Wunderglauben so gestärkt, daß man auch eine Zeitlang die ehrliche Ein- und Umkehr des Bonapartismus zum konstitutionellen System für möglich halten konnte. Aber Napoleon III. ist bei aller infernalen Schlauheit und allem Machiavellismus mehr abenteuernder Phantast, als ruhiger Denker. Wohl empfahl sich das konstitutionelle System, das einen unbedeutenden Herrscher erträgt, unter Umständen sogar erheischt, um dem Knaben die Nachfolge zu sichern. Statt dessen ist das ganze Kaiserthum, wie im Handumdrehen, in das verwegenste Va banque-Spiel gerathen und Alles in Frage gestellt. Der Bonapartismus muß eben sein Geschick erfüllen. Sein System beruht auf der moralischen Erniedrigung, der Ausbeutung und Entkräftigung der Massen, auf die er sich doch stützt, so daß er selbst sein Fundament zerbröckelt. Er ist immer nur eine geschichtliche Episode, der militärische Epilog einer Revolution; er kann Nichts schaffen und nichts Festes gründen.

Abenteuer und Va banque-Spiel sind das Gepräge! In den höchsten Kreisen der überwiegend herrschende Einfluß einer Eugenia Montijo, im Volke dumpfe Betäubung! Ein unparteiischer Reisender, der kürzlich aus Frankreich herüber kam, konnte sich nicht genug wundern über den Gegensatz, der sich ihm aufdrängte. Drüben tobender Lärm, wahnwitziges Geschrei, Haß und Blutdurst, diesseits des Rheines ruhigste Entschlossenheit und ein fast stilles Verhalten. Das Bewußtsein, den letzten Entscheidungskampf für die Einheit und Unabhängigkeit der Nation zu kämpfen und nicht unterliegen zu können, weil eben dafür Alles freudig geopfert werden soll, lebt und webt mit äußerster Bestimmtheit in Allen. Aber die jenseits unserer Westgrenze den knabenhaft wüsten Lärm verüben, sind Leute, die zu Hause bleiben, wenn der eiserne Mund redet, während bei uns Alles mitzieht und kein kräftiger Jüngling oder Mann unthätig daheim bleiben mag. Das verstehen die Franzosen so wenig, daß sie sich unwillkürlich unsere Landwehrleute nur als betrübte Lohgerber denken können, deren ein Zuave oder Zephyr drei zum Frühstück verzehrt.

Wir stehen für eine gute und gerechte Sache, wir führen den Krieg der Ehre und der Selbsterhaltung mit der ganzen Zuversicht des guten Gewissens. Für uns ist es ein Volkskrieg, für die Franzosen ein Kabinetskrieg, durch dynastischen Ehrgeiz und autokratische Willkür angezettelt. Aber im neunzehnten Jahrhundert, beim allgemeinen Stimmrecht und der modernen Entwickelung des Heerwesens zu massenhafter Betheiligung, ist auch kein Kabinetskrieg möglich ohne die — entgegengetragene oder erschlichene — Zustimmung der Massen. Am wenigsten könnte ein demagogisches Kaiserthum einen unpopulären Krieg wagen. Wenn die radikale Partei in ihr Programm die Forderung aufnimmt, der Landesvertretung stehe das Recht der schließlichen Entscheidung über Krieg und Frieden zu, so will sie etwas zum Gesetze erheben, das im Bereich der Thatsachen längst anerkannt ist. Zunächst freilich wird sich dieses Verhältniß der gesetzlichen Formulirung hartnäckig entziehen. Denn gesetzt auch, es bestünde ein Paragraph der geschriebenen Verfassung, wonach die Landesvertretung den kriegerischen Entscheidungen erst beizustimmen hätte, so müßte doch auch erst ausgemacht sein, daß der Feind so lange warten will und gebildet genug ist, unsere parlamentarischen Verhandlungen theilnehmend, aber Gewehr bei Fuß mit anzuhören. Hier ist die Grenze des Parlamentarismus, so lange die Regierungen es in der Hand haben, Staat und Land in Verwickelungen zu bringen, aus welchen nur die Waffen den ehrenhaften Ausgang zeigen. Der Radikalismus muß also noch einen Schritt weiter gehen und auch die Diplomatie zur Volkssache machen. Das hat nun begreiflicherweise seine großen Schwierigkeiten, so lange die Diplomatie in den bisherigen Formen besteht. Zum Glück beseitigt sie sich selbst allmälig durch ihre Unfähigkeit, denn in allen großen Krisen hat sie bisher noch wenig geleistet und noch weniger begriffen. Die Cavour, die Bismarck haben längst mit der alten Diplomatenkunst gebrochen und stützen sich, wo sie stark sind, auf die ewig lebendigen Willenskräfte der Völker. Gerade jetzt, wo wir der blutigen Entscheidung harren, die hoffentlich eine wirkliche und endgültige Entscheidung sein wird, gerade jetzt erscheint es uns gar nicht wie eine utopische Perspektive oder wie ein sehr entferntes Zukunfts-Ideal, daß Krieg und Diplomatie mit einander aus der civilisirten Welt verschwinden. Wir bedürfen dazu nur drei großer Voraussetzungen, welche theils schon verwirklicht, theils im Begriff sind, verwirklicht zu werden: eines auf Handelsfreiheit begründeten Weltverkehrs, der die Interessen der Völker immer enger mit einander verkettet; der Herstellung großer Nationalstaaten in ihren eigenen berechtigten Grenzen und namentlich des deutschen Staates in Europa's Mitten, welcher letztere als Föderativstaat noch besondere Friedensbürgschaft leistet; und endlich lauter auf die allgemeine Wehrpflicht begründeter Heeresverfassungen. Es unterliegt keinem Zweifel, daß diese Art der Heeresverfassung, für die wir jetzt wieder voraussichtlich bewaffnete Propaganda machen werden, die verhältnißmäßig stärkste und wohlfeilste ist, daß sie durch ihren Bestand und Inhalt gegen Kabinets- und Eroberungskriege die größten Garantien bietet, daß sie auch im tiefsten Frieden in ihren Grundlinien erhalten bleiben kann, ohne, wie andere stehende Heere, eine ewige Aufforderung und Verleitung zum Kriege zu bilden. Wir brauchen kein Algerien und kein Mexiko für unsere Art von Armee! Mit der Wucht historischer Thatsachen liegt es ausgesprochen, daß unsere Kriege Vertheidigungs- und National-Kriege sind. Kehren wir also zu unserem Ausgangspunkte zurück. Die Forderung des Radikalismus ist berechtigt, aber nicht in der engen, buchstabenmäßigen Form, in welcher er sie stellt, sondern in einer großen gedankenmäßigen Entfaltung über alle Gebiete des öffentlichen Lebens. Darum wenn, bei Gelegenheit des jetzigen Krieges, Johann Jacoby nicht Ja sagen zu dürfen meint, wo er nicht Nein sagen könne, so übersieht er, daß er, um mit Arthur Schopenhauer zu reden, auch den Willen zum Leben nicht ausdrücklich zu bejahen braucht, weil das Nein nur in der Form des Selbstmordes gegeben werden könnte. Aber auch die Franzosen haben Ja gesagt und dadurch ihr eigentliches Wesen bejahend gesetzt, indem sie den Bonapartismus noch einmal in seiner schlechtesten Form bestätigten.

Ein gesunder Sinn findet sich schwer in das Verständniß dieser faulen Zustände, in welchen das Rechtsgefühl bis auf den letzten Rest aufgezehrt scheint, wo ein Bonaparte dem, aus seinen erbärmlichsten Kreaturen zusammengewürfelten Corps législatif sagen darf, jeder Krieg sei ein „legitimer", den diese Landesvertretung billige. Aus der Verquickung von Cäsarismus und Demagogie hat sich ihnen eine Begriffsverwirrung ergeben, bei der nicht mehr zu unterscheiden ist, wo die Konfusion aufhört und wo die Heuchelei anfängt. Faßt man aber die Frivolität und Verlogenheit näher ins Auge, mit welcher dieser Krieg vorbereitet und durch eine feile Presse den Massen genehm gemacht wurde, so muß man sich sagen: Die Unthat des zweiten Dezember lebt in diesen Zuständen fort, sie hat die Quelle der Moralität vergiftet und ist zum Grundprinzip des französischen Rechtswesens geworden. Die Form des Staatsstreichs ist der Maßstab für alle ihre Rechtsbeziehungen. Mordlust, Gaunerei und feige Prahlsucht reichen sich die Hände. Der falsche Demetrius — Alles ist gefälscht und Fälschung an dieser ganzen historischen Erscheinung — ist in seiner erborgten Selbstherrlichkeit das Spielzeug von Spießgesellen, deren Pläne und Absichten noch tief unter den seinigen stehen. Wenn kürzlich Jules Favre laut ausrief, der ganze Kriegslärm würde wohl im Dienste einer Börsenspekulation stehen, so erinnerte er nur daran, daß ein Morny'sches Börsenmanöver die unheilvolle mexikanische Expedition veranlaßt hat.

In wenigen edleren Naturen, die schweigend ihr Haupt verhüllen oder im Exil verzweifeln, lebt das Bewußtsein dieser Schmach. Wo überhaupt noch in Frankreich eine moralische Wirkung möglich ist, da hat Lanfrey's bekanntes Buch den tiefsten Eindruck gemacht. Und doch steht in diesem vortrefflichen, ausgezeichneten Buche unseres wackeren Freundes kaum ein Wort, geschweige eine Thatsache, die völlig neu wäre. Gerade hierin liegt Lanfrey's überwiegendes Verdienst. Wie das Ei des Kolumbus, ist Alles auf seinen wahren Schwerpunkt gebracht. Der gesunde Menschenverstand und das einfachste menschliche Gefühl sind zu Richtern aufgerufen; der Angeklagte wird überall mit seinen eigenen Worten, Berichten, Aeußerungen überführt, — confitentem habemus reum! — und damit ist der „napoleonischen Legende" ein für alle Male der Hals gebrochen. Auch der jetzige Krieg wird diesen Leichnam nicht galvanisiren.

Zu verwundern ist nur, daß diese kolossale Lüge in unserem Jahrhundert möglich war, daß die Opfer sich die Verherrlichung ihres Henkers gefallen ließen. Die Lüge war nur möglich, weil ganz Frankreich mit seiner Eitelkeit dafür verbündet, darauf eingeschworen war, weil selbst die Orleans feige genug waren, diesem schwindelhaften Kultus schmeichelnd zu dienen.

Neben der Abwesenheit alles moralischen Sinnes tritt bei Lanfrey's großsprechendem Helden auch der Mangel an wahrer Ritterlichkeit unwiderleglich an den Tag. Zu seinem System gehörte es, die Soldaten der Revolution zu Räubern und Plünderern zu erziehen. Es ist ihm nur zu gut gelungen. Er selbst und seine Marschälle gingen mit dem Beispiel frechen Diebstahls voran. Daß dieser Geist noch nicht erloschen ist, daß er in Afrika und Mexiko neue Nahrung fand, ist bekannt. Besonders charakteristisch aber ist, daß Graf Kératry — übrigens ein Abenteurer, welcher noch vor Kurzem der orleanistischen

Partei angehört hat — daß derselbe Kératry, sage ich, welcher des Marschall Bazaine's Raubzüge in Mexiko gebrandmarkt hat, jetzt die unter desselben Bazaine's Befehl stehenden Truppen mit einem nichtigen Vorwande zur Plünderung Baden's auffordert. So wird jede moralische Stütze in der Armee vollends angesägt. Dazu kommt noch der theatralische Aufputz, die Effekthascherei und Phrasenmacherei, welche überall grassiren, und man hat damit in der Armee selbst eine andere Seite des napoleonischen Systems, welches, vom großen Talma bis auf Madame Therese, die zotenreißende Bänkelsängerin, herabgekommen, doch immer und unter allen Formen den theatralischen Neigungen des französischen Pöbels geschmeichelt und gehuldigt hat.

Der gute Geschmack hat beim Cäsarismus nie seine Rechnung gefunden, und Paris ist längst nicht mehr Mittelpunkt der schönen Künste. Zum Glück hat sich unser wirkliches Geistesleben, etwa die tiefgesunkene Schaubühne ausgenommen, längst von den französischen Mustern und Einflüssen losgesagt. Nur die slawischen und halbslawischen Völkerschaften, in denen ein verkommener oder verwilderter Adel eine übertünchte Eleganz anstrebt, beziehen noch ihre Kultur fertig gekauft aus dem großen Emporium an der Seine. In dem Volksbewußtsein der gesünderen Rassen aber findet man einen tiefen Haß gegen das Volk von Störenfrieden, welches die Weltherrschaft beansprucht. Das Gefühl der Stammesverwandtschaft hat weder bei den Spaniern und Portugiesen den Betrug und die Gräuel von 1807—1809 vergessen lassen, noch bei den Italienern den fortgesetzten Raub und Betrug der angeblichen Befreier von jener Zeit an, wo der jugendliche Bonaparte die venetianische Republik den Oesterreichern aufdrängte, bis zu der Neuzeit, wo zuletzt bei Mentana der edle Protektor, auf gesuchten Vorwand hin, an den wehrlosen Leibern der Bundes- und Stammes-Genossen die Wunderkraft der Chassepotgewehre erproben ließ.

Mit welchem Cynismus wurde damals dies Experiment in der Pariser Presse besprochen!

Napoleon III. glaubt selbstverständlich nicht an die moralischen Gewalten, mit welchen er sein heuchlerisches Spiel treibt. Ein Zeit lang galt er für einen großen Staatsmann, weil er die äußerste Verlogenheit in stets neuer und überraschender Weise zu bethätigen wußte und dabei über die Hülfsmittel der größten centralisirten Staatsmacht gebot. Im Innern wußte er die Karten immer von Neuem so zu mischen, daß seine Trümpfe oben lagen. In einer Lage, wie der seinigen, geht man niemals ganz irre, wenn man auf die schlechtesten Leidenschaften und die gemeinsten Triebe der Menge spekulirt. Allein diese Maxime, auf die auswärtige Politik angewandt, schlug ihm mehrfach fehl, weil er damit in die große Gegenströmung der nationalen und liberalen Ideen gerieth. Cavour hat gegen seinen Einspruch den italienischen Staat aufgebaut. In Amerika hatte er auf den Triumf der Sklavenhalterpartei spekulirt und war dadurch in das mexikanische Abenteuer gerathen. Im Jahre 1866 rechnete er auf den Sieg Oesterreichs und Deutschlands dauernde Zersplitterung. Wie damals, so hat er sich jetzt verrechnet. Wie in allen früheren französisch-deutschen Kriegen, so, meinte er, würde wiederum mit deutschem Blut und deutscher Kraft Deutschland selbst zu bekriegen, zu besiegen und weiter zu spalten sein. Die unwiderstehliche Gewalt des Nationalgefühls, das er selbst so oft in seinen Intriguen angerufen hatte, kreuzt und verwirrt seine Pläne. Selbst Oesterreich ist durch seine deutschen Stämme gebunden und entdeckt zu seinem eigenen Erstaunen die Unlöslichkeit seines inneren Zusammenhanges mit uns.

Eine fernere Ueberraschung, welche der napoleonischen Diplomatie das Geschick vorbehalten hat, muß es sein, daß auch die moralische Billigung der Welt eine Macht ist, ja daß das gute

Gewissen, das Bewußtsein, im Rechte zu sein, ein nicht ganz zu unterschätzender Verbündeter ist, welcher den Muth und die Zuversicht der Massen wesentlich erhöht!

Man sollte nicht allzu bitter vom Feinde reden, dem man in offener Feldschlacht gegenüber steht. Aber wir sind uns bewußt, eine objektive Ueberzeugung auszusprechen, eine Ueberzeugung, die wir lange vor dem Kriegsausbruch, die wir namentlich beim Scheitern des letzten konstitutionellen Experimentes mit Ollivier ungern früheren Sympathien abgerungen haben. Die Elemente der Kultur und Sittlichkeit sind in Frankreich immer schwächer geworden. Es ist den Franzosen nicht gelungen, die verderblichen Einwirkungen einer aushöhlenden Centralisation einzudämmen, welche dem Cäsarismus in allen Formen und unter allen Regierungsformen den Weg bahnte. Die Schäden ihres sozialen Lebens werden durch gewisse Zahlen der Kriminalstatistik und durch die geringe Zunahme der Bevölkerung konstatirt. Die Quelle des öffentlichen Lebens in der Selbstverwaltung der Gemeinden, Vereine, Genossenschaften, fließt nicht für sie, sie haben keinen Sinn, kein Verständniß dafür und namentlich fehlt ihnen dazu die nöthige Selbstverleugnung und Selbstbeherrschung. Dies ist um so merkwürdiger und um so demüthigender für sie, als auf den Grundlagen von 1789 ein breiter Bürgerstand und ein zahlreicher besitzender Bauernstand erwachsen ist. Spanien und Italien stehen in Bezug auf das Self-Government hoch über Frankreich und haben auch in demselben Maße mehr individuelles Leben. Mehr noch, als in den anderen romanischen Ländern, ist in Frankreich der Sinn für Gesetzlichkeit abgeschwächt. Zwischen dem abstrakten Naturrecht als Ideal und dem Uebergewicht des Stärkeren oder Listigeren in der Wirklichkeit liegt für diese Völker kein positives Recht, das sie vertrauensvoll anzurufen vermögen. Im Privatleben grassirt noch immer das Faustrecht des Duells, die Gerichte absolviren den Mord, und der verkehrteste Ehrenpunkt verdrängt alle gesunden Vorstellungen der Moral. Bei uns in Deutschland steht und fällt der Zweikampf mit den Resten des überlebten Junkerthums, bei den Franzosen blüht er auf den Trümmern der Gesetzlichkeit, wie das Räuberthum in Süd-Italien und Griechenland.

Von der in Paris gipfelnden Korruption giebt der gesetzgebende Körper, giebt die Tagespresse ein trauriges Bild. Die Parteikämpfe drehen sich nur zum Schein um große Prinzipien, in Wirklichkeit um Herrschaft und Einfluß. Nicht, wie bei uns etwa, stehen sich starre Tradition und leidenschaftlicher Neuerungsgeist in gutem Glauben gegenüber, sondern es herrscht auf beiden Seiten die vorurtheilsfreieste und frivolste Sucht nach der Gewalt und deren Genüssen. Die Partei-Schwankungen der öffentlichen Persönlichkeiten gleichen einem Perpetuum mobile; angesehene und einflußreiche Männer, wie z. B. Emile de Girardin, oscilliren pendelartig seit 30 bis 40 Jahren. Wer ein paar Jahre aus Paris abwesend war, muß sich bei seiner Rückkehr von allen seinen früheren Bekannten erst vorsichtig erkundigen, zu welcher Partei sie sich seitdem geschlagen haben.

Die einzige revolutionäre Errungenschaft, deren sich die Franzosen unbedingt glaubten rühmen zu dürfen, die Gleichheit, ist so sehr auf der Oberfläche geblieben, daß dieses demokratische Volk, welches das allgemeine Stimmrecht zu besitzen wähnt, weder den obligatorischen Schulunterricht, noch die allgemeine Wehrpflicht ertragen kann. Sie verlieren die Rechte der Gleichheit, weil sie deren Pflichten nicht zu tragen vermögen. Nicht einmal ihre militärische Ruhmsucht hat sie zur Einführung der allgemeinen Dienstpflicht bewegen können, zu der Zeit, da selbst die radikale Opposition nach „Revanche für Sadowa" schrie. Was sie jetzt in den Krieg treibt, ist weniger die Gloire, als die Verzweiflung an der freiheitlichen

Entwickelung im Innern und das dunkle Gefühl der Selbstverachtung!

Wir hoffen, daß es anders kommen wird, daß auch die Franzosen theilnehmen werden an den Segnungen der friedlichen Freiheit, deren Aera mit dem Abschluß dieses letzten „Krieges gegen den Krieg" über Europa anbrechen wird.

Sie wären nicht das erste Volk, das einer wohl verdienten Niederlage den Aufschwung innerer Entwickelung verdankte. Dann wird wieder die Zeit kommen, wo sie das Kontingent an „civilisatorischen Ideen" unverfälscht stellen werden, zu dem sie durch ihre Geschichte und ihre Anlagen, Europa gegenüber, berufsmäßig verpflichtet sind.

Der Krieg ist keine Schule der Freiheit, ein langwieriger Krieg ist unter allen Umständen der Freiheit gefährlich, schon durch die geistige Erschlaffung und die materielle Noth in seinem Gefolge. Aber von dem Kriege, zu dem unserem Volke jetzt die Waffen in die Hand gedrückt sind, sehen wir, daß er alle guten Geister in der Brust des Volkes weckt und kräftigt. Die gehobene Stimmung ist diesmal kein flüchtiges Moment, sie ist nicht inhaltsleer. Ein Volkskrieg, ein gerechter Volkskrieg, den die Nation so selbständig und einmüthig führt, daß kein Fürst auch nur zu schwanken wagen dürfte, ist nicht mit jenen Raub- und Kabinetskriegen zu vergleichen, in welchen die Völker verwilderten, verarmten und verdummten. Was er auch für Opfer kosten möge, wir haben schon heute das höchste Gut dafür eingetauscht: wir haben uns selbst gefunden. Wie viele Nachtgespenster sind nicht in Deutschland beim ersten Donnerschlag auf Nimmerwiederkehr entschwunden! Wir sind einiger, als wir wußten; wir waren immer einig, wir haben es nur nicht gewußt. Die langjährige Zersplitterung hatte die Sprachen verwirrt und das Verständniß getrübt. Dank dem französischen Imperator, der nur die niedrige Seite der Dinge sah, ist es nun aller Welt und zumeist uns selber klar geworden, wie eins wir sind, und wie eng wir zusammengehören. Der französische Angriff sorgt auch dafür, daß das deutsche Reich, welches jetzt schon für fest gestiftet gelten darf, die Blut- und Feuertaufe seiner Unverbrüchlichkeit empfange. Zum ersten Male, so lange es ein deutsches Volk giebt, stehen, von Einem reinen Gedanken beseelt, alle seine Stämme in Schlachtreihe beisammen. Diesen Gewinn könnte kein unglücklicher Feldzug aufwägen.

Mit Befriedigung darf die liberale Partei in diesem Augenblicke zurückschauen auf eine mehr als dreißigjährige Arbeit, sowie auf ihre Vorläufer in den deutschen Burschenschaften. Wie klein, wie unklar begannen die ersten Regungen für den Gedanken der deutschen Einheit, der, von heute ab siegreich durchgeführt, die politischen Verhältnisse der gebildeten Welt demnächst beherrschen und gewaltig umgestalten wird. Wie weit ist es von jenen Verfolgungen, welche alle Kerker mit den ersten Trägern dieses Gedankens füllten, bis zu dem Aufruf König Wilhelm's vom 25. Juli, worin nicht mehr von Preußen, nur noch — und mit welcher edlen Wärme — von Deutschland die Rede ist. Hier sind Worte und Gelübde, die nicht mehr zurückzunehmen sind. „Deutsche Einheit und Freiheit!" Selbst die Kreuzzeitungs-Partei muß sich darein finden, daß „Preußen in Deutschland aufgeht." Das sind andere Verheißungen, als die von 1813 und 1815, denn sie sind einem mündigen Volke gegeben, und ein konstituirender Reichstag aus allgemeinem Stimmrecht der gesammten Nation wird sie auszuführen haben. Das deutsche Reich steht wieder auf, aber das neue deutsche Reich, ohne kirchliche Oelung, ohne romanischen und slawischen Anhang. Es entsteht, dem romanischen Cäsarismus zum Trotz, in demselben Jahre, in welchem dieser das Papstthum untergehen lassen muß.

Möge uns aus dem Verfall des französischen Wesens die

Lehre unverloren sein, daß eine große Nation mit allen Mitteln der Macht und der Selbstherrlichkeit verkommen muß, wenn ihr die Adern der inneren, freiheitlichen Entwickelung unterbunden sind. Darum sang Goethe zur Feier des Waterloo-Sieges:

„Wer dann das Innere begehrt,
Der ist schon groß und reich;
Zusammen haltet Euren Werth,
Und Euch ist Niemand gleich!"

II.

Die „Revanche für Sadowa“.

Anfang August 1870.

Das erhebende und beseligende Gefühl, das alle Deutschen jetzt durchdringt, hat nichts gemein mit jenem wüsten Siegestaumel, der um die Leichen gefallener Feinde Idianer-Cancans aufführt, und mit jenen blutdürstigen Phantasien, welchen die elende Pariser Presse vor den ersten Kanonenschüssen hetzend präludirt hatte. Unsere Siegesfreude wird von dem Bewußtsein geadelt, daß mit dem Blute unserer Brüder eine Erlösung der ganzen gesitteten Menschheit, eine Erhöhung ihres staatlichen Lebens erkauft wird. Unsere Siegesgewißheit vor dem Kampfe beruhte auf der gedankenmäßigen Ueberzeugung von der unvertilgbaren Berechtigung unserer nationalen Forderungen, und ebenso stark darauf, daß das ganze Volk, von dieser Wahrheit durchdrungen, zum Kampfe bereit und in den Waffen geübt ist. Die Siegesgewißheit des französischen Pöbels — die höchste Gesellschaft eingerechnet — beruhte auf dem Glauben an die größere physische Stärke der Rohheit und Unkultur. Die „civilisatorischen Ideen“ im Munde, tragen sie im Herzen die Barbarei und halten den Idealismus für ein schwächendes Element. Turkos und Zephyre sollten auf uns losgelassen werden, wie einst auf die unbekehrten Indianer die von den Spaniern auf den Mann dressirten Bluthunde.

Dies Alles muß gesagt werden, nicht um sich über den gefallenen Feind zu erheben, sondern um aus den Ereignissen den historisch-politischen Ideengehalt auszumünzen, um das, was jedem Einzelnen und besonders unsern Kriegern in das lebendige Bewußtsein getreten ist, in bestimmte Worte zu fassen.

Schwerlich können die Jüngeren sich ganz hineindenken, wie jetzt uns Aelteren zu Muthe ist, die wir Jahrzehnte lang die tiefe Demüthigung Deutschlands unter der Restaurationspolitik und der heiligen Allianz zu erdulden hatten, und nun gar denjenigen unter uns, welche viele Jahre lang, etwa als politische Flüchtlinge, dem mitleidigen Hohn des Auslandes ausgesetzt waren. Die kleinliche und erbärmliche Polizeiwirthschaft, der jeder Aufschwung des Volkes an sich schon ein Verbrechen war, die erdrückende, geisttödtende, kraftlähmende Herrschaft einer in ihrer Beschränktheit nur allzu gewissenhaften Bureaukratie, die Gleichgültigkeit des Volkes für seine Erniedrigung, die Abwendung vieler hochbegabten Geister von des Volkes Leben und Sein: das Alles lastete mit Centnerschwere auf der Seele der Wenigen, denen damals die Politik schon eine ernsthafte Beschäftigung war. Wir wußten, was das deutsche Volk verdiente, bedeutete und vermöchte; wir wußten, daß der Tag kommen würde! Einstweilen aber wurde das deutsche Volk, mit Hülfe seiner eigenen Regierungen, von allen fremden Mächten benachtheiligt und zurückgesetzt. Im Rathe der Großmächte paarten sich Preußen und Oesterreich durch wechselseitigen Widerspruch ab, und Deutschland blieb ohne Vertretung. Frech schädigte das kleine Dänemark unsere nationalen, das kleine Holland unsere ökonomischen Interessen. Im Innern waren dem gebildetsten und besonnensten Volke der Erde die einfachsten staatsbürgerlichen Rechte versagt. Die Sprache, in welcher Luther und Schiller ihre weltbefreienden Gedanken verkündet hatten, stand unter der Censur moskowitischer Söldlinge. Denker, deren Namen im fernsten Winkel des Auslandes gekannt und verehrt waren, wurden daheim in irgend einem Krähwinkel von irgend einem idiotischen Polizei-Aktuar bevormundet und geschuhriegelt. Immer enger zogen sich die Horizonte zusammen. Die lähmende Tyrannei in den Kleinstaaten gehörte theils der burlesken Komik, theils der Psychiatrie an.

1866 löste den Alpdruck. Auch die Stimme derer, die gekommen waren zu fluchen, wandelte sich in Segen. Es war ungefähr, namentlich bei den Deutschen im Auslande, wie zu Friedrich des Großen Zeiten, wo alle Deutschen, selbst die von ihm geschlagenen, auf seine Siege stolz waren, und der Deutsch-österreicher den Franzosen, der im Krieg auf seiner Seite stand, mit Roßbach neckte. Wie tief Deutschland vorher gesunken war, das fand seinen Ausdruck und seine Buße darin, daß das siegreiche Deutschthum die trennende Mainlinie als Uebergangsstadium acceptiren mußte. Das aber war klar, und wurde von uns oft betont, daß die Mainlinie den Sinn hatte: Wir haben einen Waffenstillstand geschlossen, noch keinen Frieden.

Hätten wir es auch anders ansehen wollen, — und sehr Viele unter uns bauten mit deutscher Geduld auf den allmäligen und friedlichen Sieg des reinen Gedankens, — die Franzosen ließen es nicht dazu kommen. Daß auch sie die Mainlinie nur als einen Waffenstillstand betrachteten, wurde nachträglich noch auf das deutlichste durch die preußischen Enthüllungen über die Benedetti'schen Anträge kund gegeben. Das Tuilerienkabinet selbst sah uns nicht als konstituirt an und wollte uns das Recht endgültiger Selbstbestimmung theuer verkaufen. Diese Benedetti'schen Versuche und Versuchungen gehören so genau in das System der bonapartistischen Diplomatie, daß sie lebhaft an die Verhandlungen erinnern, welche dem Kriege von 1806 vorangingen. Freilich sind das Lockungen, die nur der vermeintlich Stärkere dem Schwächeren bieten mag; sie setzen Frankreichs

Uebergewicht, voraus, um es noch mehr zu befestigen. Wenn Frankreich Luxemburg hätte, — ein Blick auf die Karte macht das deutlich, — so würde es fortwährend Belgien bedrohen; wenn es Belgien besäße, so könnten wir nur mit der äußersten Anstrengung und der unermüdlichsten Wachsamkeit die Rheinprovinz vor seinen Griffen retten.

Also Frankreich will über seine Grenzen hinaus; sie sind ihm zu enge. Weil ihm die innere Befriedigung des eigenen und selbstthätigen Volkslebens fehlt, sucht es die Genugthuungen von Außen. Nach dem Rhein und Belgien würde es die französischen Kantone der Schweiz, halb Piemont und Holland verlangen, dann vielleicht eine Schutzherrlichkeit über Irland, Polen, Egypten, den Libanon, die pyrenäische Halbinsel und so weiter, beanspruchen. Die Franzosen können nur durch Ermüdung und Schwäche zum Frieden angehalten werden. Seit 1815 schrieen sie um Rache für Waterloo; 1840 sogar wollte Thiers, der zu ihren Denkern gehört, Egypten am Rheine befreien. Jede politische Expektoration hat diesen Refrain. Jede Regierung soll ihnen die Rache für Waterloo gewähren oder wenigstens versprechen. Seit vier Jahren heißt es nun: „Rache für Sadowa!" Sie wollen damit sagen, daß ihr vermeintlich angestammtes Recht auf Deutschlands Schwäche und Abhängigkeit ihnen durch jene Schlacht verkürzt wurde. Daß neben der „großen Armee" der „großen Nation" noch ein vielleicht ebenbürtiges Heerwesen zu existiren sich erlaubte, dafür sollte Deutschland gezüchtigt werden. Ihre angebliche Größe soll auf der Kleinheit und Demüthigkeit der Nachbarn beruhen. Giebt es einen erbärmlicheren und geistesärmeren Standpunkt?

Sie schreien nach dem Rhein und werden danach schreien, so lange sie nach nichts Anderem zu schreien haben. Wenn sie den Elsaß verloren haben, werden sie zunächst nach diesem schreien. Das linke Rheinufer verlangten sie nach der Theorie der „natürlichen Grenzen", die in ihren Schulen gelehrt wird, oder auch aus dem Bedürfniß ihrer Sicherheit, die sie doch immer nur selbst in Gefahr bringen. Belgien und andere Länder verlangen sie nach dem Prinzip der Nationalität, das sie doch im Elsaß und einem Theile von Lothringen, das sie in Algerien und in Nizza mit Füßen traten. Wir selbst haben früher einmal von einem achtbaren französischen Historiker, der sich noch kürzlich gegen die frivolen Kriegsprovokationen erklärt hat, von Henri Martin gehört, das linke Rheinufer und Belgien sei „altes keltisches Land". Was wäre nicht unter solchen Vorwänden Alles in Anspruch zu nehmen!

Ueber das eigentliche Wesen der natürlichen Staatsgrenzen und die Ausgleichung der durch volkswirthschaftliche und strategische Rücksichten gestellten Forderungen mit den Rechten der Nationalität, darüber hat noch kein französischer Gelehrter oder Politiker jemals ernstlich nachgedacht. Ihren Gelüsten dient die Unklarheit besser, auf daß sie, je nach Belieben, bald diesen, bald jenen Gesichtspunkt hervorkehren können.

Freilich bilden gewisse Mischstämme an den, Jahrhunderte lang umworbenen und bestrittenen Grenzen die größte Schwierigkeit für die friedliche Ordnung des europäischen Staatensystems, eine Schwierigkeit, der sich selten durch eine einfache Formel begegnen läßt. Wo zum Beispiel verschiedene Rassen, wie in Nordschleswig, Posen, Böhmen und Mähren durcheinander gemischt sind, so daß jede thatsächliche Entscheidung irgend einem der nationalen Bestandtheile zu nahe treten und wehe thun wird, da müssen höhere Rücksichten den Ausschlag geben. Deutschland mag z. B. bedauern, daß so viele Czechen in Böhmen wohnen und daß es der österreichischen Regierung sowohl an gutem Willen, als an eigener Kraft gebrach, sie der deutschen Kultur zu versöhnen: aber nur ein wahnwitziger Frevler kann daran denken, dort die ungefähr gleiche Anzahl echt deutscher Einwohner dem konspirirenden Czechenthum preiszugeben und dem Panslavismus diese Bresche ins Innere Deutschlands zu eröffnen. Zum Glück ist es ein historisches Gesetz, daß die höhere Kultur die raschere Propaganda macht; die Deutschen zumal sind fruchtbare Kolonisten.. Ein anderes geschichtliches Gesetz, das sich namentlich in den Föderativstaaten, wie in der Schweiz und in Nordamerika bewährt hat, weist die Versöhnung der Gegensätze durch die Freiheit auf.

Zum Glück ist Deutschland, obgleich in föderativer Form, ein wahrer Nationalstaat, in welchem die provinzialen Gegensätze durch die gemeinsamen Kulturmomente völlig überwunden sind. Dem oberflächlichsten Beobachter macht dies die Einmüthigkeit klar, welche diesem Kriege voranging; dem schärferen Beobachter wurde es schon in den vier Lebensjahren des norddeutschen Bundes an den geringen Hindernissen klar, welche der einheitlichen Gesetzgebung in den Weg traten. Nur ein wirklicher Nationalstaat kann zwischen den großen Militär-Monarchien Europas eine imposante Stellung behaupten. Fremdartige Elemente könnten die eigene Kraft nur lähmen. Im Elsaß aber haben deutsche Kultur, deutsche Glaubensfreiheit, deutsche, ja schwäbische Poesie und Volkssitte, deutsche Landwirthschaft und der reiche Schatz geschichtlicher Erinnerungen dem Französirungsprozeß stets widerstanden.*) So lange Deutschland nicht auf der Landkarte stand, mochten die Elsässer sich das selber verschweigen. Als lebhafte und betriebsame Leute freuten sie sich, einem weiten Verkehrsgebiet anzugehören, unter einer stolzen Flagge zu segeln, so wie gewisse Traditionen der Freiheit von 1789 zu pflegen. Aber alles Gute bei ihnen hatte dennoch deutsches Gepräge und deutschen Ursprung. Diejenigen Elsässer

*) Im Elsaß und dem alten Deutsch-Lothringen sprechen immer noch sechs Siebentel der Bevölkerung deutsch.

Familien, welche ihr Deutschthum abgethan haben, sind verkommen. Man erinnere sich doch, daß einst — und zwar nicht blos zu Georg Forster's Zeiten — auch in Landau, Mainz, Trier und selbst in Koblenz die Französelei geblüht hat, und wie sie mit Deutschlands erstem Erwachen verschwunden ist. Viel kommt bei solchen Wendungen auch auf die volkswirthschaftlichen Mittelpunkte an, zu denen ein Land von Natur zu graviteren bestimmt ist. Und gerade in diesem Verhältniß bilden Gebirgsketten eher die natürlichen Grenzscheiden, als die fließenden Verkehrsadern in der Mitte der Thäler.

Weil wir bisher zu viel mit der Errichtung und Begründung des deutschen Staatswesens zu thun hatten, darum ließen wir die Grenzlande unbeachtet. Aus Furcht vor dem Schein des Chauvinismus unterblieb es, ihnen ein Lebenszeichen zu geben, ihnen brüderlichen Gruß zu senden. Ja, ihre Grüße blieben unerwidert. Die Franzosen im Gegentheil, mit sich fertig, streckten alle Hände über die Grenzen aus.

Dem festen Entschlusse, nur uns selbst angehören zu wollen, entspricht auch unser Militairsystem. Es ist, wie der Augenschein beweist, wohl befähigt zum kräftigsten Angriffskriege. Aber dem Charakter und den Neigungen einer Nation, welche für die allgemeine Wehrpflicht geeignet ist, entspricht nur der Krieg zu Zwecken der Selbstvertheidigung oder überhaupt der höchsten nationalen Aufgaben. Weise ist es von der weltgeschichtlichen Vorsehung so eingerichtet, daß die Völker, welche die Energie der allgemeinen Dienstpflicht mißbrauchen würden, ihrer unfähig sind und sie nicht ertragen können. Nach Königgrätz hätte Napoleon III. sie gerne in Frankreich eingeführt, er stieß aber auf einen unüberwindlichen Widerwillen der ganzen Bevölkerung. Zu welchen Ausschweifungen die allgemeine Kriegspflicht in Frankreich Anlaß bieten würde, beweist jetzt das Benehmen der Garde mobile, die selbst im Felde und einem siegreichen Feinde gegenüber meutert.

Wohl dürfte der Kaiser jetzt zu seinen Franzosen sagen: „Ihr wolltet den Krieg gegen Deutschland, ohne die Mittel für einen solchen Krieg zu bewilligen; die harte Schule der Selbstverleugnung widerstand Euch; darum macht nicht mich für Eure Niederlage verantwortlich!" Worauf sie ihm freilich antworten könnten: „Wer hat unsere Truppen zu plündernden und sengenden Prätorianerhorden gemacht? Der Mann, der sie im Lager von Satory mit Champagner berauschte, um sie dann betrunken auf friedliche Volksvertreter loszulassen; der Mann, der sie mit afrikanischen Elementen mischte; der Urheber von Queretaro, von Aspromonte, von Mentana; der Mann, der sie zu Italiens Befreiung ausschickte und es sich dann mit italienischem Gebiet bezahlen ließ, daß er sie vor dem Festungsviereck umkehren ließ; der Mann, der das offene Saarbrücken bombardirte, um mit seinem Knaben eine Kunstreiterscene aufzuführen!" — Napoleon selbst trägt die Schuld der in der französischen Armee gelockerten Disziplin. Die Diebesbande, welche in seinem Namen Frankreich beherrscht, hat die allgemeine Desorganisation verschuldet, welche zuletzt auch die Armee ergriff.

Die Art der militärischen Organisation und der Kriegführung entspricht in der Regel der Höhe der nationalen Aufgaben, für welche gekämpft wird. Nichts ist tragikomischer, als eine Regierung, welche nach der ersten Niederlage über ihre Hauptstadt den Belagerungszustand zu verhängen genöthigt ist, und die mit demselben Athemzuge den Aufruf an die Massen, den Krieg bis auf's Messer proklamirt. Dem Frankreich der großen Revolution standen wohl solche Mittel gegen die verzopften Reichsarmeen zu Gebote. Im günstigsten Falle bedürfte es sehr langer Fristen zur Organisirung eines Volks- und Guerilla-Krieges. Aber in dem durch Centralisation und Cäsarismus entmündigten Frankreich fällt mit der Hauptstadt das ganze Reich. Wahrscheinlich versucht schon in allernächster Zeit Paris, das Schicksal des Landes von dem der Dynastie zu trennen. Als Montesquieu sagte, die Freiheit sei ein Geschenk, das die Franken aus den germanischen Wäldern nach Gallien gebracht hätten, hat er damit auch die ferne Zukunft bezeichnet, in welcher die Germanen zweimal Frankreich von ihren wälschen Cäsaren befreien mußten.

Wenn Napoleon siegte, so war das Schicksal Europa's besiegelt. Der geistloseste und eigennützigste Despotismus war dann in Frankreich für mehrere Menschenalter befestigt und streckte seine Polypenarme über Land und Meer aus. Nicht kommt bei uns ein siegreiches Heer übermüthig heim, die Freiheiten des Volkes zu bedrohen. Im Gegentheil, es ist selbst das Volk und verlangt seinen Lohn und Siegespreis an Freiheit und Einheit. Bliebe ein Rest der Mainlinie bestehen, Volk und Heer wären betrogen. Volk und Heer wären betrogen, wenn wieder ein fauler und halber Frieden zu Stande käme, wie der von 1815, der die Brutstätten künftiger Kriege enthielt. Schon spinnt die Diplomatie ihre Netze, um die verdienten Preise des gerechten Sieges zu eskamotiren, um die alte Weltordnung aufrecht zu halten, in welcher ihr im Trüben zu fischen vergönnt war, weil die Völker nicht auf ihrer eigenen Kraft und ihrem eigenen Schwerpunkt ruhten.

Was hat die Diplomatie seit Jahrzehnten Gutes geschaffen, was hat sie Uebles verhindert? Alles wirklich Bedeutende geschah ohne ihr Zuthun, ja ohne ihr Mitwissen. Die conservativsten Regierungen vertrauen ihr keine eigentliche Arbeit mehr an und suchen, sobald es sich um schwierig ernste Aufgaben handelt, ihre Werkzeuge außerhalb des Kreises jener vaterlandslosen Müßiggänger, die, weil sie selbst keine große Bewegung fühlen, auch keine große Bewegung verstehen. Das Einzige, was ihnen in neuester Zeit noch anvertraut war, das Berichterstatten, haben sie in der unzuverlässigsten Weise versehen. Wer sich auf ihre Berichte verließ, war verloren, wie das Tuilerienkabinet, das, auf diplomatische Berichte hin, an Süddeutschlands Abfall und Verrath, an Welfen- und Polen-Aufstände, an die Desorganisation der deutschen Armee glaubte. Die Frage ist gar nicht mehr, ob man die Diplomatie durch etwas Anderes ersetzen kann, denn das Ueberflüssige, das Schädliche braucht nicht ersetzt zu werden. Alle bisherige Diplomatie ging von der Voraussetzung aus, daß die Völker nichts sind, daß die Staatsregierungen einander in gegenseitiger Paralysirung zu balanciren haben und daß der Frieden nur erhalten werden kann durch geheimnißvolle Intriguen. Und diese überlebte Zunft mit ihren abgestandenen Hof- und Adels-Manieren, die sich zuletzt noch mit ihren Vermittelungsversuchen so gründlich lächerlich gemacht hat, will sich jetzt unserem Siegeslauf in den Weg stellen und Deutschland wiederum, wie noch jedesmal seit dem westphälischen Frieden, um seine gerechten Ansprüche betrügen. Zunächst wollen sie durch ungebührliche Einmischung ihre Wichtigkeit beweisen, dann sind sie so gewöhnt, nach der Pariser Pfeife zu tanzen, daß sie sich völlig vernichtet fühlen, wenn diese ihnen abhanden kommt. Endlich fürchten sie alles Große, alles wirkliche Volksleben, jeden nationalen Aufschwung. Ein einiges und großes Deutschland würde ihnen das Geschäft verderben.

Mit stolzer Genugthuung, sowie als den besten Beleg für die Gerechtigkeit und den Werth unserer Sache, dürfen wir es anführen, daß die Regierungen gegen uns, die Völker für uns sind. So ist es in Deutsch-Oesterreich und Ungarn, so in Italien. Wie gern wären die Regierungen dieser Länder den Franzosen zu Hülfe geeilt, namentlich so lange sie an deren Ueberlegenheit glaubten! Denn, dem Stärkeren beizuspringen, ist eine der Hauptmaximen der handwerksmäßigen Diplomatie. Die Gerechtigkeit der Sache, der Sieg eines Prinzips interessirt sie wenig; alle ihre Deduktionen sind einer unklaren und gänzlich veralteten

Vorstellung von europäischem Gleichgewicht entnommen, so daß sie in den meisten Fällen weder den Sieg des Einen, noch des Andern, sondern, wo möglich, die Niederlage und Erschöpfung aller Theile wünschen. Selbst in England wurde die Regierung erst durch laute Sympathie des Volkes zu einer anständigeren Haltung gezwungen. Man kann ihr Blaubuch über das diplomatische Vorspiel des Krieges, obgleich das für sie am meisten Kompromittirende darin weggelassen oder bemäntelt ist, nicht ohne katzenjämmerliche Empfindung lesen. Die Gefahr, welche den Frieden, und sogar die Gefahr, welche Belgien, also Englands Interesse und Englands Ehre bedrohte, haben sich diese Staatsmänner und Diplomaten einer Großmacht selbst nicht eingestehen wollen, so deutlich sie ihnen vor Augen stand. Sie wagen kein Wort der Entrüstung für eine Handlungsweise, die ihren Abscheu erregt, ja sie wagen keinen offenen Widerspruch, als der Verbrecher sich hohnlachend auf ihre Zustimmung beruft. Das nennen sie Neutralität. Und eine solche Diplomatie will unsere Heere zur Umkehr zwingen, die Geschicke unserer Nation kreuzen und noch einmal für ein Menschenalter Europa in die erdrückende Rüstung des bewaffneten Friedens einzwängen. Seien wir dessen eingedenk, daß die Völker ihr wahres Interesse besser verstehen, als die Diplomaten, und daß sie von der Wahrheit des Satzes durchdrungen sind, den kürzlich ein Volksredner in Neuyork aussprach: „Ein einiges Deutschland ist der Friede Europas, wie das Kaiserthum der Napoleoniden der Krieg Europas ist!"

So erfülle sich denn das prophetische Wort Fichte's, mit dem er die Jugend seiner Zeit gegen die französische Tyrannei und Uebermacht ausrüstete, daß zu allernächst den Deutschen die Aufgabe zugefallen sei, die Menschheit sittlich zu erneuern, zu allererst den Deutschen anzumuthen sei, die neue Zeit zu beginnen. — „Der deutschen Nation hat immerfort und bis auf diesen Tag die Quelle des ursprünglichen Lebens fortgequollen, wie keiner anderen Nation. Die Weissagungen ihres jugendlichen Lebens können nicht unerfüllt bleiben. Wenn aber die Deutschen versinken, so versinkt die ganze Menschheit mit, ohne Hoffnung einer einstigen Wiederherstellung.“ — Und ferner bezeichnet Fichte Deutschlands völkerrechtliche Stellung mit folgenden Worten: „Eine Nation, die, wie die Deutschen, ihr eigenthümliches Sein nur für sich zu behalten und zu behaupten, keineswegs aber Anderen es aufzudrängen strebt, ist nicht ohne Absicht in die Mitte von Völkern gestellt, welche, sobald sie nur einen dürftigen Theil von Bildung erreicht, sogleich das Bestreben nach äußerem Einfluß verrathen; sie ist ein Damm gegen jene unzeitige Zudringlichkeit, um allen Völkern die Garantie zu leisten, daß sie auf ihre eigene Weise laufen können zu dem gemeinsamen Ziele.“

1813 fanden sich Fichte's Reden in dem Tornister so manches preußischen Soldaten, der am Wachtfeuer die Worte las, welche jetzt erst zur Wahrheit werden, da die Söhne jener Helden auf der alten Siegesstraße marschiren: „Ein deutscher Kaiser, der ein Hausinteresse hat, hat zugleich eines, deutsche Kraft zu brauchen für seine persönlichen Zwecke. Oesterreich hat solches Hausinteresse. Preußen dagegen ist ein eigentlich deutscher Staat, hat als Kaiser durchaus kein Interesse zu unterjochen, ungerecht zu sein. Der Geist seiner bisherigen Geschichte zwingt es, fortzuschreiten in der Freiheit, in den Schritten zum Reiche. Nur so kann es fortexistiren, sonst geht es zu Grunde!“

III.

Der Siegespreis.

Ende August 1870.

Eines der vielen deutschen Sprichwörter, welche zur Mäßigung und Bescheidenheit ermahnen, warnt davor, des Bären Fell zu theilen, bevor man den Bären habe. Dem französischen Sprachschatz scheint, wie der Augenschein zeigt, ein solches Sprichwort zu fehlen, wogegen allerdings die deutsche Geschichte besonders darauf hinweist, daß es oft mit dem Theilen eine böse Sache ist, auch wenn man den Bären gefangen hat. Das vergangene Mal wenigstens haben die Jagdgenossen Deutschland um seinen Antheil betrogen; diesmal aber ist Deutschland allein, dafür auch das ganze Deutschland ausgezogen und wird sich darum nicht um seinen gerechten Antheil betrügen lassen. Doch nicht um Jagdbeute handelt es sich für uns, wie bei den Franzosen, sondern um unverlierbare und unverjährbare Rechte. Das deutsche Volk hat seine ganze Kraft eingesetzt; es wußte wohl, daß im Fall der Niederlage das ganze linksrheinische Land, mit Einschluß von Luxemburg wohl gegen vier Millionen Deutsche, an Frankreich verloren wären. Das übrige Europa hätte das ganz in der Ordnung gefunden und weder Lust noch Muth zu einem kräftigen Widerspruch gehabt. Während in uns die feste Ueberzeugung lebt, daß fremdartige Elemente nur die gesunde Entwickelung des deutschen

Bundesstaates hemmen und ein bleibendes Moment der inneren Schwäche bilden würden, hätten die Franzosen das einfache Argument für sich angeführt, daß sie im Elsaß und Deutsch-Lothringen schon gegen anderthalb Millionen Deutscher einverleibt haben und sich sehr wohl dabei befinden. Der ungerechte Besitz, den man ihnen bisher ließ, verstärkt ihre Prätensionen auf den Besitz, welchen sie dazu begehren. Da sie nach Belieben und Interesse bald die rein nationale, bald die mehr universale Seite ihres Staatslebens geltend machten, ist es unser Interesse, sie auf die bescheidenere, rein nationale Existenz zurückzuweisen und zurückzuführen. Weil ihre abstrakte Staatsform — und dabei ist gleichgiltig, wer gerade in den Tuilerien sitze oder an der Spitze des Heeres stehe, — jedem konkreten Volksleben feindlich entgegentritt, glauben sie sich zur Beherrschung verschiedener Nationalitäten sowohl befähigt, als berechtigt. Nebenbei gesagt, so wenig sie jemals sich selbst zu beherrschen gelernt haben, so wenig verstanden sie es, irgendwo zu kolonisiren, oder auch nur untergeordnete Völkerschaften sich anhänglich zu machen und heranzubilden.

Auch ihre Republikaner, mit wenigen, um so rühmlicheren Ausnahmen, hatten sich drein gefunden, unter Napoleon's Kommando die Völker bis zum Rhein zu beglücken und zu französiren. Jedem Einwand begegnen sie damit, die Elsässer und deutschen Lothringer hätten sich ja niemals beklagt. Aber wie und wo sollten sie sich beklagen? Langsam und allmälig, in einer Weise, daß Hoffnung und Willenskraft, Zuversicht und Gesammtgefühl erlöschen mußten, sind diese Provinzen durch List und Gewalt auf der einen, Verrath auf der andern Seite zu Frankreich hinübergebracht worden. Der Boden schwand ihnen unter den Füßen zu einer Zeit, da das Nationalbewußtsein in den wenigsten Völkern lebendig, in den Deutschen durch die Religionskriege völlig erstickt war. Von den Anhängern der kirchlichen Reformation geschah der erste Schritt zur Preisgebung deutschen Bodens. Den Verrath, welchen Moritz von Sachsen an den lothringischen Bisthümern übte, benutzte Heinrich II. von Frankreich mit heuchlerischem Spiel „zum Schutze der germanischen Freiheit“, wie es Napoleon III. genau auch gemacht haben würde, wenn ein Welfen- oder Hessen-Fürst die Gelegenheit zum Landesverrath gefunden hätte. Aber Lothringen war nur zur Hälfte von Deutschen bewohnt; es wurde bald eine unhaltbare Position, von Kaiser und Reich aufgegeben, wie etwas später der Sundgau und der Wasgau (Elsaß). Dennoch ist es kaum mehr als ein Jahrhundert, daß durch Habsburgs Verrath ganz Lothringen an Frankreich fiel. Ebenso waren im Westfälischen Frieden nur die eigentlichen habsburgischen Besitzungen im Elsaß, gerade wie Alt-Breisach auf der rechtsrheinischen Seite, an Frankreich verkauft worden; ein Vierteljahrhundert danach wurde Straßburg durch räuberischen Handstreich überrumpelt. Das ganze Elsaß wurde aber erst durch die französische Revolution mit Frankreich staatsrechtlich vereinigt, indem die daran bestehenden Souveränetätsrechte von Reichsfürsten und Freistädten den Privilegien beigezählt wurden, welche die vierte Augustnacht 1789 abschaffte. Protest und Widerspruch blieben ohnmächtig.

Diese Provinzen haben also nicht etwa in unvordenklichen Zeiten und keineswegs freiwillig den Zusammenhang mit dem Stammlande aufgegeben; ihr Verlust ist vielmehr die schwerste Schuld in Deutschlands Sündenregister und die ärgste Schmach in Deutschlands Vergangenheit. Die Strafe der Schuld lag schon in der beständigen Unsicherheit unserer Westgrenzen, in Frankreichs Ueberhebung und der dadurch früher bedingten Anlehnung unserer Regierungen an Rußland. Als auch 1814 die alte Schuld nicht gesühnt werden konnte, schrieb Gneisenau: „Der Keim zu neuen Kriegen wird sich schnell genug entwickeln, und es wird von Seiten Preußens die höchste Weisheit dazu gehören, sich des Streits zu erwehren."

Was diesen Grenzländern in national-politischer Beziehung an sittlichem Halt abhanden gekommen sein mag, dafür ist ganz Deutschland verantwortlich. Die Franzosen thun natürlich so, als hätten sie diese Länder ehrlich erobert und dann französirt. Weder das Eine, noch das Andere ist die Wahrheit. Was das Erstere betrifft, so gehört es ja überhaupt zu den Ammenmärchen ihrer Kriegsgeschichte, welche sie mit merkwürdiger Geschicklichkeit und besonders günstigen Mitteln der ganzen gebildeten Welt aufzubinden wußten, als hätten sie jemals in ebenmäßig gleichem Kampfe ohne Verrath und überwiegende Bundesgenossen Deutschland geschlagen. Selbst bei den Friedensverhandlungen von 1814 und 1815 genossen sie den Vortheil der, seit langer Zeit systematisch irregeleiteten, öffentlichen Meinung. Auch das niedergeworfene Frankreich sollte noch durch fremdes Gut beschwichtigt und versöhnt werden; mit deutschem Gut und Blut übten da Rußland und England unzeitige Großmuth!

Täuschung und Schein hatten so lange Frankreichs hervorragende Stellung befestigt, daß die Franzosen endlich nur noch in einer Welt der Lüge und Selbsttäuschung athmeten. Zu welcher Wirklichkeit sie jetzt erwachen, beweist die hülflose Anarchie und der Zwangscours, d. h. der Staatsbankerott, dem sie nach achttägiger Kriegführung verfielen. Dadurch, daß jetzt die Masken sinken, daß die fürchterliche Wahrheit von dem unaufhaltsamen Verfall dieses großen Landes sich enthüllt, wird auch in dem Denken und Wollen der Elsässer und Deutsch-Lothringer Vieles an den Tag treten, was bisher in der Tiefe des Volksgemüthes geschlummert hat. Haben wir uns denn nicht selbst über unser Verhältniß zu ihnen getäuscht? Haben wir es in den Tagen zerstreuter Vielgeschäftigkeit geahnt, welche heiße Vaterlandsliebe, welcher heilige Haß gegen französische

Uebermacht in allen Volksschichten glüht? Jetzt dringen am lautesten aus Süddeutschland die Stimmen zu uns, daß kein Glied der Nation aufgegeben werde und entfremdet bleibe, daß der alte Zusammenhang der schwäbischen, pfälzischen, rheinfränkischen Stämme mit den verlorenen Brüdern wieder hergestellt werden müsse, daß die Sicherheit unseres friedlichen Volkslebens in der alten Vogesen-Grenze ihre Bürgschaft nehmen müsse. Wie der Wein im Fasse gährt, wenn die Rebe neu erblüht, so wird dieser Geist jenseits des Rheins sein Echo finden.

Zu der Zeit, da die schwarz-roth-goldene Deutschthümelei vielfach gegen den modernen Liberalismus der Juli-Revolution ausgebeutet wurde, galt es in literarischen Kreisen sowohl für geschmacklos, als für reaktionär, das schwache politische Interesse des deutschen Volkes durch Hinweisung auf die widerrechtlich getrennten Volksstämme noch mehr zu zersplittern. Geholfen hätte es doch Nichts, und von dem Deutschland des alten Bundestages würden sich die Elsässer schwerlich angeheimelt gefühlt haben. Was deutsche Armseligkeit und Zersplitterung bedeuteten, das hatten sie in früheren Jahrhunderten nur allzu gut kennen gelernt. Aus der Noth eine Tugend machend, hatten sie sich mit der Zugehörigkeit zu einem großen Staatsganzen über den Verlust ihrer Nationalität getröstet. Damals wurde denn auch die Theorie ausgeheckt, das Elsaß sei durch seine Geschichte unauflöslich mit Frankreich verknüpft, namentlich dadurch, daß es an der ersten französischen Revolution theilgenommen habe. Freilich haben sich Straßburg und andere elsässische Ortschaften bei den großen Bewegungen der neunziger Jahre betheiligt, aber nicht mehr und nicht freiwilliger, als Mainz und manche Stadt des Niederrheins. Ja gerade in Straßburg zeigte sich ein feindlicher Gegensatz zwischen den deutschen und den französischen Republikanern bis in alle Einzelheiten des Klublebens hinein, so verschärft, daß der arg verleumdete Eulogius Schneider und seine deutschen Freunde von Saint-Just und anderen Pariser Konvents-Mitgliedern auf die Guillotine gebracht wurden. Die revolutionären Gewalten wollten das Elsaß rasch und mit den bekannten Nivellirungs-Werkzeugen französiren. Eingestandenermaßen mißlang der Versuch. Ueberall am Rhein ward die naiv ehrliche Illusion der deutschen Schwärmer durch die rohe Ausbeutungssucht der französischen Terroristen widerlegt und zerstört. Die Kriege des Kaiserreichs haben die Elsässer mitgemacht, nicht mehr und nicht weniger, als alle Bewohner des linken Rheinufers, als leider auch Badenser, Würtemberger, Baiern und Sachsen. „Auch sie starben für das Vaterland", so steht auf einem Münchener Monument für die in Rußland gefallenen Baiern zu lesen, das man jetzt endlich, da die Schmach gesühnt ist, beseitigen sollte. Die Französelei und die deutsche Selbstverachtung florirten diesseits und jenseits des Rheins, besonders aber in den Splitterstaaten an dessen unmittelbaren Ufern, und trugen nicht wenig dazu bei, die großen Lebensfragen zu verwirren und alle Aeußerungen des Volkslebens zu trüben.

Allerdings haben also die Elsässer und Deutschlothringer an einem Theil der französischen Geschichte theilgenommen, aber doch nicht in höherem Maße, als die französischen Savoyer an der italienischen, als die Danziger an der polnischen, als die Lombarden an der deutschen oder die Schleswiger an der dänischen Geschichte. Und werden die Araber und Kabylen von Algerien dadurch zu Franzosen, daß sie Frankreichs Schlachten schlagen? Der falsche Stolz auf fremde „Gloire" wird bei dem Elsässer um so rascher verschwinden, als die „Gloire" selbst zum Theil auf ein beschränktes Maaß zurückgeführt, zum größeren Theil in ihrer Nichtigkeit aufgelöst wird. Diese ganze Einbildung konnte ja ohnedies mehr für importirt gelten; das

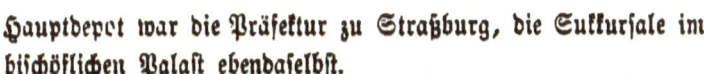

Hauptdepot war die Präfektur zu Straßburg, die Sukkursale im bischöflichen Palast ebendaselbst.

Die deutschen Departements wurden vorzugsweise von stock-französischen Beamten regiert, die deutschen Soldaten in die westlichen Garnisonen verlegt. Eine ländliche Bevölkerung, wie sie im Elsaß überwiegend ist, bricht nicht so leicht mit ihrer Sprache und ihren Sitten. In ächt deutscher Weise wurde namentlich in den protestantischen Pfarrhäusern des flachen Landes der Keim volksthümlicher Kultur gepflegt und das Feuer heiliger Vaterlandsliebe wach gehalten. Besonders die beiden Oberlin, die drei Stöber verdienen dankbarste Anerkennung, als treue Pfleger in der trübsten und traurigsten Zeit.

Das autochthone Rassenthum soll uns in keiner Weise politisch beschäftigen; es mag den Geschichtsforscher interessiren, nicht den praktischen Politiker. Sobald man uns nachweist, daß ein ehemals deutscher Stamm verwälscht oder slavisirt ist, würden wir seine Heranziehung in den deutschen Bundesstaat als ein nationales Unglück betrachten. Die Centrifugalkräfte sind bei uns schon außerdem stark genug; die reiche Mischung individueller Anlagen und provinzieller Verschiedenheiten, welche Deutschlands geistige Größe ausmacht und allen historischen Kulturforderungen genügt, hat die rein staatliche Einigung genugsam verzögert und erschwert. In dieser späten und langsamen Einigung erkennt die Welt hinreichende Bürgschaft dafür, daß Deutschland kein eroberndes Land ist. So wenig wie an Kolonialbesitz, wollen wir an Unterthanenlande fremder Herkunft unsere Kraft und Sittlichkeit vergeuden. Aber das Elsaß gehört uns gerade so gut, wie Schlesien, Holstein oder die Pfalz. Es jetzt nicht zurücknehmen, heißt: gerechte Hoffnungen täuschen, heißt: im Siege sich unterwerfen, heißt: fremdes Unrecht und freche Gewaltthat besiegeln; es heißt: die völkerrechtliche Moral zerstören.

Diese Grenzstämme sind kein Mischvolk. Für den nationalen Charakter eines Landes giebt es bekanntlich nur ein ganz untrügliches Merkmal, an welches sich die Völkerstatistik unfehlbar halten kann, das ist die Sprache. Sie mag durch fremde Zuthat verunziert werden, ihr Grundbau bleibt stehen, so lange das Volk, welches sie spricht, nicht durch Mischung in seinem wirklichen Wesen verändert wurde. Diese Probe bestehen unsere Landsleute in den drei bis vier östlichen „Departements“ ohne Widerspruch, und zwar trotz des Terrorismus, mit welchem alle französischen Regierungen seit achtzig Jahren die deutsche Sprache als Schul-, Gerichts- und Amtssprache zurückgedrängt haben. Wohlweislich hat darum auch die französische Regierung die offizielle Sprachstatistik verhindert und selbst der freien Forschung Hemmnisse in den Weg gelegt.

Richard Böckh beweist in seinem statistischen Werke über „Der Deutschen Volkszahl und Sprachgebiet in den europäischen Staaten“, welches deutschen Forscherfleiß und deutsche Gründlichkeit mit deutscher Objektivität und Gerechtigkeitsliebe verbindet, daß die Sprachgrenze seit Jahrhunderten hier unverändert geblieben ist, was wohl auf ein starkes, selbstbewußtes und inhaltreiches Volksthum deutet; daß nicht Mischung, sondern Scheidung nach geraden Linien, in der Regel nach den Höhenzügen, welche die Wasserscheide bilden, stattfindet; kein Durcheinanderwohnen ist bemerkbar, keine sprachlichen Enklaven sind beachtenswerth. Die Grenzen sind leicht zu ziehen, die Rassen haben sich nicht durcheinander angesiedelt, wie es Deutsche mit Skandinaviern, Slaven, Magyaren an den nördlichen und östlichen Grenzen gethan haben. Organische Unterschiede in Familiensitte und Landwirthschaft haben hier zusammengewirkt. Wo sonst Deutsche und Franzosen unbeeinflußt zusammenwohnen, wie in gewissen Schweizer Kantonen, ist überall ein stärkeres Vordringen der Deutschen zu konstatiren.

Obgleich wir die durch die Sprache bekundete Nationalität für den ersten und wesentlichsten Maßstab zur Begrenzung der Staaten, zur Befriedigung und Umfriedung der Völker halten, möchten wir uns doch dagegen verwahren, als hielten wir das Prinzip in der einseitigen Weise für durchführbar, wie das manchmal von Frankreich und auch von Italien aus, wie es auf der anderen Seite von den Panslawisten betont wird. Wir wünschen so wenig, die Deutschen in der Schweiz und den Niederlanden oder in den entfernten russischen Ostseeprovinzen dem deutschen Reiche einverleibt zu sehen, als die Deutschen in Amerika.

In den halbdeutschen Staaten an unserer Grenze, zumal wenn sie neutral, uns befreundet und einer hohen Kultur dienstbar sind, erkennen wir ein wichtiges und geschichtlich berechtigtes Element der Völkervermittelung, dessen Beruf namentlich in der Schweiz deutlich hervortritt. Auch den Holländern können wir versichern, daß Niemand von uns sie mit ihren Schulden und ihren Kolonien, etwa als „Admiralsstaat", für das deutsche Reich zu gewinnen wünscht, zumal Deutschland sich zutrauen darf, sie jeder feindlichen Richtung in der Politik und dem Verkehrsleben durch die friedliche Macht seiner geeinten Interessen abwendig zu machen. Wie wir uns an der Selbständigkeit der beiden Niederlande erfreuen, so bedauern wir es in Belgiens eigenem Interesse, daß es, von einem gewissen Staats-Formalismus verleitet, der Fransquillonerie Vorschub leistet und Herrschaft einräumt über die überwiegenden vlämischen Bevölkerungen; und daß die belgische Regierung dasjenige Volkselement zurückdrängt, welchem sie ihre Berechtigung zur Selbständigkeit verdankt und welches ihr gegen Frankreichs Angriffspläne eine sichere Vertheidigungslinie vorzeichnen würde. Trotz dieser falschen Regierungspolitik haben übrigens Wallonen und Franzosen in Belgien kein neues Terrain erobert.

Es wird dem deutschen Patriotismus nicht schwer, in diesen Fragen billig zu sein, und sein Recht unter den Schutz der Freiheit zu stellen. Die bloße Existenz eines in Macht und Freiheit erblühenden deutschen Bundesstaates wird auch dem Kampf der Deutschen in Oesterreich gegen das anmaßlich um sich greifende Slawenthum Hülfe und Nachdruck gewähren.

Wenn wir aber, wie gesagt, die abstrakte Vorstellung des reinen Rassenstaates perhorresziren, so können wir doch nicht umhin, mit Frankreich, wenn einmal abgerechnet werden muß, abzurechnen nach den ewigen Grundsätzen der Gerechtigkeit. Von „preußischem Chauvinismus" ist darin keine Spur; für Deutschland, nicht für Preußen soll das Elsaß erobert werden. Nur im Namen Deutschlands erhält die Eroberung den höheren Charakter geschichtlicher Nothwendigkeit; nur im geeinigten Deutschland können und dürfen wir den wiedergewonnenen Stammesgenossen die Sühne der erlittenen Unbill und den hinreichenden Ersatz für die Schwierigkeiten des Ueberganges bieten. Jede Gebietserweiterung enthält eine moralische Verpflichtung zu unmittelbarer Begründung des deutschen Gesammtstaates mit freiheitlich föderativer Gliederung und starker Centralgewalt. Eben weil eine Friedens-Aera eingeleitet werden soll, darum müssen sichere Grenzen gezogen werden. Der Frieden wäre schlecht befestigt, wenn dieser Krieg in seiner ganzen Furchtbarkeit ein bloßes Turnierspiel sein sollte, um etwa die größere militärische Stärke abzumessen oder auch das diplomatische Uebergewicht zuzuerkennen. Dergleichen thörichte Zumuthungen wagt man nur an uns Deutsche zu stellen. Weit entfernt, dadurch in Frankreich friedlichen Sinn und Versöhnung zu wecken, würde blos, wie vor fünfundfünfzig Jahren, der französische Uebermuth neu bestärkt. Ein positiver Verlust aber zwingt die Franzosen zur Selbsterkenntniß und schwächt sie auch für die Zukunft. Wenn Deutschland pflichtvergessen die Frage diesmal nicht löste, so würde sie ihm bald als Forderung und Vorwurf entgegentreten, denn den preisgegebenen Elsässern und deutschen Lothringern würde bei Frankreich nur noch schnödes Mißtrauen und die fortwährende Ausbeutung für unerschwingliche Rüstungen gegen uns bevorstehen.

Kleinmüthige Leute warnen davor, sich „ein Venetien zu erziehen.“ Wenn aber Venetien von demselben Volksstamm, wie Deutsch-Oesterreich, bewohnt gewesen wäre, so hätte es sicherlich nicht für Losreißung konspirirt und sich etwa deshalb mit einem fremdartigen Nachbarstaate verbündet. Im Gegentheil, statt der Präfektenwirthschaft und des Druckes von einer entfernten Hauptstadt her hoffen wir den jenseitigen Schwaben, Pfälzern und Rheinfranken die lang entbehrten Segnungen der Selbstverwaltung bieten zu können.

Zwiefach sei der Siegespreis: Die Sicherheit der äußeren Grenze und die Einheit im Innern. Letztere brauchen wir den Franzosen nicht abzutrotzen; der Krieg verlieh sie uns, auch wenn er weniger glänzend geführt würde. Selbst das unsägliche Unglück einer Niederlage hätte das nationale Band nur enger und straffer angezogen.

Auch der Sturz des Bonapartismus ist kein Friedensartikel. Die Sorge um ihre eigene Wohlfahrt müssen wir den Franzosen überlassen, und sie werden in dieser Hinsicht wahrscheinlich schon dem Friedens-Instrument zuvorkommen. Was aber die Gebietsveränderung anlangt, so wird die europäische Diplomatie, so sehr sie auch durch ihr unsicheres Verhalten das Recht zur Einsprache und Vermittelung verwirkt hat, doch wohl allerlei schwächliche Halbheiten beantragen. Schon sehen wir ja selbst in angeblich demokratischen Kreisen der Heimath die Idee der Neutralisirung des Elsaß auftauchen. Das Projekt eines neutralen Mittelreiches ist bekanntlich eine französische Erfindung, gegen die deutschen Provinzen ausgemünzt. Herr von Girardin wollte die Pfalz und Rheinpreußen neutralisiren, wie Luxemburg und Belgien. Vielleicht kommen ihm unsere politischen Dilettanten jetzt auf halbem Wege entgegen. Die Neutralität setzt selbstverständlich großmächtliche Garantien voraus, und wenn diese keine absolute Sicherheit leisten, so gewähren sie doch immer eine starke Dosis von Entmündigung unter fremder Einmischung. Es wäre freilich schön, wenn die ganze bewohnte Erde für neutral erklärt und damit der ewige Frieden über allen Zweifel erhoben werden könnte. Warum blos das Elsaß? Sind wir darum die stärkste und zugleich friedliebendste Nation, um eines unserer Glieder unter fremde Vormundschaft zu stellen, es dem demoralisirenden Zustand der Unselbständigkeit und Unverantwortlichkeit preiszugeben? Was Fleisch von unserem Fleische und Blut von unserem Blute ist, soll die volle Ehre genießen, mit uns und für uns einzustehen in Noth und in Gefahr. Was Joseph Görres einst der französelnden Reaktion zurief, das entgegnen wir der völkerlähmenden Diplomatie: „Der Zauber der bösen Besprechung, die aus der Fremde hergekommen ist und alle Kraft gebunden hielt, ist gebrochen!"

Nicht zufällig ist der Rhein der besungenste Strom der Erde; nicht blos der Schönheit seiner Ufer, der herrlichen Farbe seiner Wogen, der Fruchtbarkeit seiner Rebenhügel verdankt er es. Der Rhein ist das geographische Gewissen Deutschlands, das Bild seiner Größe oder seines Verfalls. So lange französische Kavallerie am Oberrhein ihre Pferde schwemmt, ist der Zauber der bösen Besprechung noch nicht völlig gebrochen.

IV.

Deutschlands Westgrenze und die Diplomatie.

Anfang September 1870.

Die blutige Saat, welche in unseren Tagen aufging, ist vor zwei Menschenaltern von den Staatsmännern gesäet worden, welche damals die gerechte Grenzscheidung zwischen Deutschland und Frankreich hintertrieben und das besiegte Frankreich noch in seiner Ueberhebung bestärkten. Auf ihrem Haupte lastet nicht blos die ungeheure Blutschuld, sondern auch die geschichtliche Verantwortlichkeit für den auf lange Zeit gestörten Völkerfrieden, für den erneuten Haß zwischen zwei benachbarten Kulturvölkern, sowie für die Hemmnisse des Wohlstandes und der freien Menschlichkeit, welche unserem Jahrhundert aus seiner schweren Waffenrüstung erwuchsen. Wenn wir heut auf die Pariser Verhandlungen von 1814 und 1815 zurückkommen, so geschieht es nicht blos, um den lauten Ruf der Nation nach ihrer Sprachgrenze zu verstärken; aus den Reihen des Heeres tritt sogar diese Forderung mit gebieterischer Gewalt auf: Der deutsche Soldat glaubt, für die Einheit des Vaterlandes und die Wiedererwerbung des Elsaß zu kämpfen, und erkennt mit patriotischem Instinkt den inneren Zusammenhang zwischen diesen beiden Forderungen. Also nicht blos deshalb sollen hier alte Geschichten in Erinnerung gebracht werden, sondern um es überhaupt völlig klar zu stellen, daß das deutsche Volk nur der eigenen Kraft vertrauen darf, weil es von seinen Bundesgenossen und angeblichen Freunden stets verrathen worden ist. Die Trugschlüsse, mit welchen seine gerechten Ansprüche beseitigt wurden, erweisen sich schon bei oberflächlicher Betrachtung als böswillig erfundene und völlig grundlose.

Schon vor dem ersten Pariser Frieden hatten deutsche Patrioten und Politiker die alte deutsche Sprachgrenze gefordert. Allein in dem Rathe der Großmächte, in welchem das deutsche Volk keine Stimme hatte und die deutschen Regierungen als Clienten von Rußland und England, höchstens noch von Oesterreich erschienen, wurde auf Deutschlands Kosten eine scheinbare Großmuth geübt. Rußland und England bewarben sich um die Wette um Frankreichs Allianz und glaubten, Preußens Wachsthum fürchten zu müssen. Preußen hatte zwar die Grenzdistricte nur zum allergeringsten Theile für sich selber verlangt; aber Deutschland war noch gar nicht constituirt und wurde nicht als Rechtssubject betrachtet. So blieb denn Frankreich, namentlich Deutschland gegenüber, in seinem dreifachen Festungsgürtel geschützt, während doch die zahlreichen Festungen auf deutscher Seite früher von den Franzosen geschleift worden waren. Da die Grenzen von 1792 wiederhergestellt wurden, so behielt Frankreich auch Landau; ja es erhielt obendrein alle Enklaven, die es damals noch nicht besessen hatte, und bei dieser Gelegenheit einen deutschen Verbindungsstrich mit Landau noch dazu. Auch die Niederlande wurden auf Deutschlands Kosten vergrößert.

Die ruhebedürftigen Völker überließen ihren anmaßlichen Vormündern mit leidlichem Phlegma alle diese Angelegenheiten. Niemand wußte beim Schlafengehen, als wessen Unterthan er vielleicht den andern Morgen aufstehen könnte.

Nur das französische Volk war nicht zur Ruhe gebracht. Als Napoleon von Elba zurückkehrte, erwachten — eben wegen der versäumten Züchtigung — alle Erinnerungen des Uebermuthes und der Scheingröße, und die wohlverdienten Niederlagen waren vergessen. Das Heer strömte unter seine Fahnen, das Volk jubelte ihm zu; erst Waterloo brachte Ernüchterung. Und die Diplomatie begann von Neuem ihre Penelope-Arbeit.

Einige Wochen nach der Schlacht von „Belle-Alliance" schrieb eines der Häupter der zu Paris versammelten Diplomatie, die mit Deutschlands Integrität und Sicherheit ihr frivoles Spiel trieb, an den Freiherrn v. Stein: „Glauben Sie nicht, daß ich Anspruch mache, Deutschland zu beschützen, wenn ich Ihnen nochmals wiederhole, daß es nach meinem Urtheil das einzige Land ist, dessen Sittlichkeit, Einsicht und Charakter die größten und sichersten Erfolge versprechen; allenthalben sonst ist Sand oder Fels, bei Ihnen ist guter angebauter Boden." Den Schreiber dieser Worte, Pozzo di Borgo, werden wir bald unter den Gegnern Deutschlands wiederfinden, als er, der Korse in russischen Diensten, auf ein französisches Minister-Portefeuille speculirte.

Die verbündeten Großmächte hatten beim Beginn des kurzen Krieges von 1815 in üblicher Weise erklärt, daß sie nicht gegen das französische Volk, sondern gegen dessen Zwingherrn Krieg führten. Diese Erklärung, welche allerdings durch den Umstand, daß die Alliirten selbst die Bourbonische Dynastie eingesetzt hatten, größeres Gewicht erhielt, wurde nun gegen jede wesentliche Gebietsveränderung ausgebeutet. Die Franzosen selbst hatten sich anfangs auf eine erhebliche Schwächung gefaßt gemacht, und sogar schon — in legitimistischen Hofkreisen — von der Möglichkeit einer Theilung Frankreichs unter verschiedene Linien der herrschenden Familie phantasirt. Sobald indessen Alexander von Rußland für sie Vorsehung zu spielen begann und die englischen Diplomaten, nachdem sie Alles erreicht, was für England zu wünschen blieb, ihm darin halfen, verstand es der

Hof Ludwig's XVIII. sehr gut, diese günstige Lage mit Keckheit auszunutzen.

Die Frage, welche den diplomatischen Areopag zu Paris im Spätsommer 1815 beschäftigte, war: in welcher Weise die dem europäischen Frieden von Frankreich drohende Gefahr am besten für immer zu beseitigen sei? Die erste Antwort darauf ertheilte eine russische Denkschrift von Capo d'Istria, welcher die Friedensbürgschaften in der constitutionellen Monarchie suchte. Man müsse den constitutionellen Thron Ludwig's XVIII., den man während der „Hundert Tage" seiner Flucht als Freund und Genossen behandelt habe, nicht dadurch untergraben, daß man ihn einem geschwächten und unzufriedenen Volke gegenüberstelle. Die geheime Furcht vor der revolutionären Kraft und Propaganda des französischen Volkes wirkte bedeutend mit; das Ungeheuerliche der französischen Revolutions- und Kriegsgeschichte hatte auf die ängstlichen Gemüther der Staatsmannschaft einen solchen Eindruck gemacht, daß sie sich der Scheu vor diesem Zauber noch immer nicht erwehren konnten. Gerade in Folge dieser Angst hatte aber die Diplomatie zweimal den Fehler begangen, sich in die innere Rechtsordnung des besiegten Landes einzumischen und dadurch den Keim neuer Umwälzungen in die aufgewühlte Erde zu senken.

Castlereagh und Wellington pflichteten der russischen Auffassung bei und verlangten eine zeitweilige Sicherheit. Ersterem entschlüpfte dabei die für das ganze Diplomatenhandwerk sehr bezeichnende Aeußerung, „daß in der Politik, wie im Kriege, Sicherheit auf sieben bis zehn Jahre das höchste sei, wofür menschliche Vorsicht sorgen könne; daß man also auch keiner weitaussehenden Sicherheitsmaßregeln gegen Frankreich bedürfe." Mit diesem böswilligen Sophisma hätte man jedenfalls am stärksten diejenigen Sicherheitsmaßregeln bespötteln können, welchen gerade die damalige Diplomatie in ihrer Mehrheit zustimmte.

Die beiden deutschen Großmächte vertraten die bessere Ansicht; Oesterreich, das noch seine alten Besitzungen am Oberrhein ganz oder theilweise wiederzugewinnen hoffte, durch Metternich, Preußen zunächst durch Wilhelm von Humboldt.

Als später die Territorialfragen eine andere Wendung nahmen und Habsburg-Lothringen Entschädigung und Zuwachs in einer kompakteren Abgrenzung seiner östlichen Hausbesitzungen gewann, erlahmte allmählich sein Eifer, bis es sogar zu den Gegnern überging. Ende Juli 1815 aber setzte Metternich in einer Denkschrift auseinander: wenn auch der eben beendigte Krieg kein Eroberungskrieg gewesen sei, so müsse Frankreich doch aus seiner Angriffsstellung in eine Vertheidigungsstellung gebracht werden. Daß Frankreich in einer Angriffsstellung verharre, wurde auch von dessen Gönnern nicht bestritten. Der österreichische Staatskanzler begründete seinen Satz ungefähr so: Seit Ludwig XIV. habe Frankreich an allen vorgerückten Plätzen der eroberten Provinzen Festungen angelegt oder verstärkt und diese dann unter einander in Zusammenhang gebracht. Damit seien die Kräfte der Nachbarstaaten mit ihren zersplitterten Vertheidigungsmitteln nie in Vergleich zu setzen, zumal die Franzosen seit Ludwig XIV. in den Niederlanden und in Deutschland alle Befestigungen auf ihrem Wege zerstört hätten, z. B. Philippsburg, Ehrenbreitenstein, Mannheim, Ingolstadt, die Umwallungen von Frankfurt und Ulm. Die Vertheidigung der zahlreichen französischen Festungen sei durch die Errichtung der Nationalgarde sehr erleichtert. Es sei ein Irrthum, zu glauben, der französische Eroberungstrieb hänge mit den Thatsachen der Revolution zusammen; er sei älter und liege tief im französischen Nationalcharakter begründet; Frankreichs ganzes Kriegs- und Wehrsystem sei danach eingerichtet. So lange Frankreich seinen dreifachen Festungsgürtel behalte, dürfe das Volk sich einbilden, bei einem leichtsinnig begonnenen Kriege nichts als

Menschen und höchstens Geld, keinesfalls aber Land auf's Spiel zu setzen; ja, daß es in den meisten Fällen hoffen dürfe, den Krieg auf fremdes Gebiet zu tragen und im eigenen verschont zu bleiben.

Humboldt widerlegte den lächerlichen Trugschluß, daß man nicht mit dem französischen Volk, sondern nur mit Napoleon Krieg geführt habe, der ja nichts hätte machen können, wären ihm nicht Heer und Volk zugefallen. Ludwig XVIII. habe den Alliirten keinen Mann zu stellen vermocht; Napoleon's etwaiger Sieg bei Waterloo wäre von ganz Frankreich mit Jubel aufgenommen worden. Die Erklärungen der Mächte vor dem Kriege enthielten, nach Humboldt, keinerlei Verpflichtung, nicht über die Schranken des ersten Pariser Friedens hinauszugehen, sondern nur die Versicherung, sich nicht mit weniger abfinden zu lassen. Die Wechselfälle des Kriegsglückes und die Dauer des Krieges waren ohnehin nicht voraus zu berechnen. „Will man auf das Eroberungsrecht gegen Frankreich wirklich verzichten," sagte Humboldt mit Recht, „so darf man logischerweise weder Kriegssteuern auferlegen, noch Besatzungen in Frankreich halten. Der Versuch, Frankreich zu beruhigen, die Leidenschaften der Revolution zu entkräften und alle Interessen an die Erhaltung des gesetzlichen Ansehens zu knüpfen", — dieser Versuch erscheint dem einsichtsvollen Staatsmanne so hoffnungslos, daß er darauf die Sicherheit des europäischen Friedens nicht gebaut sehen möchte; er verlangt solidere Pfänder. Außerdem, meint er, würde das Ansehen des Königthums weniger durch die nöthigen Grenzberichtigungen geschwächt, als durch die fortdauernde Bevormundung der Großmächte, welche andernfalls zur Sicherung des Friedens beliebt würde. Er beantragt die Vertheilung der befestigten Grenzgebiete an die zahlreichen Nachbarn (Niederlande, Preußen, Bayern oder Baden, Schweiz, Piemont), so daß eine Verrückung des europäischen Gleichgewichts davon nicht zu befürchten wäre.

An Humboldt's Denkschrift anknüpfend, überreichte Fürst Hardenberg am 4. August der Konferenz eine „Preußische Erklärung", in welcher folgende Sätze vorkamen: „Verlangt man nur Geld, so ist keine noch so hohe Summe eine hinreichende Entschädigung." „Ein Volk, welches mehr Selbstsucht als Vaterlandsliebe hat, findet es weniger hart, Provinzen abzutreten, als Geld zu bezahlen, da die Last einer Steuer auf Jeden fällt, dagegen die Abtretung einer Provinz nur auf das Ganze und die Regierung." „Sobald ein Volk die ihm durch Natur oder Kunst bezeichnete Schutzstellung überschritten hat, seine Thätigkeit, seine Macht, seine Staatskunst, seine Einrichtungen, sein Volksgeist, seine öffentliche Meinung, Alles nimmt dann die Richtung seiner geographischen Lage, und es wird seinen Geist so lange behalten, als seine geographische Lage dieselbe bleibt. Frankreich findet sich in diesem Falle, seitdem Ludwig XIV. durch maßlosen Ehrgeiz und einige glückliche Feldzüge es erreichte, seinen Nachbarländern die von den Vorältern errichtete Vertheidigung zu nehmen, nämlich in den Niederlanden und an der Maas die Festungen, welche jetzt die erste und zweite Linie der französischen Festungen bilden, gegen Deutschland durch Wegnahme des Elsaß und der festen Plätze an der Mosel und Saar. Von diesem Augenblicke an zeigt die Geschichte Frankreichs Neigung, seine Eroberungen weiter zu treiben und die andern Staaten zu unterjochen. Weshalb? Weil Frankreich die Leichtigkeit für sich und die Schwierigkeit für andere Staaten sah, ihm zu widerstehen, da sein Angriff sich in seiner geographischen Lage fand, und weil diese Lage selbst dazu trieb und in jedem Augenblick dazu verleitete." Nachdem diese Gedanken noch kräftiger ausgeführt worden, heißt es zum Schlusse: „Läßt man jetzt die Gelegenheit entwischen" (einen dauernden Frieden durch Grenzberichtigung zu begründen), „so werden Ströme Blutes fließen, um dieses Ziel zu erreichen, und der

Schrei der Unglücklichen wird von uns Rechenschaft dafür fordern."

In einem der Hardenberg'schen Denkschrift beigelegten Gutachten des Generals v. Knesebeck wurde noch der Beweis geführt, daß die Franzosen in ihrer Entartung nicht im Stande seien, „moralische Gewährleistungen" zu geben; nur auf materielle Sicherheit dürfe man sich ihnen gegenüber verlassen.

Bayern, Württemberg, Holland verwendeten sich in derselben Richtung bei dem Czaren, der damals der unbestrittene Schiedsrichter der europäischen Geschicke war. Doch vergebens! Rußland so wie England hatten sich Alles angeeignet, was in ihren Machtkreis fiel, und bereiteten ihre Suprematie, jenes zu Lande, dieses zur See, vor. Ein gegenseitiges Sichimschachhalten der beiden mitteleuropäischen Nationen war dabei nicht unerwünscht. Den kleinen deutschen Rheinbunds-Königreichen fehlte es an aller Autorität; sie waren zu den Konferenzen gar nicht zugelassen, höchstens bei Spezial-Debatten geduldet; ihre Vertreter trieben sich müßiggängerisch in den Vorzimmern herum. Hollands Vertreter, Hans von Gagern, hätte Einiges vermocht, wenn er sich nicht zu sehr als Familien-Diplomat des Hauses Nassau-Oranien gerirt und für dessen Erhebung alle Mittel in Bewegung gesetzt hätte. Oesterreichs Eifer erlahmte, sobald es einsah, daß es seine alten westdeutschen Besitzungen nicht mehr für sich beanspruchen dürfe. Gegen Preußens Ausdehnung war ohnedies ganz Europa neidisch verschworen. Der badische Staat hätte für den Besitz des Elsaß in Betracht kommen können, wäre nicht seine damalige Regierung wenig geachtet und seine Thronfolgeordnung zur Zeit noch unsicher gewesen (bis 1818 die Hochbergische Linie von den Großmächten anerkannt ward), so daß Bayerns hohle Erbschaftsansprüche an einzelne Gebietstheile Badens möglicherweise mit Erfolg geltend gemacht werden konnten. Unter diesen Umständen wäre Baden auch zu schwach gewesen, sich einen widerstrebenden Landestheil von erheblichem Umfange zu assimiliren.

Die württembergische Denkschrift hatte die, seitdem von allen Kriegskundigen bestätigte, Ansicht aufgestellt, der Oberrhein als Grenze lasse ganz Süddeuschland ungedeckt, und daneben ausgeführt, durch bloße Schleifung von Festungen sei dem Uebel nicht abzuhelfen, der ewig drohenden Gefahr nicht zu begegnen. Ja, der Besitzstand Belgiens, vielleicht auch der der Schweiz, werde nicht gesichert sein, so lange Frankreich im Elsaß herrsche. Die niederländische Denkschrift (von Gagern) hob nochmals den Rechtspunkt hervor und widerlegte das Gerede von der durch die Großmächte garantirten Untheilbarkeit Frankreichs und daß man gegen Napoleon allein Krieg geführt habe. „Wir werden es erst glauben, wenn man uns beweist, daß er allein zu Quatrebas, Leipzig und Waterloo geschossen, gezielt und niedergesäbelt habe!"

Nächst dem russischen Autokraten war der britische Minister des Auswärtigen Deutschlands ärgster Feind in dieser Hauptfrage. Lord Castlereagh, von allen Seiten angegriffen, suchte sich auf Wellington's Autorität zu stützen. Der „eiserne Herzog" wurde von seinem militärischen Gewissen genöthigt, die deutschen Gesichtspunkte zu billigen, zu bestätigen, ja noch zu bestärken; sein diplomatisches Gewissen aber erlaubte ihm, zu Gunsten der Franzosen die höchst problematischen Rechtspunkte vorzuschützen, welche sich aus den Zusicherungen der Alliirten an den vertriebenen Ludwig XVIII. vom 25. März 1815 demonstriren ließen. Auch sei es staatsmännisch klug, den Bourbonen keine Verlegenheit zu bereiten. Während der Occupation Frankreichs durch die verbündeten Truppen möchten dessen östliche Nachbarn schützende Festungen bauen. Diesen Rath gab schließlich der britische Feldherr, um die Castlereagh'sche Pille zu versüßen.

In letzter Instanz, als der Freiherr von Stein noch mit den

Russen verhandelte und Preußen schon seine Ansprüche sehr ermäßigt hatte, schilderte Gneisenau in einem Briefe an Arndt die Sachlage folgendermaßen:

„Wir sind in Gefahr, einen neuen Utrechter Frieden abzuschließen, und die hauptsächlichste Gefahr kommt abermals aus derselben Gegend, wie damals. England ist in unbegreiflich schlechten Gesinnungen, und mit seinem Willen soll Frankreich kein Leid geschehen. Wenn Rußland eine solche Sprache führt, so begreift sich das durch dessen selbstsüchtige Politik, die nicht will, daß Preußen und Oesterreich gefahrlos in ihren westlichen Grenzen dastehen, und an Frankreich einen immer bereiten Bundesgenossen sich zu erhalten gedenkt; wenn aber England auf der Integrität des französischen Gebietes besteht, so kann man in einer solchen Verkehrtheit nichts als das Bestreben erblicken, den Krieg auf dem Kontinente zu nähren und Deutschland von sich abhängig zu machen. Während England nicht will, daß die Kontinentalmächte Eroberungen machen, sorgt es ganz artig für sich. — — Preußen führt eine würdige Sprache. Es verzichtet auf eigene Eroberungen und will nur, daß seine Nachbarn stark werden auf Kosten Frankreichs, damit diesem Feuerherd politischer Verwirrung ein Damm gesetzt werde.“

Auch Stein schloß seine Denkschrift vom 18. August mit dem Wunsche, „daß Rußland und England nicht glauben mögen, es sei ihr Vortheil, Deutschland beständig in einem Zustand von Aufregung und Leiden zu belassen.“

Um diese Zeit richtete Görres in seinem „Rheinischen Merkur“ an die Diplomatie die wohlaufzuwerfende Frage: ob sie die Integrität des besiegten Frankreichs der Integrität des siegreichen Deutschlands vorziehe? Dem entsprechend wurde zwischen Kaiser Alexander und Stein darüber verhandelt: ob es wichtiger sei, die Franzosen zufrieden zu stellen oder die Deutschen? Stein suchte zu beweisen, daß Gebietsabtretungen von dem französischen

Volke, das damals mit einer Seelenzahl von fast 29 Millionen nach Rußland der bevölkertste christliche Staat war, leichter verschmerzt würden und ihm nach so großen Kriegen weniger demüthigend seien, als andere, gegen dasselbe zu nehmende Garantien, wie z. B. langwierige Besetzung. Aber Alexander I. glaubte sich zum Wiederhersteller der „legitimen" Monarchie und der „Religion" in Frankreich berufen, und diese ritterliche Schwärmerei vertrug sich ganz vortrefflich mit der arglistigen Politik des Herrschers, der Preußens treue Bundesgenossenschaft schon einmal in dessen Unglück (zu Tilsit) verrathen hatte und der es nun wiederum verrieth. In England hatte sich die öffentliche Meinung zu Deutschlands Gunsten ausgesprochen; aber das Tory-Ministerium verharrte bei seiner perfiden Politik. Preußen stimmte seine Forderungen auf das Aeußerste herab, es verlangte im Wesentlichen die Grenzen von 1790 mit einiger militärischen Sicherstellung, für sich sehr wenig (Saarlouis und Luxemburg), das meiste für die andern Nachbarn.

Mittlerweile war der französischen Diplomatie dermaßen der Kamm geschwollen, daß sie durch eine überaus zuversichtliche, ja freche Erklärung (am 20. September) das Zünglein der Wage beinahe zu ihren Ungunsten in Schwankung brachte. Durch innere Krisen und einen Ministerwechsel, wobei Fouché und Talleyrand beseitigt wurden, überwog am französischen Hofe der russische Einfluß über den bisher vorherrschenden englischen, und der zweite Pariser Frieden kam zu Stande.

Nur an einem Punkte hatte Frankreich eine beträchtliche Einbuße zu erleiden, nämlich durch Abtretung Savoyens an Piemont. Der preußischen Politik hatte Italien dies zu verdanken, und wenn es später für die Rückgabe Savoyens die französische Unterstützung gegen Oesterreich erkaufte, so ist doch gerade durch diese Peripetie die Begründung der italienischen Einheit auf Preußens Bemühungen von 1815 zurückzuführen.

Gegegenwärtig ist das undankbare Italien besser gegen Oesterreich als gegen Frankreich geschützt, und ehe viele Jahre vergehen, wird es sich wahrscheinlich um Deutschlands Schutz gegen Frankreichs Uebergriffe zu bewerben haben.

Deutschland war gedemüthigt und zerrissen aus den langen Verhandlungen der europäischen Diplomatie hervorgegangen, oder vielmehr: die großmächtliche Diplomatie hielt es mit starken Klammern in seiner herkömmlichen Erniedrigung und Zerrissenheit fest. Auch hier wurde der nationale Aufschwung gefürchtet, wie innig auch die deutschen Regierungen gegen deutsches Volksthum mit dem Auslande verknüpft und verbündet waren. Aber wie das französische Volksthum durch Befriedigung, so hoffte man das deutsche Volksthum durch Unterdrückung unschädlich zu machen.

Kaum waren die äußeren Grenzlinien gezogen, so stritten die deutschen Regierungen unter einander um die innere Gebietsvertheilung. Es war ein tief beschämendes Schauspiel, wie bei allen diesen Vorgängen die deutschen Staatsmänner, und zwar die besten, stolzesten, edelsten, am englischen und am russischen Hofe, vor Allem beim Czaren, herumbetteln mußten und als lästige Supplikanten behandelt wurden. Bei der großen Verhandlung über das Elsaß war es denn auch besonders charakteristisch, daß immer nur die militärischen Gesichtspunkte hervorgehoben wurden. Niemand wagte vom Rechte der Nationalität zu reden; die Namen Elsaß und Lothringen wurden vermieden. Die nationalen Gesichtspunkte hätten namentlich den Selbstherrscher aller Reußen verletzen können, dessen Weltherrschaftspläne in jener Zeit noch nicht panslawistisch gefärbt waren.

Weil Deutschland sich schwach zeigte, sollte es auch schwach bleiben. England zumal hätte, wie Lord Liverpool offen aussprach, zwar Frankreich gerne geschwächt gesehen, aber nicht

Preußen (lies: Deutschland) stärken mögen. Englands Politik ist sich darin stets gleich geblieben. Schon bei den Utrechter Friedensverhandlungen hatte es dem besiegten Frankreich die Rückgabe des elsässischen und lothringischen Raubes erspart. Ebenso 1814 und 1815. Später erinnerte sein Verhalten zur schleswig-holsteinischen Frage, unter den Whigs wie unter den Tories, stets lebhaft an Castlereagh's anti-deutsche Intrigue von 1815, gerade wie jetzt seine perfide Auslegung der Neutralitätsgesetze an sein schimpfliches Benehmen im nordamerikanischen Freiheitskriege. Auch da drüben wollte es, trotz der nahen Stammverwandtschaft, den Triumph des germanischen Geistes nach Kräften hintertreiben.

Die Argumente von Hardenberg, Humboldt, Knesebeck, Gagern, Graf Münster und Andern gelten größtentheils noch heute. Frankreich im Besitz des Elsaß bedroht zwar nicht mehr unsere Unabhängigkeit, wohl aber den europäischen Frieden. Zum Glück haben wir das bessere Recht auf die damals bestrittenen Länder und jetzt auch die Kraft, unser höheres Recht geltend zu machen. Die Arndt, Görres u. A. stellten damals schon die nationale Forderung voran. Allein das war nicht staatsmännisch; sie wurden von unseren eigenen Diplomaten verleugnet und verfolgt.

Wie bereits erwähnt, hatte Preußen das Elsaß nicht für sich verlangt. Abwechselnd waren Bayern, Württemberg, Oesterreich als künftige Herren vorgeschlagen worden. Verwandtschaft oder Verschwägerung mit dem russischen Herrscherhause wurden dabei abwägend in Betracht gezogen. Hans von Gagern, mit seiner etwas phantastischen Kombinationslust, wollte das Elsaß in einem gegebenen Moment als großen Kanton zur Schweiz schlagen. Görres beantragte, auf der Rückzugslinie von seinen höheren Ansprüchen, ein neutrales Zwischenland daraus zu machen. Straßburg's ward in mehreren Kombinationen als freier Stadt, wie die Hansestädte, gedacht. Die Elsässer sagten damals oft:

„Bötet Ihr uns den Zusammenhang mit einem großen deutschen Staatswesen, so verließen wir gern die bisherige Stellung!“ Dieser Moment ist jetzt gekommen; das ist die stillschweigende Bedingung, unter welcher wir deutsche Stammlande wieder aufnehmen dürfen, ohne als Eroberer und Vergewaltiger aufzutreten, daß wir das deutsche Reich herstellen, dem sie anzugehören haben. Aber nicht blos ihnen, uns selbst sind wir es schuldig; mehr als je mahnt die Situation zur raschen Vollendung der deutschen Einheit. Denn ein nur lockeres Band um erweiterte Länder würde Deutschland schwächen, statt es zu kräftigen, und die Elemente innerer Wirren in geometrischer Progression vermehren.

Richten wir den neuen Bewohnern das Haus möglichst wohnlich ein, damit sie sich rasch darin zurechtfinden. Sind es auch keine verwöhnten Gäste, ist vielmehr zu befürchten, daß sie, trotz deutscher Art, unter der französischen Herrschaft nur allzu „gouvernabel“ geworden sind und sich anfangs stets nach dem präfecturalen Gängelbande umsehen werden, so darf doch nicht verhehlt werden, daß jeder derartige Uebergang im Völkerleben seine Schwierigkeiten hat und viel des Mißlichen mit sich bringt. Die früheren Mißstände und Unbehaglichkeiten werden bald vergessen, die neuen, mit solchen Uebergängen unvermeidlich verknüpften, werden doppelt schwer empfunden. Wo früher die Reibung stattfand, da ist der Nerv unempfindlich geworden, und für die Erleichterung wird nicht gedankt. Jede Veränderung aber, auch die heilsamste, wird zunächst als Druck empfunden. Erinnern wir uns aber daran, wie lange es gedauert hat, die Rheinlande „preußisch“ zu machen, wie stark Jahrzehnte lang der zähe Widerstand, der innere Widerspruch dort fortlebten, und wie es nur einer großen Erhebung bedurfte, um alle feindlichen Gegensätze verschwinden zu lassen. Was das isolirte Preußen nach 1815 an den Rheinlanden in kaum einem halben Jahrhundert vermochte, das leistet das in Deutschland aufgehende Preußen an den Erwerbungen von 1866 in einem großen Moment. Der feste Punkt der Staatenbildung, den die Diplomatie vergeblich in der „Legitimität" suchte, er liegt in der Nationalität. Wenn wir die sittliche Pflicht, die politische Nothwendigkeit erfüllen, jetzt —. jetzt oder nie mehr — die entwurzelten Elsaßer und Deutsch-Lothringer dem wahren Boden ihrer Kraft und Bildung wiedereinzufügen, so erlösen wir sie auch von furchtbaren Konflikten mit der in Frankreich drohenden Verwilderung. Verliert Frankreich diese Provinzen, so wird es wahrscheinlich niemals wieder gegen Deutschland zu rüsten wagen. Behielte es sie, so würde es dem Gedanken der Rache alle seine staatlichen Evolutionen unterordnen und unsere Brüder im Elsaß, seine besten Soldaten, wie es auch diesmal geschah, in vorderster Reihe der möderischen Wirkung unserer Geschütze aussetzen. Ueberdies hätten die deutschen Provinzen an den Kriegskosten und Kriegsschulden der französischen Nation mitzutragen, und wir selbst hätten das drückende Gefühl, ihnen die Last auferlegt zu haben, — ihnen, die doch den Opfern und nicht den Schuldigen beizuzählen sind. Ueberhaupt müssen das Elend und die Anarchie, welche jetzt über Frankreich hereinbrechen, von unseren Stammesgenossen abgewehrt werden. Die keltisch-romanische Verwirrung im spanisch-mexikanischen Stil, welche jetzt mit einer Reihe provisorischer Regierungen und militärischer Diktaturen zu beginnen scheint, hat ohnedies für das gesittete Europa allen Reiz verloren: das revolutionäre Contagium von Paris ist erloschen. Daß sie in Paris oder in Madrid die Republik erklären, das kann dem demokratischen Prinzip blos zu Schaden und Unehre gereichen und die Zahl der theoretischen Republikaner nur vermindern. Auch die konservative Partei in Deutschland muß einsehen, daß der einzige und wahre Grenz-Cordon gegen diese Epidemie in der deutschen Einheit gegeben ist.

V.

Was Elsaß gewinnt, was Elsaß verliert.

Anfang October 1870.

Begreiflicherweise finden sich die Franzosen unendlich schwer in den Gedanken der Gebietsabtretung, und wir wollen uns auch nicht verhehlen, daß die Elsässer und Deutsch-Lothringer sich zum großen Theil schwer in die Vorstellung einer neuen Existenzform, einer der lebenden Generation gänzlich unbekannten Staatsangehörigkeit finden. Das Wesen des deutschen Staates, für uns selbst noch nicht zum vollendeten Abschluß gekommen, ist den Zöglingen der französischen Staatsweisheit völlig unverständlich. Sie sollen bekannte, längst gewöhnte und eingelebte Zustände gegen unbekannte und an sich noch unfertige vertauschen, liebgewordene Traditionen aufgeben, ihre politischen Lebensformen und wahrscheinlich auch ihre Verkehrsbeziehungen verändern; wobei hartnäckig übersehen wird, daß Das, was ihnen künftighin bei Frankreich bevorstünde, auch ein unberechenbar Neues, jedenfalls viel Schlimmeres wäre, während Das, was sie von Deutschland wissen und kennen, dem alten zwergstaatlichen Deutschland angehört, nicht dem neuen geeinigten. Allein wir dürfen nicht erwarten, daß der Reiz der thätigen Theilnahme an einer aufsteigenden staatlichen Entwickelung schon jetzt unseren französirten Landsleuten erschlossen sei.

Wenn aber unverbrüchlich fest steht, daß dem erneuten

deutschen Reiche der erneute Besitz dieser alten Reichsglieder zum festen Kitte werden soll, sowie, daß die damit verknüpfte Veränderung der Territorialverhältnisse dem europäischen Frieden erhöhte Bürgschaften leistet, so können wir uns noch obendrein der zuversichtlichsten Hoffnung hingeben, den Elsässern und Deutsch-Lothringern selbst, wenn auch anscheinend gegen ihren Willen, die größte Wohlthat zu erweisen. Wohl wäre der bevorstehende Uebergang erleichtert, hätten wir, nach dem Vorbilde romanischer und slawischer Staatsintriguen, in den stammverwandten Nachbarländern während der stillen Zeiten eine nationale Agitation genährt und damit die Gemüther auf eine Wendung vorbereitet, welche ihnen jetzt als eine peinliche Ueberraschung entgegentritt.

Durch den gegenwärtigen Krieg, in welchem Frankreich seine letzte Volkskraft erschöpft, während das deutsche Volk erst zum vollen Bewußtsein seiner ganzen Stärke gelangt, ist der Antagonismus zwischen der lateinischen und der germanischen Rasse für lange Zeit verschärft, und dadurch wäre schon von selbst die elsässische Frage zur Höhe eines akuten Konfliktes gesteigert, wenn auch ihre Lösung nicht schon an sich zum ganzen Sachverhalt dieses weltgeschichtlichen Prozesses gehörte. Die Elsässer werden die Waffen für oder gegen uns zu tragen haben, mit oder wider uns sein; es wäre das schwerste Verbrechen, sie noch länger der Gefahr des Brudermordes auszusetzen. Oder vielmehr: sie würden gegen Deutschland die Waffen tragen müssen, wenn ihre Abtrennung von Frankreich nicht Frankreichs Schwäche und damit den dauernden Frieden gewährleistete.

Das Volk in Süddeutschland begriff vom Anbeginn des Krieges, daß es nun sein angestammtes Recht auf den sichernden Grenzwall der Vogesen und auf den losgerissenen Theil seines natürlichen Verkehrsgebietes verwirklichen müsse; sowie, daß aus diesem Kriege ein Zustand hervorgehen müsse, der in Zukunft allen Zweifeln an der vaterländischen Gesinnung seiner Fürstenhäuser und Regierungen von selbst ein Ende machen werde. Aber eine höhere Freudigkeit schwellte die Brust unserer süddeutschen Brüder, als die deutsche Fahne vom Straßburger Münster wehte! Das Bewußtsein gesühnter Schuld, wiederhergestellter Gerechtigkeit und eines großartig erfüllten Staatslebens erfüllt und erhebt sie. Unwillkürlich wird da von allen Parteien die Rückkehr der verlornen Stämme mit dem Wiederaufbau des Kaiserthums in Verbindung gebracht. „Mehrer des Reichs," — der Titel hatte ehedem den Sinn, daß deutsches Recht verbreitet, deutsche Sitte geschützt werden sollte. Und wenn wir den Verfall des französischen Staatswesens ins Auge fassen, so hat diese Mehrung des Reiches dasselbe Verdienst, wie früher die an den unwirthlichen Nord- und Ostmarken. Die Süddeutschen wollen den neuen Erwerb so sicher geschirmt, so fest behütet wissen, daß sie ihn selber nicht besitzen, sondern nur dem starken Preußenstaat in Obhut anvertrauen möchten.

Wie sehr in der That alle diese Fragen innerlich verkettet sind, erkennt man schon daran, daß auch die inneren Feinde der deutschen Einheit, die radikalen, wie die ultramontanen Fraktionen und Faktionen, sich mit heftigem Drang für die Integrität des bisherigen französischen Gebietes erklären, und unter Anderem zu diesem Behufe auch die Volksabstimmung im Elsaß beantragen, wenn sie nicht etwa bescheidenerweise sich damit begnügen, von König Wilhelm und dem Grafen Bismarck ganz gemüthlich die Errichtung einer elsässischen Republik zu verlangen, welche Deutschland beschützen müßte, damit sie ungehindert mit Frankreich fraternisiren und dessen revolutionären Elementen unter des deutschen Adlers Fittigen eine Brutstätte bereiten dürfte.

Das Unlogische und Trügerische der Volksabstimmungen

über allgemeine Fragen, und gar provinzialer Abstimmungen über nationale Lebensfragen, ist schon früher von uns erörtert worden. Wenn der Bonapartismus in Nizza und Savoyen, in Mexiko und, ich glaube, auch in Kambodge beliebige Plebiszite zu Wege brachte, wenn er selbst in Frankreich mit der imposanten Einstimmigkeit seiner grundlegenden Volksbeschlüsse die Welt, sich selbst und das stimmende Volk selber so glänzend betrügen konnte, daß eben die Plebiszite Nichts bewiesen, als die allgemeine Unklarheit oder Willenlosigkeit, so muß diese Methode der Willensprüfung jedenfalls grundfalsch sein, und es wäre vor allen Dingen höchst unwürdig, auf derartigen Schwindel auch nur annähernd einzugehen. Diese vorgeblich demokratischen Manöver hängen eben tief mit Frankreichs revolutionärer Auflösung des Staatsbegriffs zusammen, welche aus dem übertriebenen, auch von der Demokratie unklug geförderten Emporschrauben des gouvernementalen Absolutismus hervorging. Die verbrecherische Frivolität, inmitten eines unglücklichen Krieges die bestehende Regierung zu beseitigen; diese äußerste Frivolität, welche Zustände schuf, für die kaum in dem besiegten Paraguay die Analogie zu finden ist, wäre selbst bei Franzosen undenkbar ohne den herrschenden Wahn von der beglückenden Allgewalt konstituirender Versammlungen. Wir sehen, wie weit sie damit kommen, den Staat bei jeder Gelegenheit in seinen Grundmauern zu erschüttern. Die Kontinuität des Staatswesens ist ihnen abhanden gekommen; vergebens verlangen sie von der abstrakten Theorie organische Lebensformen, und hinter den erhabenen Phrasen bricht der roheste Eigennutz des staatswidrig verwilderten Individuums, selbst den militärischen Organismus auflösend, durch.

Erscheint dieser Zustand den Elsässern so verlockend? Und wenn dem so wäre, wenn sie auch fernerhin darauf verzichten wollten, ein Glied des deutschen Nationalkörpers zu sein, der

Körper kann auf seine Gliedmaßen nicht verzichten; — wie stattlich er auch sonst sei, er lebt nicht in voller Gesundheit, so lange ein Glied krankt.

Charakteristisch ist es, wie die sozialdemokratische und volksparteiliche Halbdenkerei auf das Dogma der Unverletzlichkeit des französischen Gebietes eingeht. Als Napoleon III. es im Südosten vergrößerte, wurde dasselbe nicht als ein organisches Ganze betrachtet, an dessen Peripherie keine Veränderung vorgenommen werden dürfe. Wenn aber Frankreich nur wachsen kann, ohne Einbuße zu fürchten, so wird ihm die Friedensstörung gar zu bequem gemacht. Durch Nizza und Savoyen hat Frankreich seine Richtung nach der rein romanischen Seite verstärkt, und überhaupt ist das celtisch-romanische Element in Frankreichs neuester Geschichte immer ausschließlicher hervorgetreten, so daß die deutschen Stämme in der französischen Staatsverbindung zu immer tieferer Ohnmacht und Bedeutungslosigkeit verurtheilt wurden. Ohne dieses stärkere Durchdringen des celtisch-romanischen Geistes wäre der Bonapartismus nicht eine französische Institution geworden, deren Ergebnisse die Bonapartes noch lange überleben werden. Dieser Geist ist die Ursache, daß jetzt während des Krieges in den südlichen Hauptstädten spanische Pronunciamentos mit mexikanischer Verwirrung entstehen und sich eine Art der Kriegführung ausbildet, welche der irischen Fenier würdig wäre.

Einer ihrer besten Denker, Ernst Renan, sprach kürzlich die Behauptung aus, Frankreich ohne das Elsaß sei nicht mehr Frankreich. Ein stärkeres Armuthszeugniß ist wohl niemals einer großen Nation ausgestellt worden. Das besagt gleichsam, daß der französische Geist im gegenwärtigen Stadium seiner Geschichte sich vor sich selber fürchtet. Also dieses große Frankreich, das, wie uns Renan wiederholt versichert und wir nicht bestreiten wollen, der europäischen Kultur so unentbehrlich ist, dies Frankreich ist nur es selbst durch einige deutsche Provinzen, deren eigenes Geistesleben völlig erstarrt ist, seitdem sie vom Mutterlande abgerissen wurden.

Wenn sich dergestalt in Frankreichs Physiognomie die verwandtschaftliche Aehnlichkeit mit den südamerikanischen Republiken immer schärfer ausprägt, so hat in der europäischen Staatengruppirung Preußen, dessen Schwerpunkt noch bis 1815 nach Osten gravitirte, durch seine verstärkte Ausdehnung nach Westen an sich schon für die Erfüllung der deutschen Kulturaufgaben Bürgschaft gegeben und genommen. Elsaß eine preußische Provinz, das wäre noch vor Kurzem undenkbar gewesen, es ist auch nur denkbar, wenn Preußen in Deutschland wirklich aufgeht und das Königthum hinter dem Kaiserthum zurücktritt. Aus dieser Richtung sollte aber auch das übrige Europa die Beruhigung schöpfen, daß die gegenwärtige Veränderung eine definitive Abrundung bedeutet und nicht als ein Pfand weiterer Ausdehnung gelten soll.

Das arme, verblendete und von giftiger Leidenschaft bethörte Franzosenvolk wird sich freilich dieser Anschauungsweise verschließen. Auch darin liegt ein Moment seiner Schwäche. Ehe es die verwüsteten Felder düngt, wird es an den Neubau seiner Festungsmauern denken. Welch' ein Land, in dem die Mehrzahl der Städte befestigt ist, obgleich es an keiner Seite einen Nachbar zu fürchten hat! Statt seine eigene Kraft zu selbständiger Größe sammelnd zu entfalten, wird es in neidischer Wuth von dem Glück der Nachbarn gepeinigt sein und in ohnmächtigen Versuchen zu deren Minderung seine letzten Kräfte vergeuden. Und zwar dies um so mehr, als neue Keime einer innerlichen Entwickelung bei ihm in keiner Hinsicht sichtbar sind. Aergeres, als jemals einer lebensfähigen Nation beschieden war, bricht jetzt über die Franzosen herein, denn schlimmer, als die Belagerung der Hauptstadt, als der Verlust von Armeeen und

Provinzen, ist die innere Auflösung aller festen Einrichtungen, die Unfähigkeit, eine Regierung zu bilden, das Aufhören des Landes als Rechtssubjekt, so daß vielleicht der Ueberwinder diesem noch in der Demüthigung hochmüthigen Volke zu seiner Konstituirung behülflich sein muß. Die rohe Vorstellung, welcher der Radikalismus auch noch in andern Ländern huldigt, daß es mit irgend einer leeren Formel, z. B. Republik, rothe Fahne, Terrorismus, gethan sei, geht rasch genug in die Brüche. In Frankreich zumal war und ist die Republik immer nur das Aushängeschild für die Dictatur oder für die Anarchie. Ihre Plebiszite waren die Karrikatur des allgemeinen Stimmrechts, wie ihre National- und Mobil-Garden und Freischützen die Karrikatur der allgemeinen Wehrpflicht sind. Seit drei Menschenaltern wiederholen sie dieselben formalen Experimente, und jetzt sogar bespiegelt sich ihr Epigonenthum in einem affektirten Terrorismus, dessen theatralische Darstellung uns die Bilder von 1792 kommentirt. Wuth verwechseln sie mit Muth. Und da ihre Unüberwindlichkeit zu ihren Dogmen gehört, so schreiben sie jede Niederlage einer Verrätherei zu und schlagen blind um sich. Der klare Begriff der Gesetzlichkeit ist ihnen völlig abhanden gekommen; jede Partei sinnt auf einen Staatsstreich oder acceptirt ihn. Alle Parteien träumen von einer starken Regierung und keine versteht es, ihre Stärke anders, als auf die momentane Gewalt, zu begründen. Mit der Gewalt geht die Täuschung Hand in Hand, und Nichts erreicht die Höhe der offiziellen Lüge, als die Höhe der allgemeinen Leichtgläubigkeit. Ihre Verlogenheit und Leichtgläubigkeit decken einander, wie ihr demokratischer Absolutismus und die daraus entsprungene Entwürdigung. Der Radikalismus verschlimmert das Uebel stets, indem er die Centralisation verschärft. Unter jeder Regierung bildet sich ein Hof als Mittelpunkt der Korruption und Demoralisation. Selbst die Traditionen der Gleichheit leiden darunter, und das Bedürfniß der Reglementirerei beeinträchtigt sogar die konfessionelle Freiheit. Der einzige ihrer Denker, der den Finger in die Wunde gelegt hat, Tocqueville, gilt ihnen für einen Reaktionär, so gut er auch die Demokratie in Amerika verstanden hat. Dies beweist, wie entfernt die Franzosen noch von der, die Heilung bedingenden Selbsterkenntniß sind.

Noch ein anderer Umstand spricht für den Verfall Frankreichs, nämlich die tiefe Spaltung, welche durch die gesellschaftlichen Klassen geht und die sich selbst jetzt noch in der äußersten Gefahr geltend macht. In einer verzweifelten Lage, der gegenüber bei jedem gesunden Volke alle Partei- und Klassenunterschiede verschwinden würden, ist Frankreich von Parteiungen zerklüftet, und die Standesunterschiede spielen bis in die Armee hinein.

Die Keime dieses Verderbens sind längst erkannt, aber das Gesammt-Resultat tritt jetzt erst an den Tag. Es ist eine lange Rechnung, deren Fazit das Schicksal spät erst zieht.

Das Elsaß, welches, so lange es zu Deutschland gehörte, so reiche Geistesblüthen trieb und sich auf fast allen eigenthümlichen Gebieten des deutschen Geisteslebens auszeichnete, ist verstummt, seitdem es mit Frankreich vereinigt war. Seine Wurzeln waren zusammengeschnürt. Auch abgesehen von der Fremdheit des Stammes, in Frankreich ist überhaupt kein Raum für eigenes Provinzialleben. Die Provinz geht im Departement unter, sie ist nur ein Konglomerat administrativer Bruchtheile, ihr Sonderleben wird angefeindet und eingeschränkt. Die Franzosen haben ihre deutschen Departements zwar gehörig ausgebeutet und ausgenutzt, besonders in der Armee, aber dankbar haben sie sich nicht dafür erwiesen. Die Elsässer waren immer nur Franzosen zweiter Klasse und dem Spotte der Pariser preisgegeben. Was sie früher an Frankreich fesselte, das weite Verkehrsgebiet, die kodifizirte Gesetzgebung und die Rechtsgleichheit, das finden sie jetzt auch bei uns. Niemand denkt daran, ihnen das eingeführte Gesetzbuch zu nehmen, das ja dasselbe ist, wie in allen unseren linksrheinischen Ländern und in Baden. Und was das Verkehrsgebiet betrifft, so ist in neuester Zeit mit unwiderleglichen Zahlen nachgewiesen worden, daß das Elsaß sowohl an industriellem Aufschwung, wie an Bevölkerungszunahme weit hinter allen benachbarten deutschen Provinzen zurückgeblieben ist. Daß ihre Fabrikzweige in Deutschland reichlichen Absatz finden werden, sieht man schon an der Angst ihrer rechtsrheinischen Konkurrenten. Während sie neue Absatzwege gewinnen, lassen sich die gewohnten Absatzwege durch liberale Handelsverträge schon vom Friedensschlusse an sichern. Wir sind überzeugt, die staatliche Veränderung wird ihnen, an dem bisherigen Zustande gemessen, im Wesentlichen nur Vortheile bringen. Wenn es aber noch denkbar wäre, daß sie bei Frankreich blieben, so müßte man annehmen, daß sie nicht nur von den Lasten und dem Ruin mehr als ihren verhältnißmäßigen Antheil zu tragen hätten, sondern auch, bei dem krankhaften Gemüthszustande des in seiner nationalen Eitelkeit tief gekränkten, in seiner Zuversicht erschütterten Franzosenvolkes, übertriebenem Mistrauen und besonderer Anfeindung begegnen würden.

Dagegen werden sie bei uns, unter welchen Formen auch ihre Einfügung in den deutschen Gesammtstaat sich vollziehen möge, jedenfalls sehr bald der Errungenschaft kommunaler Selbstverwaltung sich erfreuen; und es wird nicht angehen, sie in diesem Punkte auch nur für kurze Zeit zurückzusetzen. Vielmehr muß die Nachbarschaft Badens überhaupt ein mächtiger Sporn sein, nach dessen reformirten Einrichtungen auch in den alten, wie den neuen Provinzen Preußens vieles Veraltete aufzubessern. Der Landmann wird für die niedrigeren Grund- und Stempelsteuern nicht unempfindlich sein.

Es versteht sich von selbst, daß das Elsaß eine preußische Provinz werden muß. Die unklare ja widersinnige Kombination, daraus ein abstraktes „Reichsland" zu machen, war wohl nur ein offiziöser Fühler, mit dem etwas ganz Anderes gemeint war, als dienstfertige Federn in der Hast des Gehorchens daraus herleiteten. Als ob das deutsche Bundesstaatswesen nicht schon verwickelt genug wäre! Die Bundesgewalt hat keine Organe zu einer konstitutionell-gesetzlichen Verwaltung einzelner Staaten. Und aus einem dichtbevölkerten Lande von ältester deutscher Kultur, dem wir das Beste, dessen wir fähig sind, zu bieten die Verpflichtung haben, eine Art nordamerikanischen „Territoriums" (ohne eigene Verfassung) machen zu wollen, — der Gedanke schon wäre frevelhaft! Eine gewisse Frist diktatorischer Verwaltung wird dagegen unvermeidlich sein, um die administrativen Uebergänge zu beschleunigen. Doch sollten in dieser Zeit keine organischen Einrichtungen ohne die Zustimmung des Reichstages oder eventuell des preußischen Landtages getroffen werden. Denn das Diktatur-Jahr, womit die Annexionen von 1866 begnadet waren, hat uns über die Weisheit der uneingeschränkten Bureaukratie sattsam aufgeklärt. Unseres Erachtens werden die Elsässer in wenigen Jahren an unserem Heerwesen und an unseren politischen Wahlen theilzunehmen gewillt und befähigt sein. Sie werden bald fühlen, welcher unendliche Segen in der selbständigen Betheiligung an einem aufstrebenden Staatswesen eigener Nationalität liegt, und ihren Antheil eifrig fordern. Was der Elsässer vor Allem gewinnt, das ist: sich selbst. Gerade wie die deutschen Heere nicht blos das Elsaß, sondern das deutsche Reich erobert haben.

VI.

Die nächsten Aussichten und Ziele.

Ende Dezember 1870.

Kaiser und Reich! Deutschland unter Einem Hut! So wäre denn erfüllt der sehnliche Wunsch deutscher Patrioten, der lange nur ein leerer Traum, lange nur ein hoffnungsloses Sehnen geschienen. Soll hier der Satz zur Anwendung kommen: „Was man in der Jugend gewünscht, hat man im Alter die Fülle" — so geschieht das sicherlich in dem Sinne, welcher dieses Satzes eigentlichster Sinn ist: daß nämlich die Erfüllung doch ganz anders aussieht, als das Bild des Wunsches, und jedenfalls ganz anders aufgenommen wird. Die Kaiserdeputation des Reichstages im fernen Feldlager, ein deutscher Fürstentag an der, von Ludwig XIV. geschaffenen Nekropolis des französischen Königthums, — dabei kann man schon an den erwachten Barbarossa und andere mittelalterliche Größen denken. Daneben aber diese krause Menge fürstlicher Vorbehalte und komplizirter, ja widerspruchsvoller Zusatzparagraphen, in welchen sich noch zu guter Letzt die ganze Misère deutscher Kleinlichkeit, bureaukratischer und dynastischer Engherzigkeit abgelagert hat. Immerhin stehen die Umfassungsmauern des deutschen Reiches fest aufgerichtet, und das Ausland, welches zum Glück manches beschämende Detail übersieht, muß uns künftig respektiren als *eine* Nation und als *einen* Staat. Endlich haben wir mit schweren Mühen, aber auch mit reicherem Inhalt, die Form erlangt, welche andern Völkern gleichsam in die Wiege gelegt worden. Lächerlich, wie eine Kinderkrankheit im reifen Alter, war unsere staatliche Zersplitterung. Sind wir völlig geheilt? Vielleicht durch eine kleine Dosis des Giftes gegen Rückfälle geimpft? Die unumwundene Erklärung der preußischen Regierung, daß die Umwandlung des norddeutschen Bundes zum deutschen durch eine Verstärkung des föderativen Elementes erkauft sei, bedeutet ja nichts Anderes, als den zweifelhaften Trost, daß der Partikularismus im Bunde weniger gefährlich sei, als der vor den Thoren des Bundes stehende. Darüber ließe sich streiten. Volk und Führer aber wollten, das läßt sich nicht verkennen, vor allen Dingen das viel besungene Ganz-Deutschland in der Wirklichkeit sehen, wenn auch mit der ganzen Einbuße, welche die Wirklichkeit dem Ideale abzuhandeln pflegt. Freilich war auch das Gebäude von 1866 Anfangs als ein unwohnlicher Nothbau betrachtet worden, und hatte sich doch recht nützlich erwiesen. Diese glückliche Erfahrung hat die Baumeister von gestern kühner und dreister gemacht, vielleicht etwas zu kühn und zu dreist. Man hat dem deutschen Idealismus so oft das System der Abschlagszahlungen angepriesen, daß er sich eingeschüchtert zurückzog.

Der deutschen Nation ist es nicht bescheert, sich träger Ruhe zu erfreuen und friedlichen Genüssen hinzugeben; noch viele Jahre lang wird sie an ihrer inneren Verfassung zu arbeiten haben und, nachdem sie die äußeren Feinde zurückgeschlagen, an manchem Feinde im Innern ihre männliche Kraft erproben. Wir vertrauen, daß sie das rechte Ziel unverrückt im Auge behält. Die Zielpunkte sind deutlich genug abgesteckt; denn überall, wo dem Volke in diesem Verfassungskonvolut ein gutes Recht vorenthalten, ist auch ein besonderer Vertrags-Riegel davorgeschoben, der dem Rost der Zeiten trotzen soll. Nur vermögen alle Vertragsartikel und Verfassungsparagraphen auf die Länge wenig gegen den vollbewußten Geist der Nation und die großen Strömungen der Weltgeschichte.

Doch um uns am Nächsten zu halten; die noch herrschende Neigung zum Provinzialleben, welche in dem Bestande der Mittelstaaten eine Gewähr zu finden glaubt, ist in den neuen Stipulationen reichlich befriedigt. Wenn wir die Mittelstaaten von den Duodezstaaten unterscheiden, so sind jene der Gesammtheit, diese ihren eigenen Bevölkerungen am schädlichsten. Diese haben die Konsolidirung des Nordbundes nicht gehindert; sie können bestehen oder verschwinden, es hat im Ganzen wenig auf sich. Mit jenen aber wird der deutsche Bundesstaat eine schwierige Abrechnung haben. Der Charakter des Bundesstaates ist wesentlich verändert. Die preußische Regierung würde sich bitter täuschen, wenn sie im Bundesrathe an den Kleinstaaten eine ernstliche Stütze zu haben glaubte; nur im Reichstage kann sie ihre Unterstützung suchen, nur im Volke den Schwerpunkt finden.

Aber nur selten hat Preußens Regierung den preußischen Beruf begriffen; auf einen Staatsmann, der sich ihm widmete, kommen zehn, die sich als Hemmschuhe an die Räder hefteten. Heutzutage ist Alles, fast unwillkürlich, auf den Reichskanzler berechnet, — um so mehr, als das Reichsministerium in unabsehbare Ferne gerückt ist. Es ist vielleicht falsch zu sagen, daß die Reichsverfassung dem Reichskanzler auf den Leib zugeschnitten sei, aber es ist erlaubt, zu meinen, daß wir vorläufig keinen Zweiten wissen, der mit dieser verzwickten Maschinerie zu arbeiten im Stande wäre. Darum möchten wir uns an seine Adresse eine Bemerkung erlauben: Es giebt zwei Kategorien großer Männer, die Einen, welche sich durch ihre Schöpfungen entbehrlich zu machen wissen, und die Andern, deren Schöpfungen durch ihren Abgang erschüttert werden. Möge er sich den höchsten Dank erwerben, in den Institutionen, und nicht blos in der geschichtlichen Erinnerung unsterblich fortzuleben.

Wer uns Deutsche so lange singen und sagen hörte vom Kaiser und vom Reich, von den Ottonen, den Hohenstaufen und dem Kyffhäuserberg, von „Aachen in seiner Kaiserpracht“, der hätte sich, besonders wenn er ein Ausländer ist, den Enthusiasmus lauter und stürmischer vorgestellt. Aber so ruhig unsere Jugend ins Feld zog, so ruhig und sicher wußte sie, daß sie den höchsten Siegespreis erkämpfen würde. In Süddeutschland, wo Anfangs die Gefahr größer schien, thut sich jetzt auch die Freude etwas ungestümer kund. Ueberall zwar wird der Festjubel von dem Hinblick auf die zahllosen Opfer pietätvoll gedämpft. Allein jenseits des Mains wurde mit richtigem Instinkt von Anbeginn die Kaiserkrone lebhaft zur Sprache gebracht, und insbesondere auch, da wir diesseits noch zögerten und zweifelten, die Wiederaneignung von Elsaß-Lothringen auf das Dringendste gefordert. Der Mehrer des Reiches konnte und durfte nicht ohne diese wesentliche Mehrung erstehen. So verschieden auch der neue protestantische Erbkaiser, der den Gedanken der deutschen Nationalität verwirklicht, von dem universal-katholischen, römisch-deutschen Wahlkaiser mit seinen Römerzügen und Investiturstreitigkeiten ist, so ist der Titel doch mehr als ein leeres Symbol oder eine bloße Befriedigung mittelstaatlich-dynastischer Empfindlichkeiten. Drängten sich auch leise und nicht eben erfreuliche Reminiscenzen an Kurfürsten und Wahlkapitulationen bei den letzten Verhandlungen auf, so verlief doch die große Staatsaktion gar zu geschäftsmäßig und paragraphenartig, um viel romantischen Spuk aufkommen zu lassen. Bei solchen großen Entwickelungen ist aber das unmittelbare Wollen und Fühlen des Volkes zu mächtig, als daß seinen Vertretern viel zu thun übrig bliebe. Und wenn im Augenblicke, da ich dies schreibe, das Schicksal des Ganzen noch von einer oder zwei Stimmen im bayrischen Abgeordnetenhause abzuhängen scheint, so ist das eben nur Schein. Das Zufallsspiel, das in den, von alter Kirchlichkeit und moderner Bildung, wie Bayern und Belgien, gespaltenen Ländern oft die wichtigsten Entscheidungen in dieser Weise bedingt, wird uns nicht ernsthaft auf die Probe stellen, welche wahrscheinlich der deutschen Einheit und jedenfalls dem liberalen Fortschritt in Baiern äußerst förderlich sein würde.

Die Vorstellung, den bevorstehenden Friedensvertrag von Kaiser und Reich unterzeichnet zu sehen und so die europäische Anerkennung in der glänzendsten Form als selbstverständlich hinzunehmen, hat für Alle so viel Verführerisches, daß über manches ernste Bedenken kurz hinweggegangen wird. Zudem wird die allgemeine Stimmung von den ungeheuren Thatsachen der Kriegführung beherrscht. Der erste Monat des Krieges hatte so berauschende Resultate gebracht, daß man sich in die naturgemäße Verzögerung der letzten Ergebnisse schwer findet. Bald werden auf unserer Seite Fehler vermuthet, bald wird der Gambetta'schen Diktatur überschätzend zugetraut, sie habe wirklich einen imposanten republikanischen Volkskrieg organisirt. Was den ersteren Punkt anlangt, so wandeln wohl nur Wenige unter den Lebenden, denen eine kompetente Kritik der Anordnungen unseres großen Generalstabes zusteht. Daß bei der Ausführung so umfassender Konzeptionen Fehler mitunterlaufen, ist unvermeidlich. Wenn alle unsere Führer auf der Höhe der Vollkommenheit stehen sollten, welche der deutsche Soldat bewährt, dann freilich wären wir von Wunder zu Wunder geschritten. Auch die wissenschaftliche Kritik der Wenigen, welche zu reden berufen sind, muß schweigen, so lange die Kanone das Wort hat. Wahrscheinlich werden in den spätern authentischen Berichten die deutschen Siege noch viel glänzender erscheinen, wenn das französische Märchen von unserer enormen numerischen

Ueberlegenheit durch bestimmte Zahlen widerlegt, ja für gar viele Fälle das direkte Gegentheil erwiesen wird. Erst jetzt erkennt man aus ihren Ueberbleibseln, wie groß die Truppenmacht war, mit welcher Napoleon III. in das Feld zog. Anerkanntermaßen war des Gegners Bewaffnung in mancher Beziehung die bessere. Die physische und moralische Ueberlegenheit der deutschen Soldaten gegenüber jener afrikanisirten Soldateska gab, neben der trefflichen Oberleitung, den Ausschlag. Die Todesverachtung unserer Krieger ist nicht Wildheit, sondern Pflichtgefühl. Wir haben die Vortheile des Volkskrieges neben denen der ausgebildeten Kriegskunst auf unserer Seite. In unsrem Volksheer ist die bürgerliche Gleichheit, auf Leben und Sterben, aufrichtiger verwirklicht, als noch gegenwärtig in der französischen Armee, wo hinter dem unwissenden und verwilderten Landsknecht der friedliche Nationalgardist steht, der seine Vaterlandsliebe und Ruhmsucht höchstens durch erhöhte Steuerzahlung bethätigen zu dürfen glaubt. Dazwischen ein abenteuerliches Zwitterding nach neuestem Zuschnitt: der studentische Mobilgardist und der bäuerische Freischütz, der hart an den südromanischen Banditen streift und, zu schärferer Signatur, noch den Garibaldiner und sonstiges, von allen Küsten des Mittelmeeres zusammengelesenes, Gesindel neben sich hat. Auch an Arabern und Kabylen fehlt es diesem angeblichen Volksheere noch nicht. Diese bunten Gestalten setzen kein Volksheer zusammen, wenn auch die in Gambetta personifizirte Schablone von 1793 gewisse Klassen in die Uniform treibt, welche sich früher loszukaufen wußten. Ob und wie lange sie kämpfen werden, ist eine andere Frage. Gambetta's terrorisirende Verordnungen vermochten nicht das „Aufgebot in Masse" zu realisiren; im Norden hindert es die feindliche Okkupation, im Süden die schwächliche Gesinnung der Bewohner. Der ganze scheinbare Aufschwung scheint an Einem Manne zu hängen.

Gewohnheitsmäßig gehorchen die Franzosen dem Ersten und Einzigen, der irgend eine Initiative ergreift, und dann oft mit überraschendem Fanatismus oder Elan. Aber ebenso plötzlich tritt auch der Umschlag ein. Mag sich auch die Loire-Armee etwas besser geschlagen haben, als nach vielen Vorgängen erwartet wurde, sie hat sich doch lange nicht so gut geschlagen, wie die kaiserlichen Truppen bei Mars-la-Tour und Gravelotte. Was die Begeisterung der Nation betrifft, so war diese entschieden auf ihrem Gipfel, als der „kaiserliche Prinz" Saarbrücken beschoß. Das Unglück hat den Sinn der Franzosen noch nicht gereinigt und veredelt. Vom Wesen des Volkskrieges können wir in den heutigen Begebenheiten nur dessen schlechteste Seiten erkennen: die Hintansetzung aller völkerrechtlichen Kriegsregeln und aller Gebote der Humanität, die Anpreisung des Ehrenwortbruchs, die feige Grausamkeit gegen Verwundete, Vereinzelte und Unbewaffnete. Natürlich mußte aber unter allen Umständen der zweite Akt unserer Kriegführung, nämlich die Unterwerfung des Landes, langwieriger und weniger glänzend sein, als der erste Akt, die Besiegung der regulären Armee.

Ueber das Maß der Friedensliebe in Frankreich können wir noch nicht urtheilen, da der Friedenspartei unter Gambetta's Diktatur kein öffentliches Organ zu Gebote steht. Die Erbitterung mag in vielen Schichten der Bevölkerung tief gehen, allein zwischen Erbitterung und Kampfeslust ist noch ein Unterschied. Ein wahrer Volkskrieg läßt sich nicht durch Ordonnanzen improvisiren. Auch wir haben die Schmach von 1806 erst nach sieben Jahren saurer Arbeit und angestrengtester Willenskraft unter besonders günstigen Umständen auszulöschen vermocht. Würde der Feind uns damals nur fremde, zum Beispiel polnische Provinzen abgenommen haben, so würden wir wahrscheinlich den Verlust verschmerzt und unser Staatswesen friedlich verjüngt haben.

Somit wäre es auch nicht undenkbar, daß der französische Nationalgeist die ihm erst seit Ludwig XIV. aufgedrängte Richtung wieder verließe, daß die Pariser künftig lieber die Athenienser, als die Römer spielen wollten. Allein sicher ist das keineswegs. Wenn die Franzosen in dem wüsten Geiste der Rache beharren und verkommen wollen, so sollen sie uns wenigstens nicht nöthigen, stets Gewehr bei Fuß an der Grenze zu stehen und die edelste Volkskraft in unfruchtbaren Rüstungen zu erschöpfen. Darum herrscht im ganzen deutschen Volke der feste Wille, nun auch mit den letzten Opfern nicht zu geizen, um ein für alle Male eine leicht gesicherte, in sich gefestete Grenze zu ziehen. Da das strategische und nationale Interesse hierbei leicht auszugleichen sind,. so ist nicht zu befürchten, daß die äußere Macht eine Ursache innerer Schwäche werde. Wie sehr man auch der Einverleibung feindseliger Bevölkerungen widerstrebe, so läge darin noch kein Grund, die Grenze ängstlich nach der Stammeseigenschaft jedes einzelnen Dorfes, etwa im Zickzack, zu ziehen. Das Wesen eines Nationalstaates beruht nicht auf der pedantischen Uebertreibung des Autochthonenthums, sondern besteht in der unbedingten und unbestrittenen Durchdringung aller Staatsverhältnisse durch einen bestimmten, organisch gestaltenden Nationalgeist. Wie nun einmal in Europa die Rassen gemischt sind, wird es immer in der Mehrzahl der benachbarten und selbst entfernterer Länder deutsche Ansiedelungen geben, und ebenso unvermeidlich wird es sein, daß hier und da eine französische Ortschaft in das deutsche Gebiet falle. Den Schlüssel zu seinem Hause muß eben Jeder in der eigenen Tasche tragen; ein Haus ohne verschließbare Thüre fordert zum Verbrechen heraus. Wenn nur aller Sprachzwang ausgeschlossen bleibt, und der Geist der Selbstverwaltung die natürlichen Gegensätze versöhnt!

Neuerdings sind nämlich, mehr andeutungsweise, als gerade

heraus, Zweifel erhoben worden, ob Metz in die deutsche Grenze einzubegreifen sei. Daß es zu Deutschlands militärischer Sicherung fast unentbehrlich sei, ist von allen kriegswissenschaftlichen Autoritäten, sowie in offiziellen Kundgebungen ausgesprochen und bestätigt worden. Durch die Schleifung der Luxemburger Festung ist die Wichtigkeit von Metz noch unendlich erhöht. Bietet man uns dagegen die Schleifung der Metzer Festungswerke an, so antworten wir, daß wir den Frieden zu sichern bestrebt sind, nicht den Krieg zu verewigen. Begnügte sich Deutschland aber mit der Schleifung von Metz, so müßte es Tag und Nacht wachsam darauf achten, ob nicht heimlich ein Stein zum anderen gefügt und die alten Befestigungen wieder hergestellt würden. Statt der Entwaffnung wäre verdoppelte Wachsamkeit angezeigt, die Kriegsbereitschaft würde der regelmäßige Zustand werden. Eventuell müßten wir den Krieg annehmen, wenn es gerade den Franzosen gelüstete, den neuen Barrièren-Traktat zu brechen; dabei fiele noch auf Deutschland die Gehässigkeit des Angriffs. Bedenken wir doch, daß in den nächsten Jahren Frankreich sich überall nach Allianzen gegen Deutschland umsehen und sie auch mit den schwersten Opfern, zum Beispiel durch Preisgebung seiner Interessen im Orient, zu erkaufen suchen wird; daß dagegen unsere Diplomatie, unter den neuen Bundesverhältnissen, wohl einen etwas schwerfälligen und langsamen, jedenfalls einen sehr friedfertigen Gang einhalten wird. Dazu kommt, daß man die Franzosen mit allen Verträgen der Welt nicht lange verhindern kann, in und um Metz, dessen geschützte Lage durch ringsum sich erhebende Anhöhen fast eine natürliche Festung bildet, verschanzte Lager aufzuführen. Hat schon das Lager von Chalons unsere Aufmerksamkeit unter Napoleon III. wach halten müssen, wie viel mehr ein Metzer Lager unter Napoleons schlimmeren Nachfolgern! Man stellt uns vor, die Franzosen könnten ja doch ein Trutz-Metz gegenüber bauen. Um so unentbehrlicher ist uns der Besitz von Metz! — Die Widersacher stellen sich an, als ob an der Metzer Frage der Frieden hinge. Wenn die Franzosen rechts- und endgültig erklärt hätten, in alle unsere Forderungen zu willigen, außer in die Abtretung von Metz, auch dann noch gäbe es keinen thörichteren Streich, als den Friedensschluß um diesen Preis. Allein so liegt die Frage gar nicht, und den Schwachen unter uns ist zum Glück keine Gelegenheit geboten, ihre Schwächen zu dokumentiren. Die Franzosen werden doch erst nachgeben, wenn sie völlig am Boden liegen und alle ihre Vertheidigungsmittel erschöpft sind. Dieser Moment wird nicht lange auf sich warten lassen. Nach so großen Opfern und der glänzendsten Aufbietung aller männlichen Tugenden wird es doch nicht unmöglich sein, eine kurze Weile auch noch die Tugend der Geduld zu üben, zumal die Ungeduld sich am meisten bei den Daheimgebliebenen zeigt, während unter den Waffen kaum Einer ist, der auf Metz verzichten möchte.

Wenn ferner hier und da Einer auftaucht, der die staatliche Assimilirung der undeutschen Festungsstadt für besonders schwierig erklärt, so erwidern wir ihm, daß eine Festungs- und Garnisonstadt selten einen politischen Charakter behauptet. Unter den gegebenen Umständen mag wohl zu erwarten sein, daß die französische Bevölkerung in Metz rasch ab- und die deutsche rasch zunimmt. An Zugfreiheit soll es jener und dieser nicht fehlen! Vielleicht kommt uns hierbei sogar der französische Nationalhaß zu Hülfe. — Und was gewännen wir bei der Schleifung der Metzer Festungswerke? Eine viel tiefere, nachhaltigere, ja unauslöschliche Erbitterung der Franzosen! Die Geschichte der Kriege und Friedensverträge, bis auf die Frage des Schwarzen Meeres seit dem Pariser Frieden von 1856 und dessen gegenwärtige Kündigung herab, lehrt uns, daß

Abtretungen von Land und Leuten leichter verschmerzt werden, als solche Bedingungen, welche die Souveränetät im belassenen Gebiete beschränken und die dadurch eine immerwährend frische Demüthigung enthalten. Abtretungen werden vergessen und bilden einen neuen Stand der Dinge; beschränkende Bedingungen aber reizen ewig, wie ein Splitter in der Wunde. Man ist stets bemüht den Splitter zu beseitigen, und betrachtet den aufgedrängten Zustand nur als einen provisorischen.

Es sind nicht eben die zuverlässigsten Politiker, welche bei uns in dieser Frage Frankreich die Stange halten. Den rothen Republikanern gilt Frankreichs Boden für geheiligt und unverletzlich. Den Sozialisten und Kosmopoliten ist jede Territorialfrage an sich ein Gräuel und Deutschlands Aufschwung besonders verhaßt. Die Schutzzöllner, welche sich so manchmal mit den Sozialisten auf krummen Pfaden begegnen, fürchten jede neue Konkurrenz und möchten die Grenze so gezogen wissen, daß die reichsten Gebiete davon ausgeschlossen bleiben. Wenn die Weber und Spinner gerne diesseits Mühlhausen eine Mauer erbaut oder eine doppelte Zolllinie um dasselbe gezogen hätten, so daß das arme reiche Elsaß, womöglich als neutrales Land, zwischen Deutschland und Frankreich eingeklemmt und erstickt wäre, so mögen gewisse Eisenproduzenten das billige Roheisen aus dem Metzer Distrikte fürchten. Hinc illae lacrimae! Was unserer Industrie, wie unserem Ackerbau zum höchsten Segen gereichen muß, gilt natürlich der protektionistischen Schule als ein Fluch. Ihnen zufolge dürften nur arme Länder annektirt werden, welche nichts produziren und die dennoch genug consumiren müssen, um ihre Produkte zu erhöhten Preisen zu bezahlen. Wenn nicht jeder Schutzzöllner nur für seine eigene Industrie besorgt wäre und für alle anderen Industrien die Handelsfreiheit zulassen wollte, so würde das Widerspruchsvolle, ja völlig Absurde dieser Theorie auch dem Beschränktesten ein=

leuchten. — Der vorliegenden Frage gegenüber reichen sich also vaterlandsloser Kosmopolitismus, hirnverbrannte Theorie und engherziger Eigennutz die Hände!

Für manche dieser inneren Feinde erscheint es jetzt als ausgemacht, daß die Metzer Frage mit der Luxemburger Angelegenheit in Verbindung gebracht werden soll. In der Luxemburger Sache ist unser materielles Recht so klar und die mehrfache Rechtsverletzung so deutlich erwiesen, daß es nicht in unserem Interesse liegen kann, diese Rechtsfrage mit irgend einem andern Streitpunkte zu kombiniren. Die auf Schrauben gestellte Kollektiv-Garantie von 1867 hatte den Zweck, zwischen Frankreich und Deutschland den Frieden zu erhalten, und diesem Ziele brachte die deutsche Nation ein Opfer, das sie niemals hätte bringen dürfen. Der Zweck wurde nicht erfüllt, der Vertrag nicht gehalten. Frankreich brach sein Wort und den Frieden. Der Vertrag ist nicht blos innerlich hinfällig; er wurde von England längst weggedeutelt, von Frankreich und Luxemburg selbst neuerdings gebrochen. Die Garanten können kein Interesse an einem Vertrage nehmen, den die Interessenten selbst null und nichtig machen. Absurditäten, wie den Selbständigkeitsanspruch der „Luxemburgischen Nation“ (von 200,000 Seelen), deren Neutralität durch ihre feindselige Handlung verwirkt ist, kann Deutschland innerhalb seines Gebietes nicht dulden. Die Lösung der Metzer Frage bringt die Lösung der Luxemburgischen von selbst mit sich, nicht umgekehrt. Will Luxemburg zum Zollverein gehören und den Frieden genießen, den deutsche Wehrkraft aufrecht hält, so muß es sich in irgend einer Form dem deutschen Reiche einfügen lassen und auf die damit unvereinbare Personal-Union mit Holland verzichten. Wir dürfen nicht zögern, soll dieses deutsche, aber von ultramontanen Einflüssen beherrschte Ländchen, das nebenbei in der Botmäßigkeit einer französischen Eisenbahn-Gesellschaft steht, nicht völlig französirt werden!

Ob Luxemburg ein Theil einer preußischen Provinz oder ein selbständiges Glied des deutschen Reichs werde, möge dahin stehen. Was aber Elsaß und Deutsch-Lothringen betrifft, so können wir uns mit dem Plane, der in diesen Tagen auch vom badischen Ministertische verkündigt ward, daraus deutsches Reichsland zu machen, nimmermehr befreunden. Daß diese Provinzen dem deutschen Reiche und nicht dem preußischen Staate zu cediren sind, daß das deutsche Reich darüber die nächste Verfügung hat, das ist unzweifelhaft. Da aber die süddeutschen Grenzstaaten verständig und patriotisch genug sind, die neuen Provinzen sich nicht aneignen und nicht durch Theilung zersplittern zu wollen, sondern einmüthig zugestehen, daß nur Preußen die innere Kraft hat, dieselben zu assimiliren, so mögen wir uns doch über das rechte Ziel nicht einen Augenblick lang täuschen. Nur wenn dieses sicher und ohne Spiegelfechterei ins Auge gefaßt wird, können die nächsten Arbeiten rechtzeitig und angemessen in Angriff genommen werden. Unsere entfremdeten Landsleute sind an ein sehr bestimmtes Staatswesen und an sehr greifbare Behörden gewöhnt. Künstliche staatsrechtliche Kombinationen würden sie nicht verstehen. Wenn man sie auch nicht gleich zur Ausübung aller staatsbürgerlichen Rechte zulassen kann, so müssen sie doch wissen, was ihnen bevorsteht, und sich in ihrem Sinne darauf vorbereiten, damit vertraut machen, darauf einrichten. Mit ihnen scheinbar oder wirklich zu experimentiren, wäre unseres Erachtens eine Unvorsichtigkeit. Die Muster aus der Geschichte der Bundesstaaten für derartige Vogteien, Generalitätslande, gemeine Herrschaften oder Territorien haben wenig Verlockendes und widersprechen überdies den begründetsten politischen Anschauungen der Neuzeit. Allein auch in früheren Zeiten galten solche Ausnahmestellungen meistentheils nicht für dauernde Schöpfungen. Gegenwärtig aber würde, weder im In- noch im Auslande, Jemand zu finden sein, der etwa um solchen Versuches willen Preußens Uneigennützigkeit bewunderte.

Sollen die Elsässer künftig nur im deutschen Reichstage ihre konstitutionellen Garantien finden, so müßte der Reichstag, speziell für sie, alle Funktionen eines Landtages mit übernehmen, und damit wäre die allzu verwickelte Reichsverfassung, kaum unter Dach und Fach, wieder mit prinzipiellen Veränderungen bedroht. Die Elsässer werden das aber stets als eine Ausnahmestellung betrachten, und mit Recht, denn die Vertreter der anderen Bundes-Staaten und Provinzen würden über sie in allen Angelegenheiten berathen, in welchen ihnen über die anderen keine Mitberathung zustände. Ein solcher Ausnahmezustand kann begreiflicherweise kein bleibender sein. Das Provisorium aber, so unvermeidlich ein solches ist, muß keine staatsrechtlichen Neuerungen enthalten; es muß im Gegentheil die regelmäßigen Zustände einer konstitutionellen Landesverfassung möglichst rasch vorbereiten. Und das deutsche Reich selbst ist ja noch nicht so weit, auch nur regelmäßige Ministerien zu bilden. Es steht freilich wohl zu vermuthen, daß die Elsässer sich nicht gerade in Sehnsucht nach den Segnungen des Mühler'schen Kirchenregiments verzehren, am wenigsten die protestantischen Elsässer, welche man zuerst zu gewinnen hoffen darf; noch glauben wir, daß sie die preußischen Geheimräthe alten Stiles herbeiwünschen oder großes Verlangen danach tragen, den oder jenen verehrten Herrn Präsidenten in das Straßburger Präfekturgebäude einziehen zu sehen. Wenn aber der deutsche Reichskanzler zweifelsohne bessere, mildere, populärere Beamten zu seiner Verfügung hat, als der preußische Ministerpräsident, so möge er sie demselben zuweisen, — auch für die alten Provinzen!

Im Grunde fürchten wir nicht die Möglichkeit, die abenteuerliche Idee des „abstrakten Reichslandes“ auf die Dauer verwirklicht zu sehen. Wir fürchten nur, daß dieselbe auf eine

Art Lauenburgischer Personal-Union hinauslaufen würde. Und seit der Neugestaltung des Bundes glauben wir, daß der preußische Staat, den Mittelstaaten gegenüber, wohl eine Verstärkung gebrauchen kann. Die Einverleibung des Elsaß macht ihn erst zu dem deutschen Staate, in welchem alle Stämme, wenn nicht gleichmäßig, doch reichlich vertreten sind.

VII.

Die Sympathien des Auslandes.

Im Februar 1871.

In der englischen, italienischen, russischen, skandinavischen Tagespresse, in den Zeitungen von Cis- und Trans-Leithanien, der Schweiz und beider Niederlande erheben sich von Zeit zu Zeit vereinzelte Stimmen, um Gerechtigkeit für das arme siegreiche Deutschland zu predigen und um von der vorherrschenden Meinung an das Billigkeitsgefühl und das kühlere Urtheil zu appelliren. Derart einsame Denker treten auf, als ob sie für die Kühnheit ihrer Paradoxe um Entschuldigung zu bitten hätten. Wenn schon gegen die einfache Dummheit selbst Götter vergebens ankämpfen, wer vermöchte es gegen das Vorurtheil, das mit dem Gemeinplatz im Bunde steht! Thomas Carlyle, sonst kein besonders wohlwollender Beurtheiler menschlicher Schwächen, sagt am Eingange seines vortrefflichen Briefes an die „Times“ vom 18. November 1870: „Das wohlfeile Mitleid und die Zeitungsjeremiaden über das gefallene Frankreich bewähren wahrscheinlich einen liebenswürdigen Zug der Menschennatur.“ Jedenfalls entspricht dies edle Mitleid für den Gefallenen auch dem Neide, welcher den Sieger zu begleiten pflegt. Indessen fehlt es doch auch dem Glück und dem Erfolg in der Welt selten an Freunden. Wenn trotzdem unsere überraschenden Erfolge bisher gewisse landläufige Vorurtheile nicht zu überwinden vermochten, so liegt das zum Theil sicherlich an der Ueberraschung selbst. Die große Menge wird, selbst von den schlagendsten Thatsachen, nur langsam bekehrt.

Auch findet der bekannte Satz: „Alles begreifen, heißt Alles verzeihen“, hier seine Anwendung zu Gunsten der Franzosen. Die nähere Bekanntschaft läßt den Haß nicht aufkommen. „Hass' ich, hass' ich gleich in Massen“, sagt Goethe, — in Massen, wo man die Einzel-Physiognomien nicht heraus erkennt, wo man gleichsam nach Abstraktionen und einseitigen Auffassungen urtheilt und empfindet. Die allgemeinen Urtheile über ganze Völker sind fast immer falsch und fast immer ungünstig. Nun ist aber Frankreich und französisches Wesen der Welt zugänglicher und verständlicher, als Deutschland und deutsches Wesen, und zwar aus vielen naheliegenden Gründen. Nicht blos, weil ganz Europa seit Ludwig XIV. manche Kulturformen von Frankreich entlehnt und nachgebildet hat, weil die französische Sprache überall gesprochen und verstanden wird, während die deutsche Sprache, schon um ihres großen Reichthums willen schwieriger, sich dem Lernenden noch hinter gothische Buchstaben versteckt und sich bei dem lernbegierigen Entgegenkommen unserer Landsleute weniger dem internationalen Bedürfniß aufdrängt. Die Hauptursache liegt darin, daß das französische Volk, auch in seinen heftigsten Gährungsprozessen, nur mit bekannten Formeln arbeitet, während wir für unsere staatliche Zukunft die Regeln und Einrichtungen aus unseren eigenthümlichen Lebensbedingungen zu entwickeln suchen. Frankreich hat die Erzeugnisse seiner literarischen, künstlerischen, wirthschaftlichen Luxus-Industrie überall hingetragen, und selbst seine Revolutionen wurden zu Exportartikeln. Die deutschen Leistungen dagegen galten, mit Recht oder Unrecht, für unverständlich und ungenießbar. Wie manches deutsche Fabrikat erst durch fremden Stempel auf dem Weltmarkt Eingang findet, so hat selbst die deutsche Philosophie erst in französischer oder englischer Verpackung (Cousin, Renan, Buckle u. s. w.)

ihre Reise um die Welt angetreten. Genug, das Ausland kennt Frankreich mit seinen Fehlern und seinen Tugenden, den Aeußerungen, Vorzügen und Verirrungen seiner Staatsmänner und Schriftsteller so genau, die Welt hat sich an das Alles schon so lange gewöhnt und das Meiste davon so liebenswürdig befunden, daß man, zum Beispiele, selbst das Phänomen, welches Gambetta hieß oder heißt, ohne Verwunderung und ohne sittliche Entrüstung aufnimmt. Diese allgemeine Milde des Urtheils hat nicht wenig zur Selbsttäuschung und Verblendung der Franzosen beigetragen.

Deutschland hat in seiner Dezentralisation zu viel Selbstkritik, eine zu reiche und widerspruchsvolle Mannigfaltigkeit seiner Lebensformen, um ähnliche Privilegien zu genießen. Was wir an Achtung erworben haben, ist baar und mehr als reichlich bezahlt worden. Wie wenig sich der Fremde bisher in unseren Zuständen zurecht fand, wird unter Anderem auch dadurch belegt, daß Napoleon III., der deutsche Sprache und deutsches Land genau kennt, sich, nebst allen seinen Diplomaten und Politikern, über das Verhältniß von Süd- und Nord-Deutschland so gründlich getäuscht hat.

Aber was man nicht kennt oder nicht versteht, davon macht man sich ein Bild; ist nun das Modell unhöflich genug, dem Porträt zu widersprechen, so wird das sehr übel genommen. Deutschland sollte absolut das nebelhafte Wesen sein und bleiben, welches für die materiellen Güter dieser Erde wenig Sinn und Geschmack hat und dieselben willig seinen freundlichen Nachbarn überläßt. Keiner anderen Nation hätte man je den Antrag zu stellen gewagt, sie solle nach einem so glorreichen Kriege den Frieden ohne Gebietsveränderung schließen und dem frechen Gegner alle die Vortheile belassen, welche die perfiden Grenzberichtigungen der früheren Friedensschlüsse ihm zugewendet haben. Freilich finden sich solche querköpfige Meinungen auch unter den radikalen, ultramontanen, großdeutschen und partikularistischen

Parteigängern daheim; wie es sich überhaupt herausstellen wird, daß fast alle ungerechten und unverständigen Urtheile des Auslandes über uns nur der Wiederhall einheimischer Begriffsverwirrung sind.

So lange Deutschland das artige Kind in der europäischen Völkerfamilie war, mit unschuldigen Spielen beschäftigt, ohne Hand an die realen Güter dieser Erde zu legen, liebte und lobte man es von Oben herab. Die allgemeine Geringschätzung kleidete sich in die Form der Anerkennung unserer Privattugenden, sittlichen Reinheit und Gelehrsamkeit. Die Bückeburgische Diplomatie tanzte auf allen Hofbällen, und der deutsche Bund war ausreichend vertreten. Es gab auch zu allen Zeiten bei uns radikale Denker genug, denen ein Protest höher stand, als eine Thatsache, und die die Welt mit abstrakten, das heißt: unbewaffneten Prinzipien umzugestalten gedachten. Dieses schiefe Verhältniß zwischen der Wirklichkeit und der Doktrin, welches Deutschlands Erbfehler ist, erinnert in umgekehrtem Verhältniß an jene Zeit, wo in Ost und West die Erbfeinde vor den Thoren standen und der deutsche Reichstag seinen ganzen Ernst und seine ganze Zeit an Vorrangs- und andern Ceremonial-Streitigkeiten verlor.

Indessen hatte die Nation im Auslande stets noch eine viel würdigere, obgleich noch weit kostspieligere Vertretung, als die Bückeburgische Diplomatie. Da der germanische Wandertrieb durch die engen und bedrückenden Verhältnisse der Heimath verstärkt war, so haben wir dem Auslande auf fast allen Gebieten achtungswerther Thätigkeit, in Handel, Bankwesen, Fabrik und Handwerk, Kunst und Wissenschaft, die hervorragendsten und erfolgreichsten Mitarbeiter geliefert, die zum Theil nur den einen, aber großen Fehler hatten, ihr Vaterland zu vergessen oder zu verleugnen. Frankreich schickte Tanzmeister und Haarkünstler hinaus, aber hinter ihnen stand das Prestige der großen Nation, und sie machten Propaganda für allen Pariser Klatsch und Luxus; Deutschland schickte Künstler, Gelehrte und tüchtigste Gewerbtreibende, — aber ihre Auswanderung ließ das deutsche Vaterland, dem es die besten Kräfte entzog, nur kleiner und dürftiger erscheinen.

Wie sich seit 1866 die internationale Stellung Deutschlands und der Deutschen veränderte, so vollzieht sich auch demzufolge eine allmälige Wendung in den Stimmungen des Auslandes gegen uns. Um von den beliebten und bequemen alten Vorurtheilen möglichst wenig aufgeben zu müssen, unterschied man zunächst zwischen Deutschland und Preußen. Die schwäbische Volkspartei, welche die Ethnographie um den halbslawischen Stamm der Brandenburger bereicherte, half dabei redlich mit. Dem Auslande blieb Deutschland der monologisirende Doktor Faust, Preußen dagegen übernahm die Rolle des Mephistopheles, des Verführers. Beim Beginn des jetzigen Krieges freilich war die Stimmung durchweg uns günstig; Frankreichs Angriff war zu frech gewesen, seine Haltung für ganz Europa von zu bedenklicher Perspective. Nach Sedan war die Angst verschwunden, aber auch die Entrüstung. Seitdem fürchtet die alte Diplomatie Preußens Uebergewicht. England und Italien fühlen sich gedemüthigt, schon weil ihre unzeitigen Vermittelungsversuche zurückgewiesen werden mußten. Ungarn fürchtet die russisch-deutsche Allianz, und in Rußland selbst empört sich der Panslawismus gegen Deutschlands europäisches Prinzipat. Polen und Czechen vermehren natürlich den Chor des Hasses. Weil die deutschgesinnten Flamänder in Belgien bei Deutschlands Siegen aufathmen (man vergleiche z. B. ihre Zeitschrift „De Zweep"), wie die Deutschen in Böhmen, darum zittern die Fransquillons in Belgien. Selbst die Holländer ängstigen sich davor, daß sie „der deutsche Admiralsstaat" werden müßten. In der Schweiz hatten Anfangs die französischen Kantone, welche früher stets den französischen Einverleibungslüsten als nächstes Ziel vorgeschwebt hatten, lebhaft auf unserer Seite gestanden. Mit der Furcht vor Frankreich verlor sich in der zweiten Hälfte des Krieges auch ihre Sympathie für uns, wogegen die deutschen Kantone begannen, sich vor der verstärkten Anziehungskraft des nationalen Mittelpunktes zu fürchten. Jede kleine Ungeschicklichkeit einiger patriotischen Phantasten, welche für das Reich der Ottonen und Heinriche schwärmen, wird in der Schweizer Presse breitgetreten. Dazu kommt, daß die radikalen Volks- und Arbeiterparteien allüberall von den hohlen Namen: Republik, Diktatur, provisorische Regierung, berauscht, ihre ganze Phraseologie gegen Deutschland kehren und das Füllhorn ihrer Schimpfreden über uns ausleeren. Die Prinzipienreiterei übersieht selbst in der Schweiz und in Nordamerika, daß die französische Einheitsrepublik mit diesen Föderativrepubliken nicht das Geringste gemein hat, und daß der Föderativcharakter unseres Staatswesens eine engere Verwandtschaft mit diesen germanischen Vereinsstaaten bekundet, als der Schatten der Republik zwischen ihnen und Frankreich herstellen kann.

Die wenig aufrichtige Sorge für das europäische Gleichgewicht und der heuchlerische Abscheu vor dem übertriebenen preußischen Militarismus stehen uns zunächst im Wege. Vergeblich beweist man die Grundlosigkeit dieser Beargwohnungen: die neuen Erscheinungen müssen unter die alten Formeln gebracht werden. Der frühere Zustand war eben den beiden politischen Extremen behaglicher und vortheilhafter, als der jetzige. Während also die Diplomatie und die Reaktion das europäische Gleichgewicht für gestört halten, erklärt der Radikalismus die Menschheit in Gefahr durch das deutsche Militärsystem. Freilich muß sich heute die Diplomatie einiger früheren Mißbräuche entwöhnen: sie kann Deutschland nicht mehr von den Kongressen ausschließen oder es zum bloßen Nachtisch bitten, sich nicht mehr in seine inneren Angelegenheiten einmischen, nicht mehr durch den Mund deutscher Kleinfürsten und kleinstaatlicher Minister der staatlichen oder wirthschaftlichen Entfaltung der Nationalkraft Halt gebieten. Aber Deutschlands neu erstandene Macht beruht auf seiner nationalen Selbstbeschränkung. Ein erobernder Staat kann und will es nicht werden; dafür bürgt gerade sein Heerwesen, wie seine Föderativ- und Provinzial-Verfassung. Das deutsche Volk führt den gerechten Krieg eben darum so energisch, weil es den Frieden liebt und ersehnt; zu frivolen Angriffskriegen wäre es nicht zu verleiten. Deutschland weiß, daß es, von mächtigen Nachbarn umgeben, sich in sich festigen muß und, wenn es nicht seine eigene innere Entwickelung preisgeben will, auch den anderen Völkern die freie Entwickelung zu gewähren, ja zu gewährleisten hat. Der deutschen Bundesverfassung wäre jeder fremde Besitz ein Pfahl im Fleische. Frankreich könnte jedes Grenzland annektiren; seine schablonenhafte Staatsform, — schablonenhaft, ob das Oberhaupt nun König, Kaiser oder Präsident genannt werde, — findet an dem nationalen Gepräge keine innere Schranke; jeder Zuwachs verändert nur die Zahl der Departements nebst Zubehör. In Deutschland dagegen bereitete, selbst in den Momenten des höchsten Aufschwunges, sogar die Aufnahme jedes süddeutschen Staates besondere Schwierigkeiten, und über die Form und Ausführung der nationalen Wiederaneignung von Elsaß und Deutsch-Lothringen gehen die Ansichten weit auseinander. Die Schweiz und die Niederlande werden darum in Deutschland stets die sichersten Bürgen ihres Bestandes finden. Der deutsche Reichstag, stolz darauf, endlich den Namen Deutsch tragen zu dürfen, wird keine Dolmetscher fremder Zungen in seiner Mitte sehen mögen. An inneren Schwierigkeiten wird es der nächsten Zeit ohnehin nicht fehlen. Koloniale oder orientalische Politik treibt Deutschland auch nicht, und so mag denn die Diplomatie ihre Penelopefäden spinnen und auflösen, so lange sie nicht unsere Zirkel stört. Die einzige zukunftsträchtige Frage, bei welcher Deutschland stark in Mitleidenschaft gezogen werden dürfte, wäre durch Oesterreichs Auflösung gegeben. Sollte die sonst so kurzsichtige Diplomatie hierin entfernte Zukunftspolitik treiben wollen, so mag sie Beruhigung aus der Betrachtung schöpfen, daß über diese Frage das deutsche Reich wahrscheinlich mit Rußland in Konflikt gerathen würde.

Auch die sogenannte Volkspartei und deren Geistesverwandte, welche sich alle doch sonst nicht viel um das europäische Gleichgewicht bekümmern, finden das deutsche Heerwesen zu mächtig, obgleich sie früher stets das schweizerische Milizsystem als ein viel kräftigeres empfohlen hatten. Die Schweiz selbst wird sich jetzt wohl durch die nähere Bekanntschaft mit der Karikatur ihres Milizsystems, wie sie in den Bourbaki'schen Mobilgarden gegeben ist, zu manchen wesentlichen Reformen angeregt fühlen, obgleich sie als neutrale Macht dazu nicht so dringend veranlaßt ist.

Um übrigens auch den Gegnern Gerechtigkeit widerfahren zu lassen, mögen wir uns nicht verhehlen, daß dem oberflächlichen Beobachter, früher zumal, in der äußeren Erscheinung des preußischen Volksheeres, wie in einem guten Stück preußischer Geschichte überhaupt, ein gewisser Widerspruch entgegentritt. Diese erste und vollständige Verwirklichung der allgemeinen Wehrpflicht trug bislang ein äußeres Gepräge, das gar nicht volksthümlich erschien. In der That hatte ja das altpreußische Junkerthum, das, wo es die eigentliche Staatshoheit und Staatsgewalt kreuzte, frühe schon niedergeworfen war, nicht nur im Kreis- und Provinzialleben einen über seine ökonomische Bedeutung weit hinausgehenden Einfluß sich zu wahren gewußt, sondern sich auch in den hohen Kriegs- wie Friedensämtern eine bevorrechtete Stellung erhalten. Von den gemeinsam bestandenen Gefahren, den gemeinsam glorreich gelösten Aufgaben und den gemeinsam zu erreichenden hohen Zielen dürfen wir eine fortschreitende und schließliche Ausgleichung der überlebten Gegensätze erhoffen. Allein das Ausland hatte sich noch zuletzt in der Konfliktszeit ein schreckliches Zerrbild davon entworfen, und, da wir selbst oft genöthigt waren, unseren konstitutionellen Rechtsbestand nach fremden Maaßen zu messen, ihn danach verurtheilt, als er sich schon aus dem eigenen nationalen Leben heraus zu erheben begann.

Jede große Kraft ist einseitig. Das alte Preußenthum hat sich so knorrig und starr verhalten, daß seine letzten, etwas versteinerten Vertreter sich noch heuer gegen das Aufgehen in deutsches Wesen spröde sträuben, wiewohl Preußens isolirtes Bestehen gar nicht mehr denkbar ist. Es ist nicht zu verlangen, daß das Ausland alle die Schwierigkeiten der Uebergangsperiode begreife und richtig würdige, daß es seine Vorurtheile ablege, noch bevor wir unsere Fehler ganz abgethan haben. Die süddeutsche Freiheit erschien dem Fremden gemüthlicher und gesicherter. Diese günstigere Anschauungsweise zog schon daraus Nahrung, daß die deutschen Mittel- und Kleinstaaten, im Vertrauen auf Preußens Heeresverfassung, ihre eigenen Militär-Budgets beliebig reduziren konnten. Da die Kleinstaaten ohnedies den auswärtigen Mächten stets willkommene Handhaben für die Zersplitterung des deutschen Einflusses und Gewichtes boten, so führte der Instinkt des Eigennutzes das Ausland auch zu liebevoller Anerkennung ihrer Einrichtungen und Eigenheiten. Die Journalisten fremder Länder, besonders die von der demokratischen Partei, schöpften danach ihre Ansichten über Preußen aus süddeutschen Quellen. Jenseits des Mains aber brachte die Ahnung der Gefahr, von Berlin aus verschlungen oder beherrscht zu werden, eine merkwürdige und dort doppelt seltene Einstimmigkeit in der Verurtheilung aller preußischen Institutionen zu Wege. Preußen hat hiergegen keine Repressalien geübt, so stark der Anreiz auch dazu war. Wenn die mittelalterliche Sitte, dem Nachbar allerlei Ungebühr anzuhängen, die einst von Provinz zu Provinz, von Stadt zu Stadt, von Dorf zu Dorf erbitternd und trennend wirkte, in Deutschland, bei dessen kosmopolitischen Neigungen, dem wirklichen Auslande gegenüber frühe gewichen ist, die Nachrede über preußische Hungerleiderei, preußischen Korporalstock, blinden Royalismus und Servilismus blieb bis auf die neueste Zeit in Süddeutschland an der Tagesordnung. Da wir von der gegenwärtigen Waffenbrüderschaft ihr endliches Verschwinden hoffen dürfen, so brauchen wir die einzelnen Anklagepunkte, die längst hinfällig genug sind, nicht weiter zu widerlegen. Die Skribenten, welche sich an der goldgelben Sonne von Hietzing erwärmen, werden freilich in dem saubern Lästergeschäft noch eine Weile fortfahren; wer unbefangen die Verhältnisse beobachtet und speziell den Verhandlungen der Provinzialversammlungen und des Landtags folgt, der kommt zu dem Ergebniß, daß viele Einrichtungen der staatlichen und kirchlichen Bureaukratie, welche in Alt-Preußen nur noch mit Widerstreben ertragen werden, in den annektirten Ländern schon als Fortschritte gelten. Aber weil daselbst und auch in Süddeutschland die Ansprüche vielfach bescheidener und die Opposition lauer waren, merkte das Ausland wenig von den dortigen Schäden. Preußens größtes Verdienst — der nachhaltige Kampf für konstitutionelles Recht, das hier naturgemäß auch auf stärkere Gegenwirkungen traf, als in den Zwergstaaten ohne historische Grundlage, — hat nicht wenig zu der ungünstigen Beurtheilung des Auslandes beigetragen.

Wo im Innern die Kritik ihre Pflicht vernachlässigte, da merkte auch die auswärtige Presse nichts von unsern Mißständen. — Wir durften der Vollständigkeit wegen diesen Sachverhalt nicht verschweigen, wenn es gleich wichtiger ist, darauf hinzuweisen, daß die inneren Rechtszustände noch nicht der äußeren Größe und dem nationalen Aufschwung entsprechen, und daß hier ein Mißverhältniß obwaltet, welches, bald harmlos, bald in böser Absicht, von dem zurückgebliebenen Theil der früheren deutschen politischen Emigrationen im Auslande gegen uns ausgebeutet wird.

Reisende Franzosen haben sich in Deutschland gewöhnlich über den Rest mittelalterlicher Standesunterschiede und gesetzlicher Ungleichheiten entsetzt und daran ihre vermeintliche Ueberlegenheit gemessen. Die Engländer wurden davon weniger berührt, als von der Allgewalt unserer Bureaukratie und der Mangelhaftigkeit des Rechtsschutzes. Sie haben uns immer wie arme Verwandte behandelt, aber selten geschmäht. Das ist nun anders geworden. Der Engländer begreift keine andere Entwickelung, als die in seinem Lande gewordene. Er hat immer gedacht, daß sein armer Vetter im Mutterlande ihm auf seinen gebahnten Wegen nachtreten würde. Dazu kommt noch, daß er gerade jetzt den Weltfrieden besonders gut gebrauchen könnte, und daß wir also in seinen Augen sehr schlimme Leute sein müssen, weil wir nicht, mit dem werthlosen Pfande Napoleon in der Tasche, von Sedan ruhig heimgezogen sind.

Ein geistvoller Engländer, der unsere Rechte und Interessen vertheidigt (W. R. Greg, „the great duel, its true meaning and uses", London 1871) kann dennoch nicht umhin, Preußen als einen wahren Raubstaat darzustellen, dessen ganze Organisation seit jeher darauf gerichtet gewesen sei, friedlichen Nachbarn Land und Gut abzunehmen. So sei Preußen groß geworden und werde vermuthlich noch mehr wachsen. Er fürchtet, daß der im Grunde friedliebende Volkscharakter der Deutschen von den neuen Erfolgen in's Preußische verschlimmert werden könnte. Aber er sieht doch ein, daß die Aneignung von Elsaß und Deutsch-Lothringen im Rechte begründet ist, und er kommt schließlich zu dem Resultate, daß Deutschlands Uebergewicht in Europa, zu dessen Erlangung der preußische Staat das Werkzeug war, immer noch jeder anderen kontinentalen Suprematie, und namentlich der französischen, weitaus vorzuziehen sei. Er traut uns doch nicht jene blinde und maaßlose Eroberungslust zu, wie den Franzosen, von denen er sagt, daß sie die Herrschaft Frankreichs über die ganze Welt, die von Paris über Frankreich und die jedes Einzelnen über Paris erstreben.

Aus den schüchternen Vertheidigungen unserer Freunde und Anhänger im Auslande ersieht man schon, wie weit die Anfeindungen der Gegner gehen. Wenn es in der Regel für nützlich gilt, den Tadel der Feinde kennen zu lernen, so ist mit den übertriebenen Entstellungen der Nachtheil verbunden, daß sie zum Selbstlobe herausfordern. Doch ist, zum Glück oder Unglück, dafür gesorgt, daß uns die Selbstkritik nicht abhanden komme. Immerhin liegt das beste Mittel, die auswärtigen Sympathien allmälig zu gewinnen, in der Kraft, sie entbehren zu können, stark zu sein und doch friedlich, der Welt durch die freiheitliche Entwickelung im Innern zu beweisen, daß wir nicht in die Fußstapfen der Franzosen treten. Dann wird Deutschlands Macht als die sichere Grundlage des europäischen Friedens gesegnet werden.

VIII.

Zum ewigen Frieden.

Im September 1870.

So lange Napoleon II. regierte, nämlich von der Abdankung Napoleon's I. zu Fontainebleau bis zu der Thronbesteigung des dritten Napoleon, hatte man sich in Mitteleuropa an den Gedanken gewöhnt, hier in den Mutterländern der modernen Civilisation könne der Frieden nicht mehr ernstlich gestört werden, selbst die orientalische Frage, das kostbarste Erbstück aus dem Inventar der alten Diplomatie, würde nicht mehr zu blutigen Verwickelungen führen. Nur schwer hat sich nach dem pariser Staatsstreich die civilisirte Menschheit wieder der Vorstellung gefügt, daß alles Glück, aller Wohlstand, alles individuelle Leben, so unendlich Vieles, das die Cultur von Jahrtausenden mühselig aufgespeichert und endlich seiner relativen Vollendung zugeführt hat, von dem Eigennutz oder der bösen Laune eines Einzelnen, der sich Präsident, Dictator oder Kaiser nennen möge, abhängig sei, daß ein einzelner Mensch — vielleicht um andere Verbrechen in Vergessenheit zu bringen, oder auch, um einem rachitischen Knaben einen großen Titel und eine glänzende Revenue zu hinterlassen, — das ungeheuerste Verbrechen an der ganzen Menschheit begehen darf, ohne dafür der irdischen Gerechtigkeit zu verfallen. Ja, daß dieser einzelne Mensch im Stande ist, ein ganzes Volk so weit zu verblenden und zu berauschen, daß es freiwillig sein Verbrechen theilt und ihm dafür die Verantwortlichkeit abnimmt, das ist wol das demüthigendste Loos, das die Weltgeschichte einer Generation bereiten mag.

Wenn es ein gerechter Krieg ist, wenn ein Volk, wie jetzt das unsrige, seine höchsten Güter, den Quell seines sittlichen Lebens, gegen frechen Angriff mit den Waffen schützt, da durchdringt ein erhebendes Bewußtsein die Massen, ein höheres Verständniß adelt sie. Wo aber der Gott der Schlachten angerufen wird für den Moloch dynastischer Ehrsucht, da fällt ein dichter Nebel der Verdummung über die Menge, die Nacht der Barbarei bricht herein. Was in den oberen Regionen Ländergier ist, wird in den unteren Schichten zu Raub- und Mordlust. Haben dafür seit Jahrtausenden Religionsstifter, Dichter und Philosophen das Evangelium der Menschheit gepredigt, dafür Rechtsgelehrte für die Ausarbeitung völkerrechtlicher Systeme gewirkt, welche den ewigen Frieden anbahnen sollten?! —

Bekanntlich wird jeder Friedensvertrag „auf ewige Zeiten" geschlossen, als ob damit jeglicher Streitpunkt zwischen den „hohen Contrahirenden" für alle Zeit und einen Tag darüber aus dem Wege geräumt wäre. Auf Kaiser Napoleon's III. Betreiben sogar hat der Pariser Frieden von 1856 für zukünftige Zwistigkeiten eine schiedsrichterliche Instanz in Aussicht gestellt, und seitdem hat Napoleon bei jeder passenden oder unpassenden Gelegenheit den europäischen Friedenscongreß — natürlich nach Paris — citiren wollen. Nur diesmal, als er gegen Preußen fertig gerüstet zu sein glaubte, hatte er nicht daran gedacht. Hätte er aber seinen gewohnheitsmäßigen Antrag auch diesmal wiederholt, so hätte Deutschland, bei aller Friedensliebe, doch vor allen Dingen erwägen müssen, ob die daraus sich ergebende Verzögerung sich mit unseren militärischen Berechnungen und Interessen vertrüge und nicht vielleicht der feindlichen Kriegführung zu Gute käme. Dies ist nur ein Beispiel. In anderen

Fällen hätten sich andere Schwierigkeiten ergeben können. Hätte Deutschland, zum Beispiel, die Lösung der schleswig-holsteinischen Frage, als die noch eine Frage war, mit Vertrauen einem europäischen Congreß übertragen dürfen, oder würde etwa, um einen wesentlich verschiedenen Fall zu nehmen, der Kaiser von Rußland jemals geneigt sein, die polnische Frage, die er selbst nicht leicht lösen wird, von den anderen Großmächten entscheiden zu lassen?

Die Utopisten des ewigen Friedens erfanden Jeder irgend ein völkerrechtliches Schiedsgericht, freilich aus sehr verschiedenen und stets sehr willkürlich combinirten Gerichtsverfassungen heraus. Aber zur Justiz gehört auch Polizei. Wer erzwingt die endgültigen Rechtssprüche jenes idealen Gerichtshofes? — Ist der gute Wille zum Frieden auf beiden Seiten vorhanden, so bedarf es keiner völkerrechtlichen Amphiktyonie. Fehlt er aber auf beiden Seiten oder auch nur auf einer Seite, so muß das Urtheil erzwungen werden, und da giebt es wohl kein anderes Zwangsmittel, als den Krieg. Allerdings würden in diesen Voraussetzungen die Richter auch Vollstrecker sein müssen. Es wurde also angenommen, daß alle Mächte nur das Interesse der Gerechtigkeit und des Friedens hätten und daß die etwaige Minorität des Staatengerichtes mit demselben Eifer, wie die Majorität, für dessen Entscheidungen einträte. Wenn aber erst Lamm und Wolf gemüthlich an demselben Bache trinken, dann giebt es keine große Politik mehr; dann wird die Menschheit ebenso gut einen Papst der Gerechtigkeit ernennen können, der vielleicht auf der Landenge von Panama, oder auch neben dem leipziger Oberhandelsgericht thronend und tagend, die internationalen „Fragen" und Conflicte nach Hugo Grotius oder Leibnitz, Vattel oder Martens entscheidet.

So absurd die Consequenzen dieser Theorie erscheinen, so haben sich doch zu verschiedenen Zeiten große und selbst die größten Geister damit beschäftigt. Da wir heute unwillkürlich Friedensgesellschaften mit Elihu Burrit und Genossen*), mit Vegetarianismus, Teatotallery und anderen gutmüthigen Halbdenkereien schwächlichster Art in Verbindung zu bringen pflegen, wundert es uns nicht wenig, Heinrich IV., den ersten Bourbon, der wahrlich ein praktischer Mann war, an der Spitze dieser Träumer zu sehen. In der That ist das nur eine Täuschung, aber eine über Erwarten gelungene des Abbé de Saint-Pierre (Charles Irené Chastel de St. P., 1658—1743), der sein „Projet de paix perpetuelle" (drei Bände, Utrecht 1713) für eine nachgelassene Idee des populären Königs ausgab, um ihm leichter Eingang zu verschaffen.

Von den neunzehn Staaten oder Staatengruppen, aus denen Saint-Pierre seine „europäische Staatenrepublik" bestehen läßt, haben viele seitdem ihren völligen Untergang gefunden, die meisten anderen sind in Form und Umfang wesentlich verändert. Ein Blick auf die Liste derselben beweist uns das Unhistorische und Stationäre, die Stillstandspolitik solcher quietistischen Hirngespinnste, denn die Mehrzahl dieser Regierungen, zum Beispiel die geistlichen Kurfürsten, waren nicht der Erhaltung werth. Der berüchtigte Cardinal Dubois nannte das St. Pierre'sche Werk „Les rêves d'un homme de bien", aber Cardinal Fleury, dem der Verfasser seine Vorschläge ganz ernsthaft mitgetheilt hatte, fand darin nur die eine Lücke, nämlich die gegebene Uebereinstimmung aller Regierungen dafür und die Garantie, daß alle Fürsten edle Menschen seien. — Ein

*) Unter diesen Genossen erblickten wir einst Emile de Girardin, der jetzt in die französische Kriegstrompete bläst, und John Bright, der jetzt, als englischer Minister, dem Verkauf von Kriegscontrebande an die Franzosen durch die Finger sieht. — In neuester Zeit haben sich auch die Communisten der Friedensidee bemächtigt und wollen den ewigen Frieden begründen auf der Abschaffung des Privateigenthums, das heißt also auf dem Bellum omnium contra omnes.

amerikanischer Publizist (Henry Wheaton) glaubte in der deutschen Bundesakte von 1815 die Copie der St. Pierre'schen Erfindung zu entdecken, womit er einerseits dem guten Herzen St. Pierre's, andererseits dem praktischen Verstande Metternich's zu nahe tritt.

Ein halbes Jahrhundert später (1761) hat Jean Jaques Rousseau, an das oben besprochene Buch anknüpfend, dessen Gesichtskreis erweitert. Von der Ueberzeugung ausgehend, daß das Bedürfniß starker militärischer Organisationen die Quelle aller staatlichen Mängel sei, schlägt er für die ganze gebildete Welt Staatenbündnisse nach Art des deutschen Reichs, der schweizerischen Eidgenossenschaften oder der holländischen Generalstaaten vor. Rousseau beweist den Fürsten, daß sie dabei selbst ihren Vortheil fänden. „O Weisheit", sagt der Löwe in der Fabel zur Taube, die ihn zum friedlichen Leben ermahnt, „o Weisheit, Du sprichst, wie eine Taube!" — Quietismus, Formalismus, völlige Unkenntniß des Gesetzes der historischen Entwickelung sind das Gepräge auch dieser Rousseau'schen Deduction.

Auf Rousseau folgte Jeremy Bentham, der große englische Utilitarier. Es lohnt wahrlich nicht der Mühe, alle diese Träumereien, welche sämmtlich auf dieselben Grundirrthümer zurückzuführen sind, hier zu analysiren. Interessant ist, — wie oft in den abstrusesten Zukunftsträumereien ein Körnchen realer Wahrheit steckt! — daß Bentham, der in der Kolonialpolitik seiner Zeit die wesentlichste Ursache der meisten Kriege sah, seinen Landsleuten die Emanzipation ihrer Kolonien vorschlägt.

Zehn Jahre später, im Jahr des unseligen Baseler Friedens, trat sogar Kant an diese Frage heran. Der große Philosoph erkannte in dem „ewigen Frieden" ein an sich unerreichbares, also ein hohles Ideal. Er hielt den ewigen, das heißt, an sich unverbrüchlichen Frieden nur für möglich unter der Bedingung, daß alle Völker, in republikanisch freien Verfassungen lebend, durch eine ebenso freie und gerechte Repräsentativverfassung mit einader verbunden wären, weder stehende Heere, noch Staatsschulden hätten, weder Interventionen, noch Besitzesstreitigkeiten über freie Länder freier Volksstämme duldeten. Freilich kann man sich den ewigen Frieden nur dann verwirklicht und verbürgt denken, wenn auch im Innern der Staaten schon aller Kampf und Zwiespalt aufgelöst wäre; wenn die Menschen nicht blos gleich berechtigt, sondern gleich weise und gleich glücklich, in gleichem Verhältniß zu ihrem Vaterlande stünden, das jedem Nachbarstaate an Macht gleich wäre, kurz, wenn die Idee an der Materie keinen spröden Stoff umzugestalten fände, wenn die Weltgeschichte still stünde! — Einstweilen aber wollen wir, um mit Cromwell zu reden, „unser Pulver trocken halten". —

Giebt es überhaupt ein positives Völkerrecht, so frugen zu allen Zeiten gewichtige Stimmen, oder heißt es vor allen Dingen auf diesem Gebiete: „wo die Macht, da ist auch das Recht" (Ubi vis, ibi jus)? Was ist das für eine Jurisprudenz, die keine gesetzgebende und noch weniger eine richterliche Gewalt zur Grundlage und Stütze hat?! — Jedenfalls bezieht sich dieser Zweifel mit großem Anschein von Begründung auf die politischen Beziehungen der Staaten als solcher zu einander. Andere Theile der völkerrechtlichen Doctrin, welche mit den allgemeinen Forderungen der Menschlichkeit zusammenhängen, sind unzweifelhaft seit alter Zeit verwirklicht und in steter Entwickelung geblieben. Zum Beispiel die Einschränkung der Grausamkeiten des Krieges durch Verträge, Sitte, Praxis und wohlverstandenes Interesse. Dieses Gebiet könnte man den Frieden im Kriege nennen; es ist das der Kriegsbarbarei abgewonnene, durch Humanität eingedämmte und umfriedete Land. Gewisse Rücksichten im Kriege gehören theilweise schon dem classischen Alterthum an; in dem alten Rom, das sich frühe auf seine Rolle als Weltstaat vorbereitete, umgab priesterliche Weihe (Jus feciale) diese heilsamen

Ordnungen. — Die Bestrebungen, den neutralen Handelsverkehr im Kriege zu schützen, welchen seit zwei Jahrhunderten die Eifersucht auf Englands Seeherrschaft bedeutenden Vorschub leistete, gehören auch hierher. In neuester Zeit wurde die Krankenpflege im Kriege durch die überaus segensreiche Genfer Konvention von 1864 auf den Boden der Neutralität gestellt. Als eine geringfügige Abschlagszahlung mag auch die, der allerneuesten Zeit angehörige Petersburger Konvention gegen die kleinen Sprenggeschosse in Anschlag gebracht werden.

Und dennoch unterliegt es keinem Zweifel, daß die Kriege immer blutiger werden. Moral und Mechanik wirken in entgegengesetzten Richtungen. Die Technik, welche den Wohlstand vervielfältigt, vervielfältigt auch dessen Feinde, die Zerstörungskräfte, fast in demselben Verhältnisse. Dieselbe Kunst, welche das Schiff mit Eisenplatten umspannt, erfindet auch die Riesenkanone, welche die dicksten Eisenplatten durchbohrt. Die Kriege der Neuzeit dauern minder lang, aber sie zählen nach vernichtenden Völkerschlachten. Sie sind ernsthafter und werden ja auch um größere Fragen geführt, als in der Zeit der Kolonialpolitik und Kolonialkriege. Die Existenz von Nationen, der Wohlstand von Welttheilen steht auf dem Spiele, ganze Völker werden gegen einander bewaffnet. Wie sind wir weitab von jenen heiteren Turnieren gepanzerter Ritterschaften, die sich vorher erst durch den buntbebänderten Herold die Fehde ansagen oder die Kriegserklärung überreichen ließen, und auch von jener eleganten Kriegführung der Renaissancezeit oder des ancien régime, da noch ein König im Handgemenge gefangen genommen werden konnte, oder mit junkerlicher Courtoisie die französischen Edelleute der feindlichen Front zuriefen: „Messieurs les Anglais, tirez les premiers!“

Zwischen damals und jetzt lag jene schweinslederne Zeit, wo den Kriegen ellenlange Deduktionen und sogenannte Staatsschriften aus der Schule der theologisch-scholastischen Staats-Jurisprudenz vorangeschickt wurden. Dieselben Hofjuristen, welche mit verdrehten und falsch angewandten römischen Gesetzesstellen dem Landmann die freie Verfügung über sein Feld, dem Städter seine Selbstverwaltung raubten, hatten bei fürstlichen und staatlichen Streitigkeiten einen naiven Glauben an die Macht ihrer langweiligen Sophismen. Daß ungefähr dieselben Regeln, welche den Privatverkehr leiten, auch die Conflikte zwischen den Herrschern ordnen müßten, galt ihnen für ausgemacht. Dunkel wirkte hierbei in diesen sonst nicht allzu strupulösen Gemüthern dennoch die religiöse Ueberzeugung, daß das Sittengesetz für alle Verhältnisse eines und dasselbe sein sollte, während die romanische Staatskunst sich seit Macchiavelli offen dazu bekannte, daß ein Verbrechen „um der Herrschaft willen" kein Verbrechen sei.

Den modernen Volkskrieg hat die erste französische Revolution durch ihr „Aufgebot der Masse" eingeführt. Als aber Napoleon I. das Werkzeug der Freiheit in plündernde Prätorianerhorden umwandelte, trat der Volksgeist auf die gegnerische Seite, und das preußische Militärsystem entstand, um ein halbes Jahrhundert später zu dem, unseres Erachtens wesentlichsten, Organe für das neue, auf das nationale Volksrecht zu begründende Staatensystem zu werden.

Es ließe sich leicht nachweisen, daß zu allen Zeiten die Art der Kriegführung dem höhern oder geringern Gehalte der Interessen entsprach, für welche gekämpft wurde. Und natürlich konnten die Beziehungen der Staaten nach Außen nicht hoch über dem ideellen Gehalt ihres innern Staatsrechtes stehen.

Wo blieb da unter allen geschichtlichen Wandlungen jenes abstrakte Völkerrecht, das die internationalen Beziehungen nach den ewigen Gesetzen der Moral regelt? Wenn es wirklich besteht in jenen Rechten, „die droben hängen unveräußerlich und unzerbrechlich wie die Sterne selbst", wo ist der Gott, der sie uns herunterreicht? Der Gott der Geschichte, lautet die Antwort, denn „die Weltgeschichte ist das Weltgericht". Leider ist ihr Prozeß oft etwas langwierig und verwickelt; und wenn das summarische Verfahren im Krieg besteht, so ist Gott, wie Napoleon I. sagte, für die großen Bataillone. Da kommt nun der Geschichtsphilosoph mit einer Art Darwin'scher Theorie, wonach nur das Volk eine gültige Legitimation zum ewigen Leben mitbringt, das im Kampf der Elemente sich siegreich zu behaupten vermag. Nach dieser bequemen Theorie ist das Geschehene immer mit Recht geschehen. Ist ein Volk untergegangen, so verdiente es unterzugehen. Die Deutschen, die ihr Recht auf das Leben mit der höchsten Energie zu bejahen im Stande sind, dürften sich diese fatalistische Geschichtsphilosophie wohl gefallen lassen; nimmermehr aber vermag sie ein Rechtssystem zu begründen!

Das Völkerrecht ist das jüngste und schwächlichste Kind der Jurisprudenz. In seiner gegenwärtigen Form und Umfang entstand es erst am Ende des Mittelalters, mit der Reformation, und auch damals, ohne sich gleich seines wahren Inhaltes völlig bewußt zu werden. So lange die christliche Welt von der Idee einer geistlichen Universalmonarchie beherrscht war, so lange Papstthum und heiliges römisches Reich um die Erbschaft der römischen Weltherrschaft mit wechselndem Glück den großen welthistorischen Prozeß führten, war für unabhängige und gleichberechtigte Einzelstaaten kein Raum und keine Anerkennung. Das höchste Richteramt auf Erden war jedenfalls in den Händen des Papstthums, dieses „geistlichen Schwertes der Christenheit", wie der Sachsenspiegel es nannte. Bekannt ist zum Beispiel, daß die Besitzesstreitigkeiten in dem neu entdeckten Amerika zwischen Spanien und Portugal durch eine vom Papst Alexander VI. (Borgia) gezogene Demarkationslinie geschlichtet wurden. Die prinzipielle Anerkennung selbständiger und gleichberechtigter

Staaten, welcher in dieser Weise die orthodoxe Katholizität entgegentrat, ist aber die unumstößliche Grundlage des Völkerrechts. Darum bildete dieses sich erst durch die Reformation und die großen Religionskriege, und wurde auch zunächst in protestantischen Ländern kultivirt. Der Westphälische Frieden, der das deutsche Reich in Landeshoheiten mit Territorialpäpsten auflöste, ist der Markstein des Völkerrechts. Freilich standen sich in jener ersten Periode des Völkerrechts nicht Völker, sondern Fürsten gegenüber. Die theologischen Streitigkeiten, die erschöpfenden Kriege hatten das eigentliche Volksleben geknickt, den Rechtssinn zerstört und, neben verhungernden Schaaren, übermüthige und ehrgeizige Fürstenhöfe aufwachsen lassen. Die „Souverainetäten" erkannten sich gegenseitig an oder bestritten sich, die Völker wurden heerdenweise verschachert und geschlachtet.

Frankreich, das früher mit geringem Erfolge gegen die spanisch-burgundisch-deutsche Weltherrschaft angekämpft hatte, benutzte nun die, durch die Religionskriege ihm gestattete Einmischung in die innere Reichsparteiung, sowie die endliche Erschöpfung der deutschen Volkskraft, um die Suprematie in Europa zu beanspruchen. Das Französische verdrängte das Lateinische in der Diplomatensprache, das Deutsche in der Kriegssprache, und zwar gerade in der Zeit, als stehende Heere und stehende Gesandtschaften aufkamen. Der erste im Innern centralisirte Staat mußte den öffentlichen Sitten und den internationalen Beziehungen Europa's seinen Stempel aufprägen.

Jedenfalls war nun das alte Prinzipat des Papstthums, wie des Kaiserthums überwunden. Jede neue Suprematie aber mußte sich mit den Waffen behaupten lassen. So entstand die Idee des europäischen Gleichgewichts, welches darauf beruhen sollte, daß mehrere Schwächere sich gegen den Stärkern zu wechselseitigem Schutze verbünden. Dieses System, von den alten Staatsrechtlern Bilanx Europaea oder, noch charakteristischer,

Lex agraria gentium genannt, galt lange Zeit für der Weisheit letzten Schluß. Selbst Friedrich der Große erklärte es für die einzige sichere Gewähr eines dauernden Friedens. Der Grundgedanke desselben ist so alt, als er einfach ist. In alten indischen Schriften wird den Regierenden schon als der Kern politischer Klugheit anempfohlen, mit des Nachbarn Nachbar gut Freund zu sein; denn der erste Nachbar gilt natürlich als Feind.

Wilhelm III. von Oranien kann für den eigentlichen Begründer des Gleichgewichtssystems gelten, schon dadurch, daß er die holländische Staathalterwürde und die Imperial crown des britischen Inselreiches auf seinem Haupte vereinigte und also dem französischen Universalismus gegenüber, der durch Aufhebung des Edikts von Nantes wieder mit dem Prinzip der konfessionellen Gleichstellung gebrochen hatte, sowohl die Unabhängigkeit Centraleuropas und die Rechte der mittleren und neutralen Staaten, als auch das protestantische Prinzip vertrat.

Im spanischen Erbfolgekriege wurde dann gegen den vierzehnten Ludwig das Gleichgewichtssystem in's Feld geführt. Ludwig XIV. wollte „keine Pyrenäen mehr" zwischen Frankreich und Spanien. Europa meinte, die Pyrenäen seien unentbehrlich, damit Frankreich nicht zu mächtig werde. Durch ein sinniges Spiel der Weltgeschichte erhielt auch des ersten Napoleon Macht ihren ersten Stoß von Spanien aus und suchte der letzte Napoleonide kürzlich in einer spanischen Thronfolgefrage den Vorwand zur Bekämpfung der neuen deutschen Staatsmacht.

Denn das Gleichgewichtssystem wird natürlich auf jeder Seite anders ausgelegt; wer sich nicht auch in ungerechtem Besitz gesichert, seinen Ehrgeiz nicht befriedigt fühlt, glaubt oder erklärt das europäische Gleichgewicht für verletzt. Die Franzosen zumal wähnen ein historisches Recht auf die Schwäche ihrer Nachbarn zu haben und halten sich für beleidigt, wenn Deutschland, Spanien oder Italien sich ihrem Einflusse entzieht. Das Gleichgewichtssystem beruht ja überhaupt darauf, daß jeder einzelne Staat seine Sicherheit weniger in seiner eigenen innern Kräftigung, als in der Schwächung der anderen sieht. Das Gleichgewicht war demnach, bei dem natürlichen Wachsthum der Staaten, niemals auch nur eine Stunde lang zu allgemeiner Befriedigung hergestellt: das Zünglchen an der Waage zittert und schwankt immer hin und her; dieses System hat daher, trotz seines friedlichen Zweckes, keinen Krieg vermieden, sondern vielmehr unendliche Kriege hervorgerufen. Es ist ja das Wesen der entgeistigten materiellen Stärke, daß sie sich selber aufhebt. Indem das Gleichgewichtssystem die Rechtsfragen völlig beseitigt und die Machtfragen an deren Stelle auf die Spitze getrieben hat, hat es, statt des ewigen Friedens, den ewigen Krieg eingefädelt. Nach Fénélon kann „Alles, was das Gleichgewicht umstößt und für die Universalmonarchie den Ausschlag giebt, selbst dann nicht für gerecht gelten, wenn es auch in den geschriebenen Rechtsquellen eines einzelnen Landes begründet ist; denn die Gesetze eines Volkes können der naturrechtlichen Freiheit und Sicherheit Aller nicht derogiren.“ — Diese Beweisführung des frommen Franzosen, welche gegen spanische Uebergriffe gerichtet war, begründet das Recht der „Intervention“ damit, daß gewissermaßen „alle Staaten Europa's eine Gesammtheit und eine große Republik bilden“.

Das Charakteristische der ganzen Epoche, über welche endlich das große Strafgericht der ersten französischen Revolution hereinbrach, besteht darin, daß die Völker für Nichts galten und daß die Staaten nur nach ganz materiellen äußerlichen Maßstäben ihre Macht verglichen, so daß folgerichtig eine immer schlimmere Demoralisation sich aller staatlichen Beziehungen bemächtigen mußte. Treue und Glauben waren wie ausgestorben, ein unaufhörlicher Verrath, ein fortwährendes treuloses Wechseln der Allianzen, ein gegenseitiges sich Abschwächen hatten die Zeit vorbereitet, wo der erwachende Volksgeist diese morschen Gebäude mit einem kräftigen Stoß über den Haufen werfen sollte. Die alten Höfe erfaßte ein ahnungvolles Grauen, und zum ersten Male seit den Religionskriegen einigten sie sich für ein politisches Prinzip, natürlich für ein reaktionäres. Die Pillnitzer Konvention (1791) war insofern der Vorläufer der Heiligen Allianz. Freilich spielte auch damals die Diplomatie in althergebrachter Perfidie hinter dem Deckmantel der prinzipiellen Einigung ihre alten Gleichgewichtsintriguen gegen die eigenen Bundesgenossen weiter und erleichterte der Revolution den Sieg noch dadurch, daß sie nur Interessen kannte und sich auf Prinzipien absolut nicht verstand. So gaben schließlich die deutschen Großmächte wetteifernd deutsches Land dem Erbfeinde preis. Jedenfalls war nun aber das Volk für sein Recht selbstbewußt auf die große Weltbühne getreten, und die alten diplomatischen Schemen zerfielen in Staub und Asche. Aber wie das päpstliche Rom unter anderer Firma die Weltherrschaft des antiken Roms fortgesetzt hatte, so drang der nationale Geist Frankreichs, wie er sich unter Ludwig XIV. manifestirt hatte, auch unter der revolutionairen Toga durch.

Ausgegangen, um die Welt zu befreien, uniformirte und nivellirte er sie erst unter allerlei Beglückungsformeln, um sie dann zu unterwerfen und zu unterdrücken. Als das Maß voll war, erhob sich überall das gekränkte Volks- und Völkerrecht, und Frankreich fiel, geschwächter als zuvor, unter die verhaßte Herrschaft der Bourbons zurück.

Wiederum träumte man den Traum des ewigen Friedens, wiederum sprach man von einer „civitas maxima“, einer europäischen Staatenrepublik. „Zum ersten Male steht Europa als eine Staatengemeinde da“ so schrieb der General von Knesebeck an den Freiherrn von Stein.

Damit war die „heilige Allianz“ gemeint, diese Verbindung

„der Gerechtigkeit, der christlichen Liebe und des Friedens“, welche von den drei siegreichen Souverainen der Ostmächte, deren Jeder einer andern christlichen Confession angehörte, am 26. September 1815 persönlich zu Paris abgeschlossen wurde. Die drei Herrscher, tief gerührt und religiös erregt im Gedanken an die überstandenen Gefahren, an die Vergänglichkeit aller irdischen Größe, nebenbei aber mit banger Ahnung von den unter dünner Oberfläche schlummernden Geistern der Revolution erfüllt und geängstigt, bekannten im zweiten Artikel ihrer Bundeslade, „daß die christliche Nation, zu welcher ihre Völker gehören, in der That keinen andern Souverain hat, als denjenigen, dem allein alle Macht angehört, weil in ihm allein alle Schätze der Liebe, der Wissenschaft und unendlichen Weisheit sich finden, nämlich unseren Herrn und göttlichen Erlöser, Jesum Christum, das Wort des Höchsten, das Wort des Lebens.“

Diese neue Oberlehnsherrlichkeit reichte nun freilich nicht aus, unter ihren mächtigen Vasallen das friedliche Einvernehmen zu sichern; das neue Richteramt war nicht von dieser Welt, — wohl aber waren es die Interessen, um welche es sich eifrigst handelte. Bekanntlich wäre es schon auf dem Wiener Congreß wegen der Sächsischen und Polnischen Frage beinahe zum offenen Kriege gediehen, und die drei Alliirten kamen soweit auseinander, daß Oesterreich mit England ein geheimes Bündniß vorbereitete, Rußland sich Frankreich näherte und dessen annahm.

Großbritannien hatte, obgleich unter Castlereagh's reactionärer Verwaltung, dennoch einer so unconstitutionellen Verbindung, wie der Heiligen Allianz, nicht beitreten können, und hat später, unter Canning's Ministerium, deren offenkundig gewordene Zwecke nach Kräften gekreuzt und vereitelt. Die christliche Tendenz der Heiligen Allianz hatte sich, aus dem reinen Gegensatz gegen alle liberalen Forderungen der Neuzeit, alsbald als krassester Absolutismus entpuppt, welchem der schlaue Talleyrand, um den Bourbons den Wiedereintritt in das „europäische Concert" zu verschaffen, das Princip der Legitimität als positiven Inhalt verlieh. Die ganze staatenregelnde Gesetzlichkeit reducirte sich hierdurch auf die Correctheit der fürstlichen Thronfolge, welche doch höchstens ein staatsrechtliches Princip, nimmermehr ein völkerrechtliches sein kann. Hätte man das Princip rückwärts anwenden wollen, wie viele oder wie wenige Dynastien dürften ihren Proceß mit der Weltgeschichte durch Beweisführung gewonnen haben?! — Aus der so adoptirten Rechtsgrundlage folgte nun aber ein wahrer Kreuzzug gegen alle Volkserhebungen, alle liberalen Richtungen, und eine ununterbrochene Reihe bewaffneter Interventionen gegen die in den mittleren und kleinen Staaten eingeführten Verfassungen. Das bourbonische Frankreich hatte sich dadurch wieder zu Gnaden aufnehmen lassen; daß es im Auftrage der Heiligen Allianz das constitutionelle Spanien bekriegte.

So stand Europa unter einer Aristokratie der Großmächte, welche man Pentarchie nannte. In diesem Collegium pflegten die zwei deutschen Großmächte sich bei fast allen wichtigen Fragen feindselig gegenüber zu stehen und sich gegenseitig abzupaaren, so daß bald von einer Triarchie die Rede war.

Der Gedanke der Triarchie wurde namentlich von dem ehrgeizig umsichgreifenden Rußland gefördert, das zuerst eine revolutionäre Bewegung, nämlich die griechische, begünstigte, während Metternich's Oesterreich auch auf den Sultan das Princip der Legitimität anwandte. Kurz vor der Julirevolution war sogar stark an einem, selbstverständlich gegen Deutschland gerichteten, französisch-russischen Bündniß gearbeitet worden. Doch sind alle derartigen Versuche noch immer an den in der orientalischen Frage widerstreitenden Interessen gescheitert.

Unter den Orleans erklärte sich Frankreich für das Princip der Nicht-Intervention, und damit gegen die gefährlichste

Seite der Heiligen Allianz; doch mußte es vielfach selbst interveniren, um den Interventionen der Andern vorzubeugen oder seinen Einfluß dagegen auszugleichen. Das ergab mehr ein System der Contre-Intervention, als ein System der Nicht-Intervention. Das letztere würde eine „Isolirung" bedeuten, welche kein großer Staat so leicht behaupten dürfte und wozu das wiederaufstrebende Frankreich am wenigsten geeignet war. Vielmehr übertrugen sich die staatsrechtlichen Gegensätze immer mehr in das Völkerrecht, und das französisch-englische Bündniß entsprach ziemlich genau den Erfordernissen der neuen Epoche. Doch wurde dieses Bündniß, das wesentliche Bürgschaften des Friedens in sich zu tragen schien, durch zwei Momente getrübt und verdunkelt; einerseits durch Verwickelungen in der orientalischen Frage (1840), an der sich die alten Gleichgewichtstraditionen noch immer abspielten; andererseits durch die spanischen Heirathen, welche eine Rückkehr zu Ludwig's XIV. Pyrenäenpolitik bezweckten.

Jede Lockerung des westmächtlichen Einvernehmens bewirkte im Ganzen eine Stärkung der Heiligen Allianz, aus welcher sich bei der Stellung und dem Verhalten der einander paralysirenden deutschen Mächte die entschiedenste Suprematie Rußlands allmälig entwickelt hatte. Im Jahre 1848 hätte sie gebrochen werden können, aber der deutsche Bund kehrte wieder in das russische Fahrwasser ein und überließ es dem wiederauferstandenen Bonapartismus, im Krimkriege, diesmal mit Englands und auch mit des „undankbaren" Oesterreichs Hülfe, die russische Oberherrschaft zu brechen.

War nun einmal die Allianz der Ostmächte gründlich compromittirt, so wurde es dem Napoleoniden nicht schwer, die österreichische Herrschaft in Italien zu bekämpfen. Von da an gelingt es dem Bonapartismus leicht, sein auflösendes Spiel in Europa zu treiben. Allein er selbst sieht sich vergebens nach festen Allianzen, vergebens nach stützenden Principien um. Wenn Napoleon, mit England gemeinsam, die Hohe Pforte rettete, so geschah das im Namen des europäischen — und auch ein wenig des asiatisch-afrikanischen — Gleichgewichtssystems. Wenn er dann für die christlichen Völkerschaften im Orient seinen schutzherrlichen Einfluß geltend machte, so war das bald im Namen der „civilisatorischen Ideen", für welche nur Frankreich uneigennützig zu kämpfen im Stande sei, bald als Patron der römischen Kirche, bald im Namen des Nationalitätsprincips. Für Rumänien und Italien trat er nebenbei noch als Oberhaupt der lateinischen Rassen auf. Daneben erhielt er Italien stets in der drückendsten Abhängigkeit, auch abgesehen davon, daß er es seiner Allianz mit dem Ultramontanismus opferte. — Diese absolute Grundsatzlosigkeit involvirt einen unaufhörlichen, grenzenlosen Vertrauensbruch an allen Verbündeten, sowie die Bekämpfuug jedes wahrhaft nationalen Aufschwungs. Das mexikanische Abenteuer, welches den erwarteten Sieg der amerikanischen Sclavenhalterpartei ausbeuten sollte, um die verkommenen lateinischen Rassen der transatlantischen Welt dem Bonapartismus zur Verfügung zu stellen, zeigte den ganzen Abgrund dieser systematischen Verlogenheit. In Spanien sollte, zum Ruin des Landes, die alte Dynastie wieder eingeführt und jeder neuen Constituirung die „berechtigte Eifersucht Frankreichs auf seinen Einfluß" entgegengestellt werden. Das Becherspiel mit widerstreitenden Grundsätzen sollte dann auch auf die deutschen Verhältnisse angewandt werden.

Wie immer, brachen sich die romanischen Weltherrschaftstendenzen auch diesmal an dem erwachten germanischen Geist. Die Universalherrschaft des heidnischen und des katholischen Roms, die Suprematie des ersten und des letzten französischen Kaiserthums wurden von Deutschland aus zerstört. Diesmal ist der Sieg ein endgültiger, weil der Sieger den ganzen Ideengehalt der neuen Weltordnung mit Bewußtsein in sich trägt. Paris und Rom fallen zugleich, gefällt von dem würdigsten Gegner. Frankreichs stets mißbrauchter Einfluß auf Europa ist für so lange dahin, als es, unfähig im Innern die Grundsätze der Gerechtigkeit und Freiheit zu verwirklichen, Gewalt und Ungerechtigkeit über seine Grenzen hinaus tragen will. Das Princip der völkerrechtlichen Gerechtigkeit hat an dem deutschen Nationalstaat sein Schwert gefunden. Das Bestehen eines in sich erstarkten und frei geeinigten Deutschlands ist von selbst die beste Bürgschaft dafür, daß jede in sich ruhende Nationalität ihr Recht finde. Weil Deutschland stark und friedlich ist, weil Deutschland, das sich durch den Arm seiner bewaffneten Bürger vertheidigt und erhält, in seiner Kultur und seinen inneren Hülfsmitteln ein Genüge findet, wohl wissend, daß es durch Aneignung fremdartiger Elemente nur an Kraft und Selbständigkeit Einbuße erlitte, darum wird der dauernde Frieden Europa's auf den Schultern des siegreichen Deutschlands ruhen, das in ungestörter, selbsteigener Entwickelung die wahren Volksinteressen fördert und den anderen Nationen auf diesem Wege vorangeht.

IX.

Der Krieg und das Völkerrecht.

Anfang Februar 1871.

Die Handelskriege, die Kolonialkriege, die Successionskriege gehören der Vergangenheit an. Die Kriege der Gegenwart sind fast alle aus tief gehenden Konflikten zwischen den Beständen der Staatsmacht und den Forderungen des Volksthums hervorgegangen. Hinter jeder Machtfrage stehen Nationalitätsfragen. Wären die europäischen Staaten nach den inneren Gesetzen des lebendigen Volksthums zugeschnitten, so wäre die Möglichkeit der Eroberungskriege, ja der Gedanke daran längst beseitigt. Auch in dieser Beziehung, sogar vorzugsweise in dieser Beziehung leiden wir an den Sünden der Väter: Das ganze moderne Staatensystem trägt in formaler Beziehung das Gepräge jener, im westfälischen Frieden festgestellten, abstrakten Territorialität unter dem Princeps episcopus. Die Welt krankte, weil und so lange Deutschland sich theils in universalmonarchischen, theils in kleinstaatlichen Abstraktionen bewegte.

Die großen Begründer der völkerrechtlichen Theorie, Hugo Grotius vor Allen, suchten mit heiligem Ernst die Regeln des Privatrechts und die Gebote der bürgerlichen Moral in die Beziehungen der Staaten zu einander einzuführen, wobei sie denn, dem System zu Liebe, die einzelnen Staaten, wie dieselben auch entstanden und beschaffen sein mochten, als gleich und voll berechtigte Individuen einander gegenüber stellten. Ihr Rechtsbegriff stand mit den ewig wirkenden Kräften in den unverjährbaren, sowie unabtretbaren Rechten der Völker-Entwickelung in fortwährendem Widerspruch. Die höhere Gerechtigkeit der Weltgeschichte war ihnen verschlossen. Ihr Problem, ein Staatengericht, ein Völkertribunal zu begründen, war eine wahre Quadratur des Cirkels. Was ihnen als ein idealer Zustand ewiger Gerechtigkeit erschien, wäre, wenn möglich, die Versteinerung in schlechten Zuständen gewesen. Das Zufällige und Willkürliche hätte den Platz ewiger Rechte eingenommen. Die Justiz der Geschichte ist eine wesentlich andere, als die des Kreisgerichts. Die unaufhörliche Klage, daß Gewalt vor Recht gehe, daß das Völkerrecht von den Mächtigen gebrochen werde, diese Jeremiade beruht vielfach auf Mißverstand.. Gerade jetzt wieder sehen wir es an den Ereignissen des deutsch-französischen Krieges, daß der Schwächere das Völkerrecht bricht, welches der Mächtige gern und weislich respektirt.

Wären wir nur zufällig die Stärkeren, wären wir es nicht kraft eines höher berechtigten Prinzipes, unser Sieg wäre ohne Gewähr der Dauer. Unsere ideale Stellung aber ist mit dem wahren Völkerrecht in Einklang, im Ganzen und darum auch im Einzelnen. Aehnliches begab sich bei dem großen nordamerikanischen Bürgerkriege; der Norden konnte und mußte, seiner idealen Aufgabe entsprechend, das Völkerrecht von Anfang an achten und befolgen; der Süden mußte es brechen und mit ihm die Pflichten der Menschlichkeit grausam verletzen. Jener handelte im Namen der Kultur, dieser mußte Rohheit und Blutdurst unter seine Fahnen rufen. Jeder Kulturfortschritt ist auch eine Erweiterung des urbar gemachten Rechtsgebietes.

Das unsterbliche Verdienst jener ehrwürdigen Väter des Völkerrechts bestand vorzugsweise in der lebendigen, zum Theil auch vom Protestantismus getragenen Opposition gegen alle

Ansprüche auf Universalherrschaft zu Wasser und zu Lande, auf kirchlichem und auf weltlichem Gebiete. Daraus entsprang freilich in der prinziplosen Praxis das mechanische System des europäischen Gleichgewichts, aus welchem sich alle späteren Formen des Concert européen und der großmächtlichen Amphiktyonie entwickelten. Das Gleichgewichtssystem hat fortwährend Kriege hervorgerufen, unter dem Vorwand, künftiger Vergewaltigung vorzubeugen, und somit, da die Waage der europäischen Gewichte niemals stille stand, statt des ewigen Friedens den ewigen Krieg erzeugt. Der Sieger verschob immer wieder das Gleichgewicht. Da nun im Geiste dieses diplomatisch-dynastischen Systems, die Staatsgrenzen bis auf die Neuzeit ohne genügende Rücksicht auf den Inhalt des Völkerlebens zurechtgeschnitten, das heißt vielmehr zu Unrecht verschnitten wurden, so erscheinen die modernen Kriege meistentheils als eine Reaktion des Rechtes der Nationalität gegen die Uebergriffe der Diplomatie.

Wenn aber Frankreich seit vier Jahren das erstarkende Deutschland mit Krieg bedrohte, so war seine Sorge um das erschütterte Gleichgewicht wiederum nur der Vorwand für seine Suprematie-Gelüste, wie in den neunziger Jahren die Propaganda der freiheitlichen Ideen dafür hatte herhalten müssen, und wie unter dem letzten Napoleoniden sogar die Beschützung der unterdrückten Nationalitäten dazu benutzt ward. Die inneren Widersprüche dieser letzteren Weltbeglückungs-Heuchelei liegen auf der Hand: Italien sollte, statt Oesterreichs, Frankreichs Vasall sein; das verrathene Polen sollte zum Vergleichs-Objekte dienen. Selbst redlich gemeint, schlägt ein System, welches die Achtung fremder Selbständigkeit nicht kennt, welches Glück und Freiheit zu oktroyiren meint, in Beschränktheit und Beschränkung um. Das Alles hängt mit der mangelhaften Rechtsanschauung zusammen, welche im Innern Frankreichs den Diktaturen den

Weg und die Herzen öffnet. Weil die Franzosen in ihrem vermeintlichen Weltherrschafts-Berufe sich für zu genial halten für die einfache Beobachtung des Rechtsbegriffes, darum verfallen sie, nach einem unverbrüchlichen historischen Gesetze, zuerst selber der Bedrückung, welche sie auszuüben bestrebt sind. Diese ganze, vom Absolutismus Ludwigs XIV. ausgebrütete, von den Revolutionen großgezogene Verblendung, welche in den internationalen Beziehungen das Völkerrecht mißachtet und im inneren Staatsrecht den unaufhörlichen Wechsel von Gewaltherrschaften erzeugt, macht sich im Privatleben als Verherrlichung des Duells und anderer ritterlicher Verbrechen, zum Beispiel des Gattenmordes aus Eifersucht, geltend. So tief eingewurzelt sind diese Verirrungen, daß sich z. B. im Jahre 1869 in Frankreich Niemand über die Freisprechung des Prinzen Peter Bonaparte verwunderte, der in seinem Zimmer einen Kartellträger erschossen hatte; denn was das Ausland für schimpflichste Liebdienerei des Staatsgerichtshofes hielt, ward in Frankreich als eine Huldigung an die nationalen Gefühle entschuldigt; hätte Victor Noir, so sagte man, den Prinzen niedergeschossen, so wäre er auch freigesprochen worden.

Bei diesem Kultus der Gewalt, bei dieser Gemüthsstimmung ohne Pflichtgefühl und ohne Selbstbeherrschung, ist eine objektive Würdigung der gegnerischen Ansprüche und Anschauungen ebenso unmöglich, als ein würdevolles Verhalten im Unglück. Ist man nun gar der Messias unter den Völkern, so ist man ohnehin von den gewöhnlichen Regeln des Rechts dispensirt. So lehrt die ganze Geschichte Frankreichs, daß sie das Völkerrecht brechen, bald, weil sie die Stärkeren, und bald, weil sie die Schwächeren sind. So lange Englands Uebergewicht zur See sich in einer harten Behandlung des neutralen Seeverkehrs äußerte, warf sich Frankreich in feierlichen Verkündigungen wiederholt zum schützenden Hort desselben auf. Wie wenig aufrichtig aber es damit gemeint war, zeigt die Geschichte des Kontinentalsystems und bestätigen die heuchlerischen Versuche zu dessen Rechtfertigung. Damals glaubte die französische Regierung sich, der britischen Uebermacht gegenüber, zu fanatischer Zerstörung und rücksichtslosester Niederhaltung, auch befreundeten Eigenthums und Handelsverkehrs, berechtigt. Umgekehrt nahmen sie in dem jetzigen Kriege die strengere Praxis um deswillen an, weil sie sich zur See für die Stärkeren hielten. Wie sich damals mit der Erfolglosigkeit der Repressivmaßregeln ihre Wuth bis zu völlig unerhörten Ausschreitungen gesteigert hatte, wofür Selbsttäuschung und Heuchelei stets auf den Feind die Verantwortung abzuladen suchten, so steigerte sie sich diesmal gegen uns bis zu der Verbrennung und Versenkung von Handelsschiffen. Sie predigen Civilisation und Humanität, ihre Lippen fließen über vom „civilisatorischen Beruf Frankreichs", und seit jeher haben sie sich mit den Kräften der Barbarei verbündet. Auf das deutsche Reich ließen sie im siebzehnten Jahrhundert die Türken los, auf die Engländer hetzten sie im vorigen Jahrhundert die indianischen Rothhäute, und wenn sie jetzt der Gefahr algerischer Aufstände glücklich entgangen sind, so haben sie dies dem Umstande zu verdanken, daß die Mehrzahl der gegen uns losgelassenen Araber und Kabylen in deutschen Festungen wohl geborgen sind.

Bald ist ihnen Paris die stärkste Festung und bald eine heilige Stadt, gegen deren Beschießung sie im Namen des Völkerrechts protestiren, obgleich sie früher selbst die heilige Stadt Rom, und neuerdings offene Städte, wie Saarbrücken, St. Johann, Kehl und Saint-Cloud, beschossen haben. Es charakterisirt sie ganz besonders, daß die Pariser Belagerungsarmee sich, nach ihrem Sinne, hätte beschießen lassen sollen, ohne wieder zu schießen, und daß sie, die längst hierin die Initiative ergriffen hatten, von uns die lächerliche Formalität der vorgängigen Ankündigung des Bombardements verlangten, auf das sie längst gefaßt sein mußten und auch wirklich vorbereitet waren.

Aehnlich verlangen sie von uns die rücksichtsvollste Behandlung der französischen Gefangenen, und sind doch toll genug, die deutschen Gefangenen vielfach zu mißhandeln, obgleich Deutschland an der 20—30fachen Anzahl Repressalien nehmen könnte. Sie überlassen uns die Pflege ihrer Verwundeten und schießen auf unsere Lazarethe. Sie wollen den Krieg als Volkskrieg führen und mit einem, theils affektirten, theils künstlich erregten Fanatismus sich über Kriegsrecht und Kriegssitte hinwegsetzen; wir dagegen sollen ihnen gegenüber stets die Courtoisie des Turniers und die Förmlichkeit des Zweikampfes beobachten. Ihnen soll jede Stadt zur Festung werden, wir sollen selbst die Festungen als offene Städte betrachten. Jeder französische Bürger soll die Waffen tragen, der Meuchelmord der Freischützen wird in großartigen Proklamationen gefeiert; wir aber sollen jedem Freischützen die Ehren und Privilegien des regelmäßigen Kriegers zuerkennen. Napoleon I. hatte unsere Schill, Lützow, Andreas Hofer und die spanischen Guerillas für „Brigands“ erklärt und demgemäß behandelt; wir sollen ihre „Brigands“ als Volkshelden ehren. Freibeuterei gilt ihnen als Volkskrieg, unser Volksheer dagegen erscheint ihnen als ein Haufen gedrillter Kamaschenhelden. Wenn sie siegen, hat der höhere Geist gesiegt; wenn sie unterliegen, kann es nur durch Verrath geschehen sein!

Seit dem Aufhören der Kabinetskriege ist der Krieg kein bloßes Hazardspiel mehr; auch dem Schachspiel ist die Kriegskunst nicht mehr zu vergleichen, seitdem die Völker ihre ganze Kraft dabei einsetzen und ein höchstes Ziel damit verfolgen. Nicht mehr wird der Krieg handwerksmäßig zwischen abgeschlossenen Krieger-Kasten betrieben, die sich unter einander nicht hassen, willig einen schonenden Rauf-Comment befolgen und die gemeinschaftliche Verwilderung gegen die unbewaffneten Bewohner feindlicher und befreundeter Gegenden kehren.

Danach modifizirt sich denn auch das Kriegsrecht selbst, das einerseits mit der Art der Kriegführung, wie andererseits mit der geschichtlichen Entwickelung des völkerrechtlichen Staatensystems überhaupt zusammenhängt. In der Vorzeit, da um den Besitz eines Landes selbst Vernichtungskriege gegen ganze Bevölkerungen geführt wurden, gab es nur wenige, meist aus religiösen Anschauungen abgeleitete, Beschränkungen der Kriegsfurie. Auch der unbewehrte Feind war völlig rechtlos und mindestens der Sklaverei verfallen. Die Beschränkungen der Kriegsfurie dagegen, welche das Mittelalter einführte, waren weniger den mildernden Einwirkungen der Kirche zu verdanken, als dem internationalen Charakter des Ritterthums, welches für seine Angehörigen ein höheres Recht schuf, an dem aber die misera plebs keinen Antheil hatte. Es gab eine Zeit, wo ein Ueberfall aus dem Hinterhalt für unritterlich galt, für kommentwidrig. Aber das Verbrennen friedlicher Behausungen, Raub, Plünderung, Brandschatzung und Nothzucht zählten zu den noblen Passionen. Freund und Feind trieben es so um die Wette; die raufenden Landsknechte vertrugen sich darüber. Geworbene Soldtruppen, die bald diesem, bald jenem Herrn dienten, führten den Krieg ohne Erbitterung, aber mit Habgier und allen frechen Gelüsten.

Die Kriege dauerten länger, aber sie wurden schlaffer geführt. Finanz und Gewerbe hatten noch nicht den Einfluß, ihr Veto dazwischen zu rufen. Von allen Schrecken des Krieges, deren Bild uns die letzten Jahrhunderte entrollen, ist die moralische Verwilderung der schlimmste gewesen, und in weiterer Folge die Erschütterung des Rechtssinns, der Kultus der rohen Gewalt. Vor den Nachwirkungen vieljähriger Kriege ist der Volkscharakter schwer zu bewahren, und am ärgsten sind diejenigen Länder davon angesteckt, deren Militär-Organisation auf der Pflege alter langgedienter Soldtruppen beruht.

Alle diese Momente sind in Betracht zu ziehen, sobald die gegenseitigen Beschuldigungen der kriegführenden Mächte wegen Verletzungen der völkerrechtlichen Sitten und Gebote zur Sprache kommen. Fern sei von uns, hier vereinzelte Fälle reihenweise aufzuführen, die erhobenen Anklagen im Einzelnen bestreitend zu erwidern. Im Augenblicke ist die Tagespresse nicht das rechte Forum hierfür. Amtliche Aktenstücke haben das Verfahren der französischen Heeresleitung und ihrer Truppen glaubwürdig festgestellt. Die Franzosen selbst haben niemals auch nur versucht, den leichtfertig wieder unsere Armee geschleuderten Verdächtigungen die Probe eines Beweises folgen zu lassen. Ueberdies hat sie ihr Lügensystem um allen Kredit gebracht. Freilich würde es uns widerstreben, dem gefallenen Feinde üble Nachrede nachzusenden, wenn er uns nicht durch fortgesetzte Verläumdung dazu nöthigte.

Ein verbreitetes Vorurtheil der Unbildung oder Halbbildung ist es, daß sie der Barbarei mehr materielle Kraft zutraut, als der Gesittung und Intelligenz. Das war der Wahn der südamerikanischen Staaten dem Norden gegenüber, sowie Oesterreichs im Jahre 1866. Mit dieser Vorstellung hängt es zusammen, daß die französische Armee nicht blos mit Halbwilden, sondern auch mit den verkommenen Subjekten des ganzen Landes angefüllt ward. Mit dieser Vorstellung gingen die Franzosen in den Krieg, als sie ihren Turkos und Zephyren auf deutschem Boden alle Wollust des mohamedanischen Paradieses versprachen, als sie den badischen Staat wegen dessen angeblichen Nicht-Beitritts zur Petersburger Konvention gegen die kleinen Sprenggeschosse, in Wahrheit wegen dessen deutscher Bundestreue, außer das Völkerrecht stellen wollten. Nach den ersten verlorenen Schlachten sollte jeder deutsche Soldat für vogelfrei erklärt, der nächtlichen Art, dem meuchlerischen Hinterhalt verfallen sein. Die nachträgliche Behandlung der ausgewiesenen Deutschen, deren Auswanderung in die Heimath früher gewaltsam verhindert worden war, entsprach zum Theil diesem wahnwitzigen Programm. Blutdürstend und verhetzend schrieb die Presse, sprachen die Volksredner. Niemals hat ein Mitglied der provisorischen Regierung widersprochen oder zu sänftigen versucht. Selbst Männer wie Emanuel Arago, Ernst Picard, Jules Simon, Eugène Pelletan wagten nicht, ihren besseren Gefühlen Ausdruck zu geben. Ein Heerführer wie der gebildete und sehr unterrichtete Trochu weiß sicherlich den Werth des Völkerrechts im Kriege zu schätzen. Der Terrorismus der Phrase legte auch ihm Schweigen auf. Er mußte sogar den ehrenwortbrüchigen Ducrot an seiner Seite dulden und sich für ihn verbürgen.

Doch wenn der moralische und bürgerliche Muth, der in den Franzosen so schwach ist, in einzelnen Führern stark genug gewesen wäre, das erzwingen zu wollen, wovon leider das gerade Gegentheil geschah, sie hätten die Regeln des Völkerrechts nicht erzwingen können. Ihre Armee bestand aus Elementen, denen dieselben nicht beizubringen sind. Wenn es unter den Lehrern des Völkerrechts zweifelhaft bleibt, ob die Anwerbung roher Völkerschaften für europäische Kriege gestattet sei, so liegt meines Erachtens die Verneinung der Frage schon darin begründet, daß mit solchen Truppen die Achtung der völkerrechtlichen Schranken nicht zu behaupten ist. Wie wenig guter Willen übrigens hierfür vorhanden war, liegt in der unbestrittenen Thatsache, daß die Genfer Konvention, welche bei uns jeder gemeine Soldat kennt, den französischen Offizieren und selbst Aerzten völlig unbekannt geblieben ist, obgleich die französische Regierung ihrer Zeit mit besonderer Betonung derselben beigetreten war. Ebenso verhielt es sich mit der Petersburger Konvention gegen die kleinen Sprenggeschosse. Die Autorität wurde, so lange sie bestand, nicht in dem Sinne des Völkerrechts und der Humanität geübt; seitdem ist die gesetzliche Autorität verschwunden und bis heute noch nicht in rechtsgültiger Weise ersetzt worden. Ein gut Theil Anarchie herrscht in der Armee, wie im Lande. Gambetta, Jules Favre und die Andern mögen sich mit ihrer Ohnmacht entschuldigen, sie sind dennoch nicht unschuldig an dem grundlegenden Mißverhältnisse. Wenn man sich von dem bloßen Wortlaut der üblichen Vertragsbestimmungen zu dem Geiste der völkerrechtlichen Verpflichtungen erhebt, so giebt es sicherlich im Kriege keine höhere internationale Pflicht, als diejenige, welche in der Regel auch mit den unumstößlichsten Forderungen des inneren Staatsrechtes zusammentrifft, nämlich die: dem Ausland eine feste Regierung gegenüber zu stellen, welche für die Einhaltung des Völkerrechts und der humanen Gesittung im Kriege verantwortlich zu sein vermag und welche über Waffenstillstand oder Frieden zu verhandeln die Macht und das Ansehen hat. Diese selbstgewählten Herrscher Frankreichs, deren Schein-Regierung in zwei Delegationen und einen Diktator, mit drei verschiedenen Richtungen, zerfällt, sind ihrem Lande, Europa und der Menschheit dafür verantwortlich, daß sie mitten im Kriege eine, noch so schlechte, Regierung verdrängt haben, ohne die Gewißheit eine neue bilden zu können; daß sie, um sich in ihrer Scheinstellung behaupten zu können, dem Lande das Recht vorenthielten, sich in einer konstituirenden Versammlung — vermuthlich gegen sie — auszusprechen. Weit entfernt, diese Verpflichtungen irgendwie zu verstehen und zu würdigen, haben sie sich als eine bloße „Regierung der National-Vertheidigung" mit dem Programm, keinen Zoll breit Landes und keinen Festungsstein abzutreten, konstituirt. Eine Regierung ad hoc, d. h. nur für gewisse bestimmte Funktionen, ist eingestandenermaßen keine Regierung. Durch den Leichtsinn und die Gedankenlosigkeit dieser verbrauchten Menschen blieb also das Land ohne völkerrechtliche Persönlichkeit und ohne die Fähigkeit, als Staat zu handeln und zu verhandeln.

Dies Alles ging gegen das Völkerrecht und insbesondere gegen das Kriegsrecht. Wohlverstanden: unsere Bedenken haben mit dem System der Legitimität Nichts zu thun. Das neuere Völkerrecht anerkennt sogenannte de facto-Regierungen; aber unter der Bedingung, daß es wirkliche Regierungen seien, welche den thatsächlichen Beweis liefern, daß sie das Land zu vertreten im Stande sind. Besonders komisch ist es freilich, daß die hochdemokratischen Freunde des republikanischen anarchischen Frankreichs, die Karl Vogt, Ludwig Simon und andere Liebknechte, welche eine Volksabstimmung in Elsaß und Deutsch-Lothringen verlangen, es ganz in der Ordnung finden, daß die provisorische Regierung in Frankreich selbst die Volksabstimmung hinhält, wie sie ja auch keinerlei Lust bezeugt, die gefälschte Abstimmung in Nizza und Savoyen durch eine erneute Prob bestätigen zu lassen, oder gar die vielgerühmte Anhänglichkeit Algeriens an Frankreich dieser Prüfung zu unterziehen.

Als die nordamerikanische Union die rebellischen Südstaaten bekriegte, konnte sie dieselben nicht als Staat, wohl aber mußte sie dieselben als kriegführende Partei anerkennen und, obgleich sie das etwas hastige Einnehmen desselben Standpunktes den Engländern sehr verübelte, dennoch, nach der Nothwendigkeit der Sachlage, alle Konsequenzen des Kriegsrechtes — in Behandlung der Gefangenen, der Parlamentäre, Blockade der Küsten u. s. w. — ziehen. Wir citiren dieses Verhältniß nicht als Analogie, sondern zur Unterscheidung. Wenn Frankreich auch ohne gesetzlich bestimmte Regierung ist, so muß es doch als Nation, ja als Staat anerkannt bleiben, und die fremden Mächte, kriegführende wie neutrale, sind genöthigt, mit den zeitweilig machthabenden Spitzen der Behörden zu verhandeln. Aber der Triebsand kann nicht als Baugrund dienen; wenn Deutschland einen dauerhaften Frieden abschließen will, muß es sich nach Stellung, Ansehen und Einfluß der sich darbietenden Unterhändler erkundigen. Eine Regierung kann erst die Anerkennung des Auslandes beanspruchen, wenn sie sich auf die allgemeine Anerkennung des Inlandes stützt. Uns lag demnach das Recht und die Pflicht der Prüfung ob, welche Regierung in Frankreich wirklich besteht.

Ein solcher Zustand, wie er seit dem vierten September in Frankreich herbeigeführt wurde, bedroht das Land mit der Gefahr einer — sonst völkerrechtswidrigen — fremden Einmischung in seine innere Verfassungs-Angelegenheit. Und die Versicherung des Grafen Bismarck, sich nicht darein mischen zu wollen, war, der allgemeinen Unruhe und Verlegenheit gegenüber, schwerlich ganz überflüssig; vielmehr mag sie den Zweck oder den Erfolg haben, das französische Volk zur Beschwörung dieser Gefahr anzutreiben. So wird denn endlich eine konstituirende Versammlung vorbereitet.

So gewaltig war die Bedeutung dieses Rassenkrieges, der die Unfähigkeit der Franzosen zur leitenden Rolle in Europa nachwies und dem germanischen Rechtsprinzip die Geltung sicherte, daß daraus mit Nothwendigkeit hüben und drüben eine Veränderung der Staatsverfassungen sich ergab, und mit der Zeit sich auch wesentliche Reformen des Völkerrechts daran knüpfen werden. Die inneren Wechselbeziehungen zwischen Staats- und Völkerrecht zeigen sich in allen hier angeregten und noch anzuregenden Fragen. So schwer lastete Frankreichs Hand auf dem Kontinent, daß erst seit der Niederwerfung Frankreichs Deutschland das volle Recht der Selbstbestimmung, Italien den Weg zu seiner Hauptstadt, Spanien die freie Wahl seines Fürsten und Rußland die ungehemmte Verfügung über seine Küsten am Schwarzen Meer gewann. Von dem Druck auf die neutralen Mittelstaaten zu geschweigen. Darum ist der Krieg, den wir führen, auch nach Sedan, ein Vertheidigungskrieg. Denn die neue Friedens-Aera soll begründet und erbaut werden auf der Unabhängigkeit der Nationalitäten und der allgemeinen Achtung ihrer Rechte. Es wäre doch gar zu bequem, und für die Franzosen namentlich zu verlockend, wenn der unterliegende Feind die Schuld des frivolen Angriffs nur mit der Abschüttelung einer, zudem verhaßten, Regierung zu bezahlen brauchte. Die Erklärung des obersten deutschen Kriegsherrn, daß er gegen die Soldaten, nicht gegen die friedliebenden Bürger Krieg führe, wurde bekanntlich von allen Franzosenfreunden in die gezwungene Auslegung verdreht, als ob mit Napoleon's Sturz der Krieg ein Ende haben müsse. Genau betrachtet, wäre es die schwerste Beleidigung des französischen Volkes, anzunehmen, daß wir ausgezogen sind, um es von seinem Tyrannen zu befreien, und daß das französische Volk sich wider seinen Willen von ihm zur Schlachtbank führen ließ. König Wilhelm's Proklamation vom 11. August hatte eine ganz andere Tragweite; sie enthielt das eigentliche völkerrechtliche Prinzip der modernen Kriegführung.

In demselben Maße der fortschreitenden Kultur, in welchem die Verkettung und Wechselwirkung aller materiellen Interessen jeden Krieg zur allgemeinen Kalamität macht, sind auch die Zerstörungskräfte gewachsen, welche dem Erforderniß möglichster Beschleunigung des Krieges dienen. Der furchtbare Ernst der neuen Kriegführung ist ein Gebot der Nothwendigkeit. Jede Härte ist erlaubt, jede Strenge ist wohlthätig, welche rascher zum Ziele führt. Aber jede unnütze Grausamkeit ist absolut verwerflich. Das durch den Weltverkehr in die Praxis getretene Weltbürgerrecht gewährt auch dem unbewaffneten Bürger feindlicher Staaten Schonung und eine gewisse Rechtsbeachtung. Selbstverständlich, so lange er sich völlig friedlich und neutral verhält und die Zwecke der Kriegführung nicht kreuzt. Dann ist die Achtung seines Rechtes sogar im Interesse der Invasions-Armee. Umgekehrt aber, wenn der nicht uniformirte Bürger der Kriegführung heimlich dient, ist er doppelt gefährlich und muß mit den Mitteln des Standrechts niedergehalten werden. Hier muß die Strafe dem Vergehen auf dem Fuße folgen, weil sie mehr mit dem Nothstand des Krieges, als mit den sittlichen Grundlagen des Strafrechts in Verbindung steht. Als die französischen Führer den „Krieg bis zum Aeußersten“, „la guerre à outrance“, erklärten, glaubten sie aus der Uebertretung der anerkanntesten völkerrechtlichen Maximen die Kraft der Verzweiflung zu schöpfen. Wenn es aber nicht gelingen wollte, häusliche und wohlgenährte Bourgeois über Nacht in Condottieri und Volkshelden umzuwandeln, so geschah es desto rascher, daß sich der Abschaum der Bevölkerung der Freibeuterei ergab und von den strengen Regeln des Kriegsrechts ausdrücklich für dispensirt halten durfte. Auch eine nationale Erhebung hätte der strengen Disziplin bedurft, um nicht auszuarten und den Volkscharakter nicht zu verschlechtern. Allein der erbitterte Kampf galt nicht der nationalen Existenz, welche gar nicht bedroht ist, sondern nur der militairischen Ehre, welche auf diesem Wege nicht zu retten war.

Vor allen Dingen war die Austreibung der Deutschen ein ungerechtfertigtes Eingreifen in die Sphäre der Privatrechte, des Privatverkehrs und des Privat-Eigenthums. Ueber die Gefährdung deutscher Parlamentäre, die Anwendung verpönter Waffen, die Verletzungen der Genfer Konvention können wir auf die Akten verweisen. Nicht die vereinzelte Thatsache beschäftigt uns hier, sondern die Geltung eines falschen Prinzipes, welche darthut, daß die Thatsachen eben nicht blos vereinzelt waren, sondern daß die Nation als solche die Verantwortung dafür trägt. Freilich giebt es für solche Missethaten kein völkerrechtliches Strafgericht. Soll das Rechtsgefühl der Mitwelt und das Urtheil der Geschichte dadurch irregeleitet und gefälscht werden, daß den begründeten Anklagen erfundene Gegenklagen zur Kompensation vorgehalten werden, so liegt zuletzt in dem verschiedenen Grade der subjektiven Glaubwürdigkeit das Haupt-Kriterium des richtenden Verstandes, wenn sich nicht, wie im gegebenen Fall, die Verschiedenheit der Haltung schon aus der Verschiedenheit der Standpunkte, Interessen und Anschauungen ergiebt. Leider nehmen die neutralen Mächte ein wärmeres Interesse an der Erschöpfung der Kriegführenden, als an der Aufrechthaltung der Rechtsgrundsätze.

Lange vor der Petersburger Konvention von 1868 galten solche Waffen, welche über die Unschädlichmachung hinaus verletzen und verstümmeln, wie Kettenkugeln, gehacktes Blei, vergiftete Seitengewehre, für völkerrechtswidrig. Auch die Genfer Konvention, welche, mit ihren Zusatz-Verträgen, seit sechs Jahren eine so große Ausdehnung und Anerkennung gefunden hat, sucht das neutrale Gebiet der Menschlichkeit soweit auszudehnen, als die Zwecke des Krieges es irgendwie gestatten. Ihre unbestrittene Geltung und allgemeinere Wirksamkeit ist natürlich dadurch bedingt, daß die praktische Abgrenzung zwischen Krieg und Humanität zweckmäßig gezogen werde. Spätere Verabredungen werden hier Vieles zu ergänzen und namentlich dem vorzubeugen haben, daß das rothe Kreuz im weißen Felde nicht zum Deckmantel für militärische Operationen dienen könne oder auch nur von der Böswilligkeit dessen verdächtigt werden dürfe.

Der „Krieg bis zum Messer" mochte den Vernichtungskriegen des Alterthums entsprechen, nicht den Kriegen der Neuzeit, bei denen es auf eine politische Entscheidung ankommt, deren Gewicht um so schwerer lastet, je mehr eine Nation ihre letzten Hülfsmittel unwiderruflich erschöpft hat. Auf der anderen Seite fällt bei der Invasions-Armee jeder Grund zur Schonung weg, wenn sie der friedlichen Haltung des unbewehrten Theils der Bevölkerung nicht vertrauen darf. — Die Achtung und Schonung des Privateigenthums ist in unserem neueren Kriegsrecht so weit anerkannt, als der Nothstand des Krieges, die Ernährung der Truppen, die Erhaltung fester Positionen, es gestattet.

Aber nur zu Lande gilt die Achtung des Privateigenthums. Zur See gilt leider noch das Beuterecht des alten Piratenthums, der Seeraub in staatlicher Uniform. Zwar hat dieses furchtbare Ueberbleibsel alter Barbarei schon mancherlei Beschränkung erlitten. Es ist wohl bemerkenswerth, daß Preußen unter dem großen Friedrich mit der jungen Republik der nordamerikanischen Vereinsstaaten über die Abschaffung dieses patentirten Raubsystems unterhandelte; — was damals freilich die überwiegende Bedeutung eines bloßen Schachzuges gegen die britische Seeherrschaft hatte. Die Reform auf diesem Gebiete war und ist so schwierig, weil die besten Vorsätze der Friedenszeit erschüttert werden, sobald der Kriegskomet am Himmel erscheint, wie wiederum Frankreichs Vorgehen in diesem Kriege zeigt. So lange noch Handels- und Kolonialkriege geführt wurden, konnte man sich von der durchgreifenden Ausübung des Prisenrechts kriegerische Erfolge versprechen; der Hauptvortheil aber verblieb stets den neutralen Seemächten, welche den ganzen Seehandel der im Kriege betheiligten Staaten an sich zogen. England zumal konnte als kriegführende Macht am meisten Schaden thun, als neutrale Macht den größten Gewinn ernten. Bei der gesteigerten kommerziellen Kultur unserer Tage, der Freigebung des Kolonialverkehrs, dem Siege freihändlerischer Grundsätze überhaupt ist das Prisenrecht nur noch ein trauriger Anachronismus, zumal der ganze Seekrieg, trotz Panzerschiff und Eisenplatte, an Wichtigkeit immer mehr verliert. Auch hat die von unseren Hansestädten, besonders Bremen, ausgehende Agitation für die Schonung des Seehandels im Kriege selbst in England schon ernsthafte Anhänger geworben.

Vor dem Krimkriege verständigten sich bekanntlich Frankreich und England über eine mildere Praxis, welche seit 1856 so ziemlich zum gemeinen Recht geworden ist. War für viele Seestaaten bis dahin das neutrale Gut auf dem feindlichen Schiffe nicht frei gewesen, und für andere wiederum das feindliche Gut auf neutralem Schiff der Wegnahme verfallen, — so daß jedenfalls die Störung der Schiffahrt durch das Durchsuchungsrecht ungeheure Dimensionen annahm, — vom Pariser Frieden ab galt wenigstens nur feindliche Waare auf feindlichem Schiffe für gute Prise. Ein anderer Fortschritt bestand in der Abschaffung des gewerblich patentirten Privat-Seeraubs, d. h. der Ausstellung von Kaperbriefen. Die nordamerikanischen Vereinsstaaten schlossen sich deshalb den neuen Stipulationen nicht an, weil sie, nicht im Besitz einer großen Staatsmarine, den Vortheil der Privatkaperei nicht aufgeben wollten. Sie sagten: „Schafft Eure Kreuzer ab, so verzichten wir auf unsere Kaperschiffe!" Als aber der große Bürgerkrieg bei ihnen ausbrach, hätten sie gern die Abschlagszahlung der vier Pariser Artikel angenommen; nun aber war es zu spät zum Beitritt. Würde der Seehandel im Kriege überhaupt freigegeben, so hätte die ganze Kasuistik der Prisengerichte, der Scheinverkäufe von Schiffen u. s. w. ein Ende, die wichtigsten internationalen Beziehungen wären vereinfacht und dem Krieg wäre ein entsittlichendes Moment genommen, welches seine direkten Zwecke in keiner Weise fördert. Auch das Blockaderecht würde sich dann nur noch auf befestigte Kriegshäfen beziehen. Die Blockade von Handelshäfen und ganzen Küstenstrichen, deren Praxis, obzwar gemildert, immer noch besteht, kann selbst zur Aushungerung neutraler Länder führen. Beispielsweise entsprang der schwere Nothstand von Lancashire 1862—64 aus der, die amerikanische Baumwollen-Ausfuhr verhindernden, Blockirung der Südstaaten.

Allerdings muß der friedliche Seehandel, um Schutz zu verdienen und zu genießen, auch wirklich friedlicher Natur sein. Die excentrische Forderung gewisser fanatischer Anhänger der Manchesterschule, daß auch der Handel mit Kriegsmaterial freigegeben sein solle, findet in der Logik des Kriegsrechts, wie in den Forderungen der Humanität seine Widerlegung. Die Zuführung von Waffen und Munition ist deshalb nicht minder eine unmittelbare Betheiligung am Kriege, wenn sie gegen baares Geld, als wenn sie aus Sympathie oder Gemeinschaft der Interessen geschieht. Die Engländer und die Holländer sind in ihrem egoistischen Handelsgeist sogar so weit gegangen, den afrikanischen Horden das Pulver und die Gewehre zu verkaufen, womit ihre eigenen Brüder bekämpft wurden; weil sie wenigstens, vielleicht an schlechteren und darum ungefährlicheren Waffen, selbst den Profit einstreichen wollten, der sonst neutralen Kaufleuten zu Gute gekommen wäre. Und die Staatsweisheit dieser Länder nahm es nicht so genau damit. Wir huldigen der strengeren Theorie. Was den Krieg zu verlängern geeignet ist, das ist auch mit den Mitteln des Krieges anzufechten. Die Neutralität kann nur Achtung und Berücksichtigung beanspruchen, wenn sie keinem der kriegführenden Theile Kriegsmittel liefert. Auch sind die Regierungen, soweit ihre konstitutionellen Befugnisse reichen, dafür verantwortlich, daß ihre Bürger die Grenze der Neutralität nicht übertreten. Die Landesgesetze von England und Nordamerika, und nach ihnen viele andere Gesetzgebungen unterscheiden hier zwei Grade des Neutralitätsbruches. Zum Beispiel ist ihnen die Ausrüstung von Kriegsschiffen für einen kriegführenden Staat ein Neutralitätsbruch, welchen die eigene Regierung verhindern und bestrafen soll. Wie weit die direkte Lieferung wesentlicher Flotten-Ausrüstungsgegenstände, z. B. von Kohlen, unter dieselben Gesetze fällt, ist juristisch und diplomatisch bestritten. Anders aber steht es mit dem Verkauf von Waffen, Munition und sonstigem Kriegsmaterial. Diese Waaren bilden nur einen nicht geschützten Handelszweig. Wer ihn betreibt, setzt sich der Konfiskation durch die kriegführenden Mächte aus und findet dann bei seiner Regierung keinen Schutz, aber straffällig ist er nicht, und seine Regierung darf ihn in dem Geschäft nicht behindern. Dieser Rechtspunkt ist völkerrechtlich so wenig durchgearbeitet, daß jeder Staat das Recht hat, die sogenannte „Kriegscontrebande" nach seinem Gutdünken auf diesen oder jenen Handelsartikel auszudehnen, der zur Kriegführung in Beziehung gebracht werden kann. Viele Gegenstände, besonders solche, deren Verwendbarkeit für den Krieg neueren Datums ist, gelten einzelnen Staaten als Kriegscontrebande, anderen wieder nicht. — Der Kaufmann, welcher Kriegscontrebande führt, zu Lande oder zu Wasser, treibt ein Stück Krieg für eigene Rechnung. Das ist jedenfalls ein Mißverhältniß, welches bei der zunehmenden Ausdehnung des Rechtsgebietes überwunden werden muß. Die gebräuchliche Ausrede, daß derartiger Handel beiden Feinden gleich zustehe, läßt einerseits die Aufgabe, den Krieg möglichst zu lokalisiren und zu verkürzen, bei Seite, und widerspricht andererseits dem wahren Wesen der Neutralität, da doch immer, je nach den Umständen, der eine Theil die Waffenlieferung nöthiger gebrauchen wird, als der andere.

Deutschland wollte den großen Entscheidungskampf von 1870 allein ausfechten, aber es verlangte ehrliche Neutralität. Gerade die großen germanischen Staaten, deren gemeinsames Rechtsprinzip uns siegreich zur Seite stand, gerade England und Nordamerika, haben sich hinter die formelle Gesetzlichkeit veralteter Verfahrungsarten versteckt, um uns den Kampf zu erschweren. Man mag die schlecht verhüllte Feindseligkeit Italiens, das den Freiwerbungen auf seinem Gebiete durch die breit geöffneten Finger sah, vornehm ignoriren; man mag Englands kleinmüthige Zurückhaltung jeder Meinungsäußerung über die napoleonischen Provokationen als einen Verzicht auf seine europäische Machtstellung ruhig hinnehmen; das Alles bestätigt nur unser Anrecht auf eine völlig selbständige Politik. Allein nicht zu verhehlen ist, daß Englands Regierung, aus dem engherzigsten Handels-Interesse und der erbärmlichsten Krämerpolitik, wohl auch aus traditioneller Mißgunst gegen jede aufsteigende Größe, die ihm zustehenden Befugnisse zur Einhaltung wahrer und redlicher Neutralität nur nothdürftig dem Buchstaben nach angewandt hat, so daß britische Kohlenzufuhr die Plünderung unserer Handelsmarine ermöglicht hat. Welche Thorheit liegt überhaupt in der Rechtsansicht, wonach zwar Mannschaft und Schiffe nicht geworben, wohl aber Kanonen, Munition und dergleichen geliefert werden dürfen!*) Die öffentliche Meinung in England hätte jedenfalls die Reform dieser Gesetze gebilligt, das Parlament sie zugelassen, wenn die Regierung dafür die Initiative ergriffen hätte. — Noch schwerer lautet die Anklage gegen Nordamerika, wo die Sympathien für Deutschland, geschichtlich stark begründet, durch alle Triebfedern der praktischen Politik verstärkt werden; wo dennoch durch den ausgedehnten Waffenhandel nach Frankreich, der auf dem Wege des Privatgeschäfts die Staatsarsenale zu vortheilhaften Preisen leerte, sogar ein positives Gesetz verletzt ward. Welchen Cynismus verräth ein Verfahren, das uns erlaubt, Amerika's gegen England in den letzten Jahren erhobene Beschwerden nun in vollem Maße gegen es selbst zu kehren! Der Präsident Lincoln hatte es sogar unter die Kriegsartikel aufgenommen, daß ein neutraler Staat die Waffenausfuhr an Kriegführende nach Kräften verhindern müsse.

Abgesehen von allem bösen Willen, ist die Entwickelung des Völkerrechts für diese Fragen auf halbem Wege stehen geblieben. Seitdem die Kaperei abgeschafft und der neutrale Handel geschützt ist, reicht das bestehende Durchsuchungsrecht der Staats-

*) Die britische Regierung hat das Recht, durch ein Order in council die Waffenausfuhr zu verbieten und zu verhindern, insofern sie die Möglichkeit voraussieht, daß England selbst demnächst in einen Krieg verwickelt werden könnte. Dieser Ausweg steht ihr bei einigem guten Willen stets offen.

marine nicht aus zur Unterdrückung der Kriegscontrebande; der nächste Fortschritt des Völkerrechts muß sein, daß die Regierungen selbst die Verpflichtung zur Unterdrückung dieses schimpflichen Handels übernehmen und daß die Strafgesetze in dieser Richtung vervollständigt werden. Dann wird man leicht zur allgemeinen Geltung des Privateigenthums zur See den letzten Schritt thun. Wie Preußen und Deutschland, 1866 und 1870, hierin mit gutem Beispiel vorangingen, so hat das deutsche Reich nun auch die Aufgabe, schon im bevorstehenden Friedensschlusse das humane Völkerrecht zu bedingen und seine allgemeine Annahme in den nächsten Jahren durchzusetzen.

X.

Die Heimkehr.

Ende März 1871.

Siegesjubel! Befriedigung auf allen Gesichtern! An allen Bahnhöfen festliche Begrüßung der heimkehrenden Heerführer und der dem häuslichen Herde zueilenden Landwehr! Von den Bergen lodern Feuer, von den Häusern wehen Fahnen! Tannenzweige an den Hausthüren, Lorbeerblätter auf den Büsten! In dem Gefühl, das sich hier ausspricht, sind alle Parteien einig, alle die nicht entschieden staatsfeindlich sind. Und an diesen Moment wollen wir uns erinnern, wenn in Zukunft wieder der Parteihader, nach leidiger deutscher Weise, in die Verbissenheit, Verhetzung und Verleumdung religiöser Sektirerei ausarten sollte. Selbst eine Stadt, wie Frankfurt — die alte Krönungsstadt, welche wiederum gerne Krönungsstadt wäre, — begrüßt das deutsche Kaiserthum feiernd, während sie dem preußischen Königthum noch schmollt; denn in demselben Augenblicke schwankt dort die Reichstagswahl zwischen dem Manne, welcher die zurückgebliebenen Anschauungen der süddeutschen Volkspartei vertritt, und dem Manne, welcher ganz einfach nur den Vierundzwanzigguldenfuß vertritt. Von den Uebrigen, welche an dem Hochgefühl der Nation keinen lebhaften Antheil nahmen, hat fast Keiner irgendwie oder irgendwo vor den Augen der Wähler Gnade gefunden. — Ueber all der freudig gehobenen Stimmung aber schwebt eine gewisse besonnene und nachdenkliche Ruhe, die dem Ausländer schwer verständlich wäre; — nicht blos weil sich überall die Trauer um theure Todte in den Festjubel mischt, sondern weil die gewaltige Größe der Ereignisse und der betäubend rasche Gang der Weltgeschichte das Nachdenken herausfordert und uns einprägt, daß wir an einem Abschluß stehen, der unsere ganze sittliche Kraft zu neuen Gestaltungen aufruft.

„Ausgestritten, ausgerungen
Ist der lange schwere Streit,
Ausgefüllt der Kreis der Zeit
Und die große Stadt bezwungen."

Das selbstgefällige Phrasenthum, die Kneip- und Redseligkeit, und was sonst wohl noch in den sieben magern Jahren politischen Mißwachses auf Turn-, Sing- und Schützen-Festen die Gedankenlosen berauschte, die Denkenden demüthigte und zurückstieß, ist wie verschwunden. Die Wirklichkeit wirkt ernüchternd, wie groß sie auch sei, weil sie an den Verstand und an die Willenskraft appellirt, weil sie zu groß ist für die Phrase. Die Begebenheiten sind auch so gewaltig, daß sie keiner Ausschmückung bedürfen, daß nur die einfachsten Worte ihnen entsprechen können. Von der ersten kaiserlichen Thronrede bis zum letzten Leitartikel scheint sich hierin der gute deutsche Geist kund zu thun. Was aber zuerst als ehrenvoll für das Gemeingefühl und Verständniß der Nation hervorgehoben werden muß, das ist, daß von all den zahlreichen — ideellen und materiellen — Errungenschaften dieses Krieges keine auch nur annähernd so allgemein und tief empfunden wird, wie die, welche allerdings auch das höchste materielle und ideelle Gut ist, die Staats-Einheit, und deren sinnbildliche Darstellung in der Kaiserwürde. Nicht als das Wiederaufleben alter glorreicher Formen, sondern als ein der Gegenwart entsprechendes Institut wird das Kaiserthum aufgefaßt, und gerade auf die Merkmale, welche es von dem Wahlkaiserthum des Heiligen Römischen Reiches unterscheiden, wird besonderer Werth gelegt. Endlich einmal hat

Deutschland nicht aus Nachbarländern die Muster und den Stoff geholt, da es ein protestantisches Kaiserthum und einen monarchisch-demokratischen Bundesstaat schuf; und dieser Akt der Selbständigkeit ist an sich schon bester Verheißungen voll.

Deutschland geht, soweit überhaupt menschliche Berechnung reicht, einer langen Friedensaera entgegen. Zwar ist kaum ein Land in Europa, auf welches dieser siebenmonatliche Krieg nicht in der durchgreifendsten Weise eingewirkt hätte. Aber die Frage des europäischen Friedens hängt fürderhin von dem Volke ab, welches das friedliebendste der Welt ist, von dem unsrigen. An und für sich bedrohen uns die Veränderungen nicht, welche, durch die Wucht unserer Waffen, fast ganz Europa sich selbst wiedergegeben haben. Auch Frankreich konnte seit Sedan diesen Vortheil genießen, wenn es der Selbstbestimmung fähig wäre. Einstweilen durfte Spanien ohne fremde Einmischung seine Regierung konstituiren, die undankbare italienische Dynastie den Spaniern einen König leihen; Italien konnte mit dem Papstthum abrechnen.

So wurde der Ultramontanismus genöthigt, für seine Herrschaft neue Stützen zu suchen. Augenblicklich empfinden wir in Norddeutschland (bei zweimaligen Wahlen) den Rückschlag dieser Entwickelung: was Syllabus und Unfehlbarkeits-Konzil der päpstlichen Gewalt schaden mochten, hat des Papstes Vertreibung vom rechten Tiber-Ufer reichlich für ihn ausgeglichen. Wie das päpstliche Garantie-Gesetz, womit der italienische Staat sich von dem Bannfluche loszukaufen gedenkt, jetzt schon beweist, kann die Loslösung von dem beengenden und bedingenden Besitz weltlicher Souverainetät das Papstthum zu höherer geistlicher Macht führen. Das Cavour'sche Programm: „Die freie Kirche im freien Staate“, soll jetzt viel ernsthafter genommen und ausgeführt werden, als es der kluge Staatsmann vorkommenden Falles wohl selber genommen hätte. Wenn eine „freie“ Kirche überhaupt denkbar ist, so ist es sicherlich nicht die katholische. Sie kann frei sein von staatlicher Kontrole, d. h. unabhängig im Herrschen und zum Herrschen; aber nicht frei dem eigentlichen Inhalte nach, nicht freiheitlich; und am wenigsten wäre der Staat frei zu nennen, der das Gehäuse für die so befreite Kirche bildete. Die Verfassung eines solchen Staates mag, wie die belgische, die schönsten Grundrechte enthalten, aber am Herde der Bürger sitzt die Freiheit nicht, die immerhin noch wo anders aufzusuchen und zu begründen ist, als in geschriebenen Paragraphen. Jedenfalls mag es als Gewinn bezeichnet werden, daß die ultramontane Partei jetzt ihre Ziele und auch einen Theil ihrer Mittel offen bekennen muß und daß der Kampf auf ein höheres Gebiet verlegt wird. Seitdem vor einem vollen Menschenalter am Niederrhein der Streit entbrannt ist, war die Mehrzahl der Feldzüge gegen sie der Geistesfreiheit ungünstig. Im Anfang, weil die Regierung mit Polizeimitteln durchzugreifen dachte, wo sie den Geist des Volkes hätte aufrufen müssen. Später, weil die freisinnige Partei den Kampf auf das religiöse Gebiet hinüberspielte (Neukatholizismus, freie Gemeinden), statt ihn einfach auf dem Boden der Volksschule aufzunehmen. Aber das religiöse Gefühl der Neuzeit ist zu schwach, die starken Satzungen und Organisationen der Kirche ernstlich zu erschüttern. Nur innerhalb und vermittelst der Volksschule ist dem Erbfeinde weltlicher Bildung und staatlicher Selbständigkeit wirksam zu begegnen. Hier gewinnt aber auch jede Versäumniß oder Verzögerung eine doppelt folgenschwere Bedeutung, seitdem sich der Nationalstaat auf das allgemeine Stimmrecht gründet. So lange auf diesem Felde das alte Unkraut nicht ausgejätet ist, kann nur der Leichtsinn die neuen Anpflanzungen für gesichert halten. Denen aber, welche den freien Staat neben der „freien“ Kirche für denkbar halten oder gar mit diesem Heuchelworte Propaganda zu machen suchen, stellen wir die Frage: ob sie durch Bewilligung der

Civilehe auch das freie Individuum zu statuiren bereit sind? Denn nicht um die Freiheit des Staates, sondern um die persönliche Freiheit, um die Freiheit der Geister und Gewissen handelt es sich hier in erster Linie. Nicht mit „Nationalkirchen" ist die Universalkirche zu bekämpfen, sondern mit der Aufhebung jedes kirchlichen Zwanges überhaupt. —

Das künstliche Gebäude des Pariser Friedens von 1856 ist gelegentlich auch zusammengebrochen: indem Rußland im Schwarzen Meere wieder sein freies Verfügungsrecht antrat, wurde die Stellung der Türkei verändert und die orientalische Frage wieder in den Vordergrund geschoben. England rüstet, auch Schweden, Beide wohl gegen Rußland. Eine französisch-russische Allianz, bisher der — gute oder böse — Traum europäischer Staatsmänner, ist in die diplomatische Rumpelkammer verwiesen, zumal unser Interesse an dem Bestand der Türkei jedenfalls geringer ist, als Frankreichs Interesse daran. — In Oesterreich mußten, mit Frankreichs Verfall, die Beust'schen Spekulationen auf Wiedergewinnung der deutschen Suprematie aufgegeben werden; wogegen die Angst der Regierungskreise vor der unaufhaltsamen Propaganda des deutschen Geistes und Nationalgefühls durch thörichte Maßregeln das gefürchtete Schicksal der inneren Auflösung beschleunigt. Doch für uns giebt es noch keine österreichische Frage. Deutschland hat hoffentlich inneres Leben und geistigen Gehalt genug, um, auch ohne den heftigen Anreiz nationaler Lösungen, an dem Ausbau seiner Institutionen und der Stählung seiner Volkskraft zu arbeiten.

Fast noch mehr, als die Zustände, sind die Anschauungen in dem letzten Halbjahre verwandelt. Die Vorstellung von Frankreichs Ueberlegenheit und Unüberwindlichkeit war nicht blos ein französischer Wahn. Ein Theil der europäischen Menschheit findet sich noch nicht recht in das ungewöhnliche Gefühl ihrer Unabhängigkeit von dem posthumen Cäsarismus und der Modeherrschaft des in Paris gipfelnden französischen Geistes. Die Halbdenker vieler Länder, ganze Völkerschaften, denen mehr die Sucht zu glänzenden historischen Rollen, als die Kraft dazu, eigen ist, verzeihen es den deutschen Waffen nicht, daß sie ihnen ein verführerisches Vorbild genommen und sie von einem bequemen Gängelbande abgelöst haben. Die Pöbelszenen von Zürich, Bukarest, Baden bei Wien und vielen anderen Orten bilden das Echo dieser sehr verbreiteten Gemüthsstimmung. Es sind die eifrigen Huldigungen an schwindende Irrthümer, gegen deren thatsächliche Widerlegung die Eigenliebe und der Eigenwille sich sträuben. Die Wuthsausbrüche stehen mit den Abscheulichkeiten, welche sich jetzt in Frankreich zutragen, innerlich wie äußerlich in unmittelbarster Verwandtschaft. Die Herrschaft der brandschatzenden, plündernden und mordenden „Commune" in Paris, deren Nachahmungen in Lyon, Saint-Etienne, Marseille, Toulouse u. s. w. zum Theil bevorstehen, zum Theil schon eingetroffen sind, alle die Gräuel, welche sich demnächst noch daran knüpfen werden, sind die letzte Entfaltung des französischen Volksgeistes in seiner unaufhaltsamen Entartung. Wie die Franzosen, in deren Geschichte häufiger, als bei andern Völkern, gewisse allgemeine Manien, Wahnvorstellungen und Wuthausbrüche zur durchgreifenden Herrschaft gelangen, durch karikirende Uebertreibung das Falsche und Verderbliche ihrer revolutionären Dogmen für die Welt klar gelegt haben, so machen es jetzt die Pariser mit dem verzerrten Bild einer Selbstverwaltung, deren sie unfähig sind, einer Selbstverwaltung, welche auf die Uebermacht von Paris zielt, von dem Gedanken dieser Uebermacht getragen ist und dennoch keine der damit verknüpften Lasten auf sich nehmen mag. Noch ist es keiner französischen Regierung gelungen, vielleicht noch keiner jemals in den Sinn gekommen, dieses Mißverhältniß, welches so viel zu Frankreichs Ruin beigetragen hat, irgendwie zu mindern. Es wird dem humanen Beobachter schwer, an der Zukunft eines Volkes zu verzweifeln, und nun gar eines Volkes, das mit seinen glänzenden Anlagen so Großes geleistet hat; aber es ist gegenwärtig unendlich schwer, einen Lichtschimmer zukünftigen Heils in dieser Finsterniß zu erblicken.

Eines der tiefsinnigsten Worte der letzten Epoche wird dem greisen Koryphäen der deutschen Geschichtschreibung in den Mund gelegt, der in Wien auf Thiers' Frage: „gegen wen Deutschland nach der Schlacht bei Sedan eigentlich noch Krieg führe?" trocken geantwortet haben soll: „Gegen Ludwig XIV." — Wir denken dabei weniger an den von dem „großen" Könige geweckten und befriedigten Eroberungsgeist, als an Das, was Tocqueville über das alte Régime und die Revolution gesagt hat, daß nämlich nicht die letztere, sondern das erstere schon mit allen festen rechtlichen und staatlichen Traditionen aufgeräumt und dadurch, indem es auch in den Gemüthern völlige tabula rasa machte, die große Revolution ermöglicht habe, welche den Staat auf das reine Naturrecht und die Abstraktion des souverainen Volkswillens gestellt hat. Man hat viel von der allgemeinen Verlogenheit der Franzosen gesprochen. Ein von Haus aus ritterliches Volk könnte so tief nicht sinken, wenn nicht die Unhaltbarkeit der maaßgebenden Grundanschauungen sein ganzes Verhältniß zur Realität verschoben hätte. Wie sehr die Franzosen in einer Welt der Fiktion lebten, beweist die Anwendung, welche das allgemeine Stimmrecht bei ihnen fand und die zur herrschenden politischen Praxis geworden ist. Zwischen der Art, wie sich Louis Napoleon, Gambetta, Rochefort oder die Männer der internationalen Assoziation, welche jetzt Paris beherrschen, desselben bedienen, ist ebenso wenig ein innerlicher Unterschied, als zwischen den Stich- und Schlagwörtern, mit denen Jeder derselben seinen Staatsstreich oder sein gemeines Verbrechen in den welthistorischen Gloriennantel hüllt. Das „heilige" Paris, welches in regelmäßiger Belagerung zu beschießen, für einen ungeheuren Frevel an den Heiligthümern der Menschheit gelten sollte, ist jetzt, während es noch unter den deutschen Kanonen liegt und deutsche Armeen das ganze Land beherrschen, der Verwüstung und Ausplünderung einer Bande ausgesetzt, gegen die selbst Jules Favre mit der Anrufung preußischer Hülfe droht, einer Bande, die mit Septembertagen beginnt, um mit einer Junischlacht zu enden; — letzteres nämlich, wenn die Bourgeoisie sich soweit ermannt, sich Generäle und Truppen zu kaufen. Denn seitdem der Napoleonide in den Lagern von Satory und Chalons mit Wein, Würsten und doppelter Löhnung die Soldaten in wüste Prätorianer verwandelt hat, ist auch dieser Bestandtheil des französischen Volkes gänzlich heruntergekommen und demoralisirt. Dennoch mag sich vielleicht schon in diesem Augenblicke das französische Bürgerthum lebhaft daran erinnern, daß Napoleon III. die einzige geordnete Regierung bildete, welche Emeuten zu unterdrücken verstand, während es vergißt, daß die Orleans ihm doch bis zu einem gewissen Grad die Gesetzlichkeit hergestellt und die Ordnung darauf, statt auf die nackte Gewalt, erbaut hatten. Am stärksten ist der Verfall Frankreichs jedenfalls dadurch bestätigt und besiegelt, daß das berühmte Gemeingefühl der Franzosen, welches sonst Angesichts des Feindes alle innere Parteiung zum Schweigen brachte, nun dem krassesten und niedrigsten Eigennutz gewichen ist. Selbst der Instinkt der gemeinsamen Selbsterhaltung ist ihnen abhanden gekommen, das unsichtbare Band der sittlichen Ordnung ist zerrissen, die Bestie ist entfesselt. Das heißt nicht mehr Verfall, es ist Zerfall und allgemeine Auflösung. Wenn Europa für lange Zeiten auf Frankreichs Mitwirkung an den gemeinsamen Leistungen und Fortschritten verzichten muß, so schöpft es doch wichtige Lehren daraus, deren Tragweite noch gar nicht zu überschauen ist. Allein wenn wir den Untergang eines Staates beobachten, in welchem die Kontinuität seiner geschichtlichen Entwickelung unterbrochen ist und, anstatt des angerufenen Naturrechts, der Naturzustand mit seinem „Kriege Aller gegen Alle" hereinbricht, so stehen wir in Gefahr, gegen den großartigen Aufschwung und die heroischen Gedanken der ersten französischen Revolution ungerecht zu werden, und wiederum jener Anschauungsweise zu verfallen, mit welcher die alte „Historische Schule" zu Stillstand und Reaktion geführt hat.

Wie der deutsche Staat an der Reformation unterging, so verdarb das französische Staats- und Volksleben an der fortgesetzten und dennoch nicht zum rechten Ende geführten Revolution. An solchen Kraftanstrengungen verbluten die Völker, und scheinbar sogar ohne irgend einen entsprechenden Ersatz. Das bewußte Ziel der Reformation wurde nicht vollständig durchgesetzt, und die Glaubensfreiheit, welche ihr damals unerkanntes Ziel war, erst nach Jahrhunderten annähernd erreicht. Das Programm der französischen Revolution ist gleichfalls gescheitert: statt der Volkssouverainetät haben die Franzosen die Diktatur geerbt, und zwar so, daß eigentlich keine andere Regierungsform mehr in Frankreich zu den Möglichkeiten gehört. Schon in den neunziger Jahren klagte Goerres, wie sehr man sich in den Franzosen getäuscht habe — man hatte sie freilich kurz vorher für wahre Engel gehalten! — und daß sie ihren Beruf verfehlten. Aber in der Verbreitung der Grundsätze der vierten Augustnacht und in der Durchsetzung des, gerade von den Franzosen am häufigsten und schwersten verletzten, Nationalitätsprinzips liegt die Vollendung des Kreislaufes von 1789.

Hoffen wir, daß die fällige Erbschaft von **uns** angetreten wird! Schon jetzt können wir den Pessimisten, welche von Deutschlands Siegen deutsche Reaktion und Militärherrschaft befürchteten, mit der Frage entgegentreten: Woher kommt die Reaktion, wo liegt die Gefahr? Sicherlich doch in den Ausschreitungen der Franzosen und in den Verkehrtheiten ihrer geistigen Bundesgenossen.

Studien und Kritiken.

I.

Ueber Armenpflege und Heimathsrecht.

(December 1869.)

Wenn man es heutzutage, bald preisend, bald bedauernd, aussprechen hört, daß die sogenannte sociale Frage immer mehr in den Vordergrund tritt, so ist diese unverkennbare Thatsache vor allen Dingen auf die innigere und sich fortwährend steigernde Verkettung, auf die stärker in's allgemeine Bewußtsein tretende Wechselwirkung aller gesellschaftlichen Interessen zurückzuführen; speziell darauf, daß — um es mit kurzen Worten zu sagen — die Abhülfe der Noth, des Elends und der Armuth nicht blos eine Frage der Nothleidenden, Elenden, Dürftigen, sondern ein gemeinschaftliches Interesse aller Gesellschaftsklassen ist. Was wir als „Socialismus" zu einer Seitenthür hinauswerfen, bringt oft durch das große Thor des allgemeinen Staats-Interesses wieder ein. Vergebens warnen die Vorkämpfer der Manchester-Schule vor den Gefahren, eine Solidarität unter den Staatsgenossen anzunehmen; diese Solidarität besteht thatsächlich auf fast allen wirthschaftlichen Gebieten. So sagt Prince-Smith in seinem „Votum über die Grenzen der Verpflichtung zur Aushülfe bei außerordentlichem Nothstande",*) welches speziell gegen die Nothstands-Bewilligungen an Ostpreußen gerichtet war: „Wie

*) Siehe Faucher's Vierteljahrsschrift für Volkswirthschaft ꝛc. T. XXII. (1868) S. 231 u. flg.

kommt man dazu, von der «Verpflichtung zur Aushülfe» zu reden in der Volkswirthschaft, welche jede Solidarität verwirft und jeden für seine Existenz verantwortlich macht? Indem die Volkswirthschaft für Jeden das Recht fordert, die Mittel seiner Existenz durch seine eigene Anstrengung zu suchen, verwirft sie jedes Recht, Existenzmittel von einem Andern, überhaupt Leistung anders, denn als Gegenleistung zu fordern. Gegen die Schwankungen des Erfolgs seines Wirthschaftens hat sich Jeder durch Ansammlung eines Vorrathes zu sichern." — —

Freilich finden wir in einer Schrift eines, dem eben angeführten Verfasser in Gesinnung und Richtung besonders nahestehenden und gerade in der vorliegenden Frage genau dasselbe Ziel verfolgenden, Schriftstellers die Widerlegung dieser Ansicht. Böhmert*) sagt: „So lange Sklaverei, Leibeigenschaft, Hörigkeit, Feudal- und Zunftwesen und Privilegien einzelner Klassen oder Familien noch nicht abgeschafft und der Verwerthung der Arbeitskraft noch Hindernisse entgegengestellt sind, so lange sind auch die Arbeitsfähigen nicht sämmtlich und unbedingt für ihr Schicksal selbstverantwortlich, so lange ist die öffentliche Unterstützung zum Theil vom Staate selbstverschuldet und mit veranlaßt. Erst da, wo volle Freiheit des Gütererwerbes, der Gütervertheilung und Güterbenutzung herrscht, kann der Staat dem großen Grundsatze der Selbstverantwortlichkeit der Individuen huldigen und der bürgerlichen Gesellschaft**) die Sorge für das materielle Wohl ihrer Mitglieder allein überlassen."

Sonderbarerweise fährt der gelehrte Verfasser, im allerschroffsten Widerspruch mit dem eben Gesagten, folgendermaßen fort: „Die Freiheit des Erwerbes und Besitzes und die Sicher-

*) Dr. V. Böhmert Armenpflege und Armengesetzgebung. Berlin 1869.
**) ! ! ? ?

heit des Eigenthums*) haben neben ihren großen Lichtseiten auch ihre Schattenseiten, wie alle Freiheiten und Lebensgüter. Während dadurch die Anhäufung von Reichthümern erleichtert wird, kann nicht verhindert werden, daß gleichzeitig der Unterschied zwischen Reich und Arm und der Wechsel in den Vermögensverhältnissen zuweilen sehr grell hervortritt, und daß die Begehrlichkeit und der Druck der Armuth überall da gesteigert wird, wo unmäßiger Luxus und Verschwendung sich breit machen." — Aus diesen Prämissen kommt der gelehrte Verfasser zu dem unbestreitbaren Ergebnisse, daß der Pauperismus auf zwei Hauptursachen zurückzuführen sei, nehmlich 1) auf zu geringe Produktion, und 2) auf zu große Konsumtion. Den Beweis hierfür mag Männiglich in der angeführten Schrift (S. 8 u. 9) nachlesen. Unseres Erachtens handelt es sich — um auf unseren Ausgangspunkt zurückzukommen — keineswegs um den juristischen Begriff der Solidarität, sondern um den ökonomischen. Wenn die Arbeiter in einer Krisis Hungers sterben, so steigt der Arbeitslohn nachher bis über die Erschwinglichkeit, und die Industrie geräth in's Stocken. Wenn die besitzlosen Klassen entkräftet sind, wer bildet das Heer zur Vertheidigung des Vaterlandes? Läßt sich überhaupt bei großen Nothständen ein auf allgemeine Wehrpflicht und allgemeines Stimmrecht sich gründendes Staatswesen aufrechthalten? — Der roheste Egoismus würde die besitzenden Klassen vor den Epidemien warnen, welche in den verhungernden Klassen grassiren können.

Das sind extreme Argumente, die selten in's öffentliche Bewußtsein treten, weil die Stimme der Humanität schon vorher laut ertönt. Aber von den Pflichten der Humanität sprechen wir hier absichtlich nicht, denn diese an sich würde nur eine freiwillige und private Armenpflege motiviren, während uns

*) ! !

durch neuerdings aufgeworfene Kontroversen die Veranlassung gegeben ist, die begründenden Momente der öffentlichen und gesetzlichen Armenpflege darzulegen. — Und, fragen wir weiter, wenn die Gesellschaft aus „Princip", oder auch aus Humanität*) sogar, dem Verhungernden die Hülfe versagt, wie bewahrt sie das Eigenthum vor verzweifelten Angriffen? Ist die Sicherheits-Polizei so viel wohlfeiler als die Armen-Polizei, das Zuchthaus so viel rentabler als das Arbeitshaus? — Und liegt überhaupt die Frage so abstrakt, so herzlos mechanisch vor uns? Predigt unser Gefühl hier nicht eine sittliche Nothwendigkeit, daß wir als Staatsbürger thun müssen und thun sollen, was wir eben als Menschen doch nicht lassen können! — Wenn der Arme kein Recht an die Gesellschaft hat, welches Recht bleibt denn dem Verbrecher? Vielleicht wird sich eines Tages die Manchester-Schule mit der Frage beschäftigen, ob Hinrichtungen wohlfeiler sind, als langjährige Gefängnißstrafen.

Die einseitigen Anhänger dieser Schule, welche sich um unsere wirthschaftliche Entwickelung so eminente Verdienste erworben hat, betrachten den Staat als eine bloße Anstalt zur Herstellung des Rechtsschutzes im Innern und der Sicherheit nach Außen. Noch ein Schritt weiter auf dieser Bahn, und der Vorschlag wird gemacht, die Geschäfte des Staates an den Mindestfordernden zu versteigern oder einer Aktiengesellschaft zu übergeben. Zum Glück gleicht das Leben die Gefahren solcher abstrakten Konsequenzmacherei aus, und in der Praxis kommt jeder thätig theilnehmende Mensch zu der Einsicht, daß ein großer Theil der, der Menschheit zugefallenen, sittlichen Aufgaben nur in dem festen Gefüge des Staates gelöst werden kann. Ich will

*) Prince-Smith spricht von „Klassen, die gerade der Furcht vor dem Verhungern bedürfen, um sie aus der Stumpfheit ihres Elends aufzurütteln zu jener Anstrengung, welche allein sie vor dem Verhungern zu schützen vermöchte."

nur gleich hier gestehen, daß ich mir bei dem beliebten Becherspiel, welches, gewissen humanen Aufgaben gegenüber, mit den Worten: Staat und Gesellschaft, getrieben wird, nichts Bestimmtes denken kann; — so weit es nach den bisherigen Auseinandersetzungen zu übersehen ist, verflüchtigt sich der Begriff „Gesellschaft" bald in den freien Staat, bald in die formlose Genossenschaft. Die Freihandelsschule war von dem Gegensatz gegen den Sozialismus einerseits, gegen die Reste des Feudalismus und den allumspannenden Büreaukratismus andererseits, in jene, das Gebiet des Staates über Gebühr einschränkende Einseitigkeit verfallen, welche vergebens durch Berufung auf Wilhelm von Humboldt's mehr gepriesene als bekannte, mehr interessante als preisenswerthe Abhandlung über die Grenzen der Staatsgewalt,*) um philosophische Geltung wirbt, und die, im Zusammenhang mit britischen Experimental-Theoretikern, das System des Voluntarismus erzeugte. Es liegt auf der Hand, daß die consequenten Anhänger dieses Systems, bevor sie mit der heiklen Armenfrage experimentiren, zunächst damit anfangen müßten, unter vielen anderen guten Dingen zum Beispiel auch den Schulzwang, den obligatorischen und unentgeltlichen Volksunterricht abzuschaffen. Dieses Experiment wäre freilich noch gefährlicher, weil es nicht blos die Zahl der Armen unverhältnißmäßig mehren, sondern auch auf anderen Gebieten die Gesellschaft gefährden würde. Mit einem weiteren Schritte, nehmlich der Beseitigung der allgemeinen Wehrpflicht, hätten sie dann schon geringere Schwierigkeiten, denn auf den Verfall der Volksbildung ließe sich ja leicht ein geworbenes Landsknechtsheer begründen. Wenn sie aber diesen Trost nicht acceptiren, sondern vom Voluntarismus ein Aufblühen der „Gesellschaft" erwarten, wie wollen sie dann ohne allgemeine Wehrpflicht die

*) „Ideen zu einem Versuche, die Grenzen der Wirksamkeit des Staats zu bestimmen."

Reihen der Vaterlandsvertheidiger füllen? Und wenn sie sich scheuen, die Blutsteuer der allgemeinen Heerespflicht aufzuerlegen, würde ihr System nicht folgerichtig auch die Steuerpflicht aufheben und den „Racker von Staat", wie ein geistreicher König ihn nannte, auf den Klingelbeutel freiwilliger Beiträge anweisen müssen?! —

Die Komik dieser Folgerungen liegt, wie man zugeben wird, in der Sache selbst, nicht in der Darstellung derselben. Nicht dadurch, daß man die Aufgaben des Gemeinwesens verkleinert und ihres sittlichen Inhalts entkleidet, nicht dadurch befördert man den Rechtsstaat, sondern dadurch, daß man die bisherige Thätigkeit der Büreaukratie, gerade für solche Aufgaben, den Organen der Selbstverwaltung überträgt. Das Self-government aber ist ebenso gut staatlicher Natur, als das unfreie Beamtenthum. Nun steht freilich das Self-government — was unsern Gegenstand unmittelbar berührt und theilweise auch die falschen Auffassungen desselben veranlaßt, — mit seiner bevorstehenden Gestaltung unter den Einflüssen einer starken ökonomisch-politischen Entwicklung, welche aus der geschlossenen Gemeinde heraus zur allgemeinen und durchgreifenden Bethätigung des Grundgesetzes der Freizügigkeit, nebst seiner Konsequenzen in der Verehelichungsfreiheit und Gewerbefreiheit, führt. Wir werden bald sehen, welche Schwierigkeiten die Einführung derselben auf dem Gebiete der communalen Armenpflege erzeugt. Diesen Schwierigkeiten gegenüber mag es bequem erscheinen, durch Aufhebung aller communalen Schranken, ja durch Aufhebung aller communalen Pflichten die ganze Frage zu beseitigen. Aber heißt das eine Antwort? Brûler n'est pas répondre. Wenn das Kind gestorben ist, braucht es freilich nicht kurirt zu werden. Jedenfalls wäre der vorgeschlagene Ausweg weit bedenklicher, als die zu umgehende Schwierigkeit.

Im neuesten Heft der Faucher'schen „Vierteljahrsschrift für

Volkswirthschaft" (Bd. XXVI. S. 212) heißt es: „Ist gesetzliche Armenpflege richtig oder nicht? — — Die Wissenschaft der Volkswirthschaft sagt Nein, die Polizeiwissenschaft sagt Ja. Es kommt eben darauf an, welches letzte Ziel man verfolgt." — So viel Irrthümer, als Sätze! Noch ist die wissenschaftliche Nationalökonomie in dieser Frage nicht schlüssig geworden. Und völlig undenkbar ist es, in dieser Materie verschiedenartige Ziele zu verfolgen, fast so undenkbar, als die höchst unwissenschaftliche Annahme, daß dieselbe Materie, wenn gründlich erörtert, auf verschiedenen wissenschaftlichen Gebieten zu verschiedenen Lösungen geführt werden könnte. Es ist gerade als wollte Einer sagen: „Die Dampfkraft ist eine andere, je nachdem der Techniker oder der Volkswirth sie studirt;" oder: „das Wechselfieber ist eine andere Krankheit beim Physiologen, als beim Pathologen!" —

Gerade in der Armenfrage können wir annehmen, daß ihre Lösung, ihre humane Lösung, dem Nationalökonomen eben so wichtig erscheint, als dem Politiker oder Philanthropen. In's Gewissen wollen wir einander hierbei Nichts schieben, und noch weniger die Wissenschaft für alle Die verantwortlich machen, welche in ihrem Namen zu reden sich erdreisten. Ueber gewisse Fundamentalsätze sind die Anhänger der verschiedenen Richtungen einig, und schwerlich wird Hegel's Satz*) Widerspruch finden: „Es ist nicht allein um das Verhungern zu thun, sondern der weitere Gesichtspunkt ist, daß kein Pöbel entstehen soll." Und gleich darauf sagt er: „Das Zufällige des Almosens, der Stiftungen, wie des Lampenbrennens bei Heiligenbildern u. s. f. wird ergänzt durch öffentliche Armenanstalten, Krankenhäuser, Straßenbeleuchtung u. s. w. Der Mildthätigkeit bleibt noch genug zu thun übrig, und es ist eine falsche Ansicht, wenn sie der Besonderheit des Gemüths und der Zufälligkeit ihrer

*) Philosophie des Rechts, §. 240 u. flg.

Gesinnung und Kenntniß diese Abhülfe der Noth allein vorbehalten wissen will, und sich durch die verpflichtenden allgemeinen Anordnungen und Gebote verletzt und gekränkt fühlt."

„Allerdings", sagen die Gegner, „aber wir wollen ja eben die Besonderheit und Zufälligkeit unter allgemeine Regeln bringen, die Freiwilligkeit organisiren." Dies ist ein logischer Schnitzer: man kann wohl freiwillig organisiren, aber nicht die Freiwilligkeit organisiren; man hebt sie sonst auf. Nach dunkeln Erinnerungen aus ihren Naturrechtsheften über die Unterscheidung von Recht und Moral wähnen sie, eine allgemein menschliche Pflicht, wie die Armenpflege, könne keine staatliche Aufgabe sein; da aber „die Ausrottung des Pöbels" im Grunde doch als eine solche und zwar als eine nicht zu umgehende staatliche Pflicht erkannt wird, so kommen sie zu der organisirten Freiwilligkeit,*) d. h. zu einem hölzernen Eisen, einer sklavischen Freiheit u. s. w. Die communale Selbstverwaltung können sie nicht darunter verstehen, denn diese pflegen sie mit der Staatsverwaltung zu verwechseln; wenn sie dieselbe anfeinden, sprechen sie von Büreaukratismus!

Eine praktische Lösung kann der Voluntarismus nicht für sich in Anspruch nehmen. Er ist noch gar nicht erprobt. Unsere staatliche Armengesetzgebung ist eben auf den Trümmern des, von der Kirche organisirten Freiwilligkeitssystems entstanden, welches bekanntlich ganze Generationen demoralisirt hat.**)

---

*) Böhmert (l. c. S. 28) sagt: Eine Hauptquelle der wachsenden Armuth und Armenlast beruht in dem planlosen Nebeneinander, schon der offiziellen und (der) Privat-Armenpflege. Man kann zu keiner einheitlichen offiziellen Armenpflege gelangen, weil sich die Privatarmenpflege nicht verbieten läßt; aber wohl kann man die Privaten überzeugen, sich einer einheitlich organisirten freiwilligen Armenpflege freiwillig zu unterwerfen und ihr mit dienen zu helfen."

**) Ganz consequent stellen die bayrischen Ultramontanen die Aufhebung der obligatorischen Armenpflege noch heute in ihrem Programm obenan.

Einzelne reiche Städte, besonders solche, welche über ein großes Stiftungs-Vermögen verfügten, konnten bis in die neuere Zeit der festen amtlichen Organisation entrathen, oder zeitweise auf Eintreibung von Zwangsbeiträgen verzichten, ungefähr wie in einzelnen Hansestädten noch Reste von unkontrolirter Selbsteinschätzung zu den direkten Steuern bestehen. Dieses geht, so lange die Staatsbedürfnisse gering sind, und Jenes, so lange die Armenlast keine drückende ist. Das für das Freiwilligkeitssystem oft, aber fälschlich angeführte Beispiel von Elberfeld und andern rheinischen Fabrikstädten, wo freiwillige Armenpfleger die Pflichten des Gemeinwesens nach den Grundsätzen der Selbstverwaltung erfüllen, gilt einem redlichen Anhänger des Voluntarismus selbst nicht für schlagend.*)

Uebrigens behaupten wir keineswegs, daß das Freiwilligkeitssystem nicht an einzelnen, besonders begünstigten Orten unter gewissen Umständen durchzuführen wäre; nur als ein ausschließlich herrschendes System verwerfen wir es unbedingt; — schon deshalb, weil es auf dem flachen Lande absolut nicht zu verwirklichen ist. Dagegen wird nun das Beispiel Frankreichs citirt, wo — außer der Fürsorge für Geisteskranke, Waisen und Findelkinder, — die Armenpflege ziemlich facultativ ist, und die sogenannten Bureaux de bienfaisance beinahe die einzige in freiheitlichem Sinn communale Einrichtung bilden. Indessen sind dort seit 76 Jahren alle Stiftungen centralisirt und machen ein ganz enormes Armenbudget aus. Unter den etwa 1300 Stiftungen befinden sich eine Menge der ausgezeichnetsten Kranken-

*) Heinrich Rickert, „Die Armenpflege in Danzig," sagt (S. 32): „Es giebt, glaube ich, kein irgendwie sicheres Mittel für die amtliche Armenpflege, die Bedürfnisse des Fordernden und das Maaß der ihm zu gewährenden Almosen festzustellen. Selbst eine Organisation, wie die in Elberfeld bestehende, wird sich, meiner Ueberzeugung nach, für die offizielle Armenpflege auf die Dauer nicht bewähren."

häuser und Hospize aller Art. Daneben muß freilich auch in Betracht gezogen werden, wie alten Datums die Erwerbsfreiheit, die Abschüttelung der feudalen Lasten und anderer Hemmungen der gewerblichen Kraftübung in Frankreich schon ist, ferner, daß dieses überaus blühende und produktenreiche Land verhältnißmäßig nicht zu stark bevölkert ist, daß die Bevölkerung in sehr schwachem und immer schwächerem Grade zunimmt, daß unter einem großen Theile der Landbevölkerung das Zweikindersystem herrscht, und daß, bei genauer Betrachtung, das Findelhaussystem alle Nachtheile der obligatorischen Armenpflege in höherem Maaße in sich vereint.

Es ist wahr, daß in Frankreich der Arme keinen gesetzlichen Anspruch auf Unterstützung hat; wohl aber sind die Bureaux de bienfaisance gesetzlich geregelte Kommunalanstalten mit bestimmten Aufgaben, mit sehr bestimmten Einnahmestellen, zu welchen eventuell auch die Beiträge aus der Gemeindekasse gehören. Spezielle Armensteuern existiren in Frankreich allerdings nicht eigentlich, — so wenig, als bei uns, und sind auch nirgends wünschenswerth; so wenig, als z. B. spezielle Schulsteuern. Doch nähert sich die französische Gesetzgebung mit der sogenannten Armentaxe (droit des indigents), welche schon aus der ersten Revolution (Gesetz vom 7. Brumaire V.) stammt und seitdem permanent geworden ist, denselben im Prinzip. Dies ist nämlich $^1/_{11}$ aller Brutto-Einnahmen von Schauspielen, Concerten und dergleichen, $^1/_4$ der Einnahmen von öffentlichen Bällen und derartigen Festlichkeiten. Dagegen kommen die Beiträge aus der Gemeindekasse erst subsidiarisch nach allen andern Einnahmen und beruhen auf dem freien Beschluß des Gemeinderaths, d. h. sie sind nicht durch die Regierung zu erzwingen*).

*) Vergl. in Emminghaus, Armenwesen (Berlin 1870) Block's Artikel über Frankreich, S. 604, und überhaupt den ganzen Artikel.

Im Prinzip aber ist die Unterstützung Gemeindesache, vorbehaltlich einer Reihe öffentlicher, theils staatlich dotirter, theils von den Departements oder Arrondissements, theils durch alle diese Faktoren gemeinschaftlich erhaltener, zum Theil glänzend ausgestatteter Anstalten. Auch die Anstalten der selbsthelfenden Fürsorge, wie Sparkassen, Alterversorgungs-Anstalten, gegenseitige Hülfsvereine und selbst die Pfandleihen, (welche letzteren bei kleinern Pfändern ein Prinzip der Wohlthätigkeit befolgen müssen) stehen — nur allzu sehr — unter staatlicher Kontrole. Im Ministerium des Innern besteht eine General-Inspektion der öffentlichen Wohlthätigkeit, welche auch über die kommunalen Wohlthätigkeitsbüreaus statistische Tabellen führt. Also auch auf diesem Felde ist dem französischen Centralisationstriebe sattsam genügt. Freilich, der Staats-Kommunismus des Jahres 1793, der sich auch im Armenwesen bethätigen wollte, hat gleich im ersten Jahre hier, wie auf anderen Gebieten, seine Unfähigkeit bekennen müssen. — Es giebt in Frankreich gegen 12,000 Wohlthätigkeitsbüreaus (auf je drei Gemeinden etwa eines), und wohl drei Prozent der Bevölkerung empfangen Unterstützungen. Die Hospitäler sind vielfach Gemeinde- oder Bezirkssache, die Findel- und Waisenhäuser, sowie die Irrenhäuser, werden vorzugsweise von größeren Bezirken erhalten. Der Staat hat einige berühmte Musteranstalten für Taubstumme, Blinde u. s. w. — Für Paris gilt seit 1849 ein besonderes Armengesetz und eine besondere amtliche Direktion der „öffentlichen Unterstützung". Hier bestehen noch, außer der Schauspielsteuer, andere Armensteuern, z. B. auf Grabkonzessionen, und zu besondern Zwecken die Steuer eines Prozentes von allen im Seine-Departement ausgeführten öffentlichen Arbeiten. — In der Mehrzahl der Departements ist auch, außer zahlreichen Krankenhäusern, für Arme eine unentgeltliche ärztliche Pflege eingerichtet.

Man sieht, Frankreich ist weit entfernt, das Ideal des

Voluntarismus zu verwirklichen. Vermuthlich aber wären die Anhänger dieses Systems selbst in großer Verlegenheit, es consequent durchzuführen; sie begnügen sich weit lieber mit Abschlagszahlungen und behalten sich vor, die volle Summe an den griechischen Kalenden einzufordern. Das ist ohnehin das Datum, an welchem die „organisirte Freiwilligkeit“ ins Leben treten mag.

Bis dahin ist es freilich eine dankbare Aufgabe, aus den Mängeln der bestehenden Armengesetzgebungen auf deren gänzliche Unwürdigkeit zu schließen und ihre Beseitigung zu beantragen. Ist es denn wirklich wahr, daß unter den gegenwärtig allgemein herrschenden Einrichtungen die Armuth so bedeutend zugenommen habe? — Abgesehen von einzelnen Nothständen, deren Ursachen nicht auf die Armengesetze zurückzuführen sind, ist meistentheils das Gegentheil der Fall, besonders wenn man größere Zeiträume übersieht.

Die Gegner stellen sich zuweilen an, als ob der Zustand in den Armen- und Arbeitshäusern so überaus verlockend wäre; als ob man dagegen nur nöthig hätte, einige Proletarier aus reiner Humanität verhungern zu lassen, um auf die übrigen einen heilsamen Schreck auszuüben. Eine nagelneue Abschreckungstheorie gegen das Verhungern! Die gelähmten alten Weiber, deren Zahl auf dem Berliner Armen-Etat so groß ist, würden sich wohl in der Jugend Leibrenten angeschafft haben, wenn ihnen nicht die verführerische Aussicht auf drei bis vier Thaler monatlich durch das preußische Armengesetz gewinkt hätte! Im Widerspruch mit dem wackren Herrn Böhmert bezweifeln wir immer noch, daß dieselben in Prämien-Anleihen ihre Ersparnisse verthan haben*). Die einseitige Uebertreibung einer, an sich ehrenwerthen, sittlichen Anschauungsweise, welche dem System

*) S. Böhmert, l. c. S. 9—10.

der sozialen Selbsthülfe nahe steht, aber mit demselben nicht verwechselt werden darf, bringt diese Herren zu der Annahme, als ob die arbeitenden Klassen mit den Tugenden der Selbsthülfe jeden unglücklichen Zufall überwinden könnten. Sie dürften mit demselben Rechte die Abschaffung der Aerzte und der medicinischen Fakultäten verlangen, weil Niemand bei vernünftiger Lebensweise krank werde und weil das Bestehen von Aerzten, sogar von unentgeltlich funktionirenden Armenärzten, die unbesonnene Menge nur zu leichtsinnigem Krankwerden verlocke.

Ob unter den bisherigen Einrichtungen in diesem oder jenem Land die Armuth ab- oder zugenommen hat, darüber hat die Statistik noch wenig Zuverlässiges geleistet. Eine gründliche Beantwortung dieser Frage würde erst Vorarbeiten erfordern, welche die Begriffe fixiren, mit denen operirt werden soll. Was in dem einen oder anderen Lande ein Armer, ein Unterstützungsbedürftiger, ein Arbeitsunfähiger heißt, welches Maaß von Lebensmitteln hier und da für ein Minimum gilt, das richtet sich überall nach verschiedenen Landessitten und Gebräuchen, nach dem Durchschnitt der klimatisch, ökonomisch, sozial bedingten Lebensweise, nach dem herrschenden Gefühl der Humanität in den höheren, dem wachsenden Trotz in den niederen Klassen, nach dem mehr oder weniger gesteigerten Verkehr der Klassen untereinander. Durchschnittlich richtet sich das Maaß der Unterstützung mehr nach den Mitteln der Unterstützenden, als nach dem nackten Bedürfniß der zu Unterstützenden; so daß wir gerade in den reichsten Ländern (England, Holland u. s. w.) die größten Armenbudgets finden, und zwar nicht blos, weil stärkere Unterstützungen gereicht werden können, sondern auch weil hier Menschen für arm gelten, welche anderweitig von ihren Standesgenossen beneidet würden. Daß in dieser höheren Behandlung des Armenwesens eine größere Gefahr der Erschlaffung liege, läßt sich in keiner Weise behaupten; denn der höhere ökonomische Kulturstand steigert auch in den Armen den Trieb zur Befriedigung mannichfaltigerer Bedürfnisse. Und jene bedenkliche Erschlaffung, jenes Sich-selbst-aufgeben der besitzlosen Klassen finden wir gerade in den ärmeren Ländern stärker ausgeprägt, als in den volkswirthschaftlich entwickelten. Wenn irgendwo, so ist hier ein Gesetz der Wechselwirkung erkennbar. —

Auch abgesehen von den hier angeführten Rücksichten, schwankt die Statistik überall noch unsicher in der Methode bei derartigen Zahlenaufnahmen. Einen anerkennenswerthen Versuch einer, nach größeren Verhältnissen zusammenstellenden Tabelle macht Emminghaus am Schluß seines bekannten, oben citirten Werkes. Obgleich er zu den Gegnern der allgemein herrschenden obligatorischen Armenpflege gehört, sieht er sich doch genöthigt, „im Ganzen erfreuliche Resultate" zu konstatiren*) und anzuerkennen, daß „fast überall in Europa die Zahl der öffentlich Unterstützten in den letzten Jahren abgenommen hat", während „die öffentliche Unterstützung für jeden einzelnen Armen eine dem Geldbetrage nach reichlichere geworden ist." Während er ehrlich eingesteht, daß „Großbrittanien mit seiner obligatorischen büreaukratischen Armenpflege und seinen Armensteuern für die Jahre 1855—1868 eine Verminderung der Armenzahl zeigt", was allerdings in den Niederlanden bei einem ganz verschiedenen System auch der Fall ist, so giebt er ebenso ehrlich und gewissenhaft zu, daß „sich die Armenzahl am wenigsten gemindert hat in einem Gebiete mit freiwilliger Besteuerung und großer Dezentralisation." Ebenso wenig, als Emminghaus, wollen wir solchen statistischen Resultaten bei so ungenügendem Material und so wenig gesichteten Vergleichungs-Momenten allzuviel Werth beilegen, zumal die allgemeinen volkswirthschaftlichen Einflüsse neben

*) S. Emminghaus, l. c. S. 723 u. flgde.

den gesetzgeberischen nicht berechnet werden konnten. Und mit Recht sagt Emminghaus am Schluß seines verdienstvollen Sammelwerkes, daß vorläufig nur „innerhalb des nämlichen Gesetzgebungsgebietes die für eine längere Epoche fortgeführte Armenstatistik die Vorzüge oder Mängel einzelner gesetzlicher Bestimmungen, die Folgen gesetzlicher Aenderungen bis in's Einzelne wiederspiegelt."

Sobald wir, zum Zweck der Statistik, der Nationalökonomie oder der Verwaltungsfächer, den Begriff der Armuth feststellen wollen, tritt uns die Polizeiwissenschaft mit der Unterscheidung zwischen Massenarmuth und Einzelarmuth entgegen. Natürlich setzt sich auch der Pauperismus im Großen und Ganzen aus einer Summe von Einzelfällen zusammen, aber er entzieht sich leider der spezialisirenden Behandlungsweise, welche da geboten ist, wo die Armen in der Minorität eines geringen Prozentsatzes sich befinden. Dort handelt es sich um enterbte Klassen, welche nicht sowohl in Folge außerordentlicher Zufälle, als in Folge der ganzen Gestaltung der Vermögens- und Erwerbs-Verhältnisse zu einer Gefahr für den Bestand des Staates geworden sind. Es handelt sich gleichsam um eine historische Kategorie, der gegenüber die wichtigsten Angelegenheiten der Volkswirthschaft und der Volkserziehung, der elementaren, technischen und politischen Volks-Erziehung, in Mitleidenschaft gezogen werden. Wenn man von ganzen Klassen annehmen muß, daß sie nicht durch persönliche Verschuldung, sondern als die schuldlosen Opfer ökonomisch-geschichtlicher Konjunkturen in's Elend gerathen sind, so darf auch bei den Einzelnen der Mangel an ernährender Arbeit nicht immer als das Ergebniß von Verschuldung betrachtet werden; und die Unterscheidung zwischen arbeitsunfähigen und arbeitsfähigen Armen kann, auch im Interesse der Gesammtheit, nicht so weit getrieben werden, um die letzteren im Prinzip von der Armenpflege ganz auszuschließen.

Durch gewerbliche Erziehung der besitzlosen Klassen, durch Eröffnung neuer Industriezweige, durch Beförderung einer ganzen Reihe genossenschaftlicher Anstalten der Selbsthülfe*), mag dieses Gebiet immer weiter eingeschränkt werden. Aber den arbeitsfähigen Armen, einem abstrakten Prinzip zu Liebe, rettungslos untergehen zu lassen, wäre — abgesehen von allen Humanitätsrücksichten, — rein volkswirthschaftlich eine nicht genug zu mißbilligende Vergeudung produktiven Kapitals**).

---

*) Unter Beförderung ist selbstverständlich nicht zwangsweise Einführung zu verstehen. Die §§. 140 u. 141 der Gewerbeordnung des norddeutschen Bundes, welche die gewerblichen Hülfskassen von der bisherigen Zwangsverpflichtung wenigstens bedingt ablösen, weisen auf den richtigen Weg hin und werden sicherlich auch jetzt schon mehr zum Aufblühen solcher Gesellschaftskassen beitragen, als die früheren Normen, welche z. B. den Arbeitgeber nöthigten, einen Theil des Arbeitslohnes in Beträgen an solche Kassen zu verrechnen. Hoffen wir, daß im Sinne der im Reichstage zu §. 141 ausgesprochenen Erwartungen dem büreaukratischen Bevormundungstriebe auf diesem Gebiete noch ferner Abbruch geschehen werde. Der Arbeiter muß sich selbst und freiwillig gegen die Wechselfälle des Schicksals versichern, nicht auf gesetzliches Geheiß und nach allgemein vorgeschriebenen Formen. Er selbst weiß durchschnittlich besser, als das Gesetz, in welcher Weise es ihm paßt. Das Gesetz generalisirt und veranlaßt dadurch Verschwendung; der Einzelne, besonders wenn er unter dem moralischen Einfluß des genossenschaftlichen Lebens steht, weiß seine Ersparnisse seinen speziellen Aussichten, Gefährden und Bedürfnissen anzupassen. Wir verweisen hierüber auf Prof. Böhmert's vortreffliche Arbeit über die Arbeiter-Unterstützungskassen in Dr. W. Eras' Jahrbuch für Volkswirthschaft, zweiter Jahrgang (1868) und auf das, daselbst benutzte, statistische Werk von Prof. Kinkelin über die gegenseitigen Hülfsgesellschaften der Schweiz im J. 1865, wo unter Anderem der fruchtbare Gedanke angeregt ist, „daß zwischen den einzelnen Krankenkassen" [gewisser Gau-, Landes- oder Gewerbs-Verbände] „eine Freizügigkeit mit Rücksicht auf die bei solchen Kassen schon erworbenen Rechte, z. B. das Einschreibegeld, hergestellt werde."

**) In Schottland besteht keine gesetzliche Verpflichtung zur Unterstützung arbeitsfähiger Personen. Da indessen der Begriff der Arbeitsfähigkeit ein sehr unbestimmter ist, so wurde dieses starre Prinzip sowohl durch die Praxis, als durch Erkenntnisse des höchsten Gerichtshofes bedeutend modificirt. Vergl. Kries, Englische Armenpflege (herausgegeben von Richthofen, Berlin 1863) S. 173 und 174, und besonders Kap. II. §§. 19. Note 13.

Die Anhänger des Freiwilligkeitsprinzips hegen gerade hier die meisten Bedenken. Und in der That ist auch bei diesem Punkte die größte Vorsicht gerathen. Hatte doch die frühere englische Armengesetzgebung vielfach dahin geführt, daß ein Theil des Arbeitslohnes auf die Armensteuer abgeladen wurde, so daß nicht der Arbeitgeber allein, sondern die Gemeinde mit ihm, die Produktionskosten seines Industriezweiges trug. Wiederum wäre es aber eine höchst willkürliche Zerspaltung der solidarischen Gesellschaftsinteressen, wollte man dem gewerblichen Eigennutze der Arbeitgeber allein — selbst wenn man diesen Stand begrifflich isoliren könnte, — die Sorge für die Erhaltung der arbeitsfähigen Bevölkerung anvertrauen. Allein, wenn irgendwo, so ist hier, um der genauen Prüfung und Spezial-Behandlung des einzelnen Falles willen, eine thätige und örtlich centralisirte, wohl aber nach gemeinsamer Richtschnur verfahrende Verwaltung nöthig. Wenn der amtlichen Organisation vorgeworfen wird, daß sie zu Ansprüchen verleite, so sehe ich nicht ein, wieso eine außeramtliche Organisation das weniger thun würde. Denn auf den Buchstaben des Gesetzes kommt es hierbei weniger an, als auf die thatsächlichen Umstände, auf die Beispiele und die Praxis der bisherigen Unterstützungen. Welche von beiden strenger und sachgemäßer verfahren würde, das hängt von Persönlichkeiten und von den leitenden Gedanken ab. Nur bietet die gesetzliche Organisation sicherere Bürgschaften dafür, daß die leitenden Gedanken auch wirklich eingehalten und getreu befolgt werden. Es ist wahr, daß amtliche und freiwillige Armenpflege durch ihr Nebeneinanderstehen oft Schwierigkeiten verursachen. Die erstere spezialisirt oft zu wenig, die letztere spezialisirt oft falsch. Daraus nun, daß die beiden einander stören können und daß die freiwillige Armenpflege unmöglich ganz ausgerottet werden kann, die Abschaffung der gesetzlichen Armenpflege zu folgern, ist ein ungeheurer Sprung. Wir bestreiten durchaus die Möglichkeit der Herstellung ausreichender Kreis- und Provinzial-Armenverbände auf der Grundlage wirklicher Freiwilligkeit, und selbst in engeren Bezirken würde der reine Voluntarismus in dieser Sache stets eine ungeheure Vergeudung individueller Kräfte bedingen, welche dadurch den eigentlichen Aufgaben der geregelten Selbstverwaltung verloren gingen. Wohl aber glauben wir, daß die freiwillige Wohlthätigkeit, wo sie sich in erheblichem Maße äußert, gerade nur und ausschließlich durch die daneben bestehende obligatorische Armenpflege zu kontroliren und zu regeln ist; besonders wenn erst gute Gesetze über Stiftungen vorhanden sind. —

Die Anhänger der verschiedenen Richtungen sind darüber einig, daß selbst dem unverschuldet Armen ein positives, gerichtlich klagbares Recht auf eine bestimmte Unterstützung nicht eingeräumt werden könne. Alle Argumente, welche im Jahre 1848 gegen das konstitutionelle „Recht auf Arbeit" vorgebracht wurden, kommen auch hier zur Anwendung. Wenn es denkbar wäre, den Begriff der unterstützungsberechtigten Armuth und die ausführbare Verpflichtung des Staates zu gewissen bestimmten Hülfsleistungen juristisch zu formuliren, so käme das auf ein Minimum heraus, womit der Armuth wenig gebient wäre. Und weniger die Erschlaffung der sittlichen Triebfedern, die Erlahmung der Selbstthätigkeit wäre davon zu befürchten, als die Verwirrung der Begriffe. Immerhin ist die Unterstützung aus öffentlichen Mitteln, sowie die Einschränkung des Bettels, der Hungersnoth u. s. w., eine (gesundheitspolizeiliche, sicherheitspolizeiliche, humanitäre) Aufgabe der Verwaltung, und soweit die Verwaltung an Gesetze gebunden ist, muß sie genöthigt werden können, diese bindenden Gesetze gerecht auszuführen. Die Frage, wie weit der Rechtsweg hierbei zulässig sei, hängt überhaupt zusammen mit der Ausbildung des richtigen Verhältnisses zwischen Justiz und Verwaltung.

Wie auch die Verwaltung der Justiz untergeordnet werde,

die Prozeßkrämerei der Verhungernden ist eben so wenig zu fürchten, als die exorbitante Steigerung ihrer Ansprüche. Vor allen Dingen protestiren auch wir auf das Nachdrücklichste gegen die rein büreaukratische Regelung des Armenwesens; und wenn wir die Forderung communaler Selbstverwaltung dafür voranstellen, so geschieht das eben, weil hierdurch alle die Vortheile, welche der „freiwilligen Organisation" nachgerühmt werden, sicherer und einfacher zu erreichen sind.

Die Gegner der amtlichen Armenpflege verwechseln gewöhnin ihren Ausfällen und Diatriben das Staatliche mit dem Büreaukratischen, und übersehen, daß zwischen dem ungeregelten Vereinswesen und der büreaukratischen Verwaltung das Self-government steht. Gerade in England, wo man ohne geschlossene Gemeinden, ja ohne stark entwickeltes Gemeindeleben, dennoch eine, in wohl bestimmten nnd weit umfassenden Kompetenzen lebensfähige Selbstverwaltung besitzt, wo man in den großartigen Verhältnissen (und ehemals einem durch Latifundien, Protektionistik und mangelnden Volksunterricht groß gezogenen Proletariat gegenüber) alle Verirrungen und Gefahren der obligatorischen Armenpflege erproben und durchmachen mußte, hat man sich von den früheren traurigen Erfahrungen niemals so weit beirren lassen, dem Grundprinzip des dortigen Armenrechtes zu entsagen; die Vorschläge der Voluntaristen wurden auch in der schlimmsten Zeit als unpraktische Hirngespinste verlacht. Die ausgedehnte Selbstverwaltung der obligatorischen Armenpflege unter einer festen Centralbehörde wurde dann in schwerer Krisis auf Irlands verzweiflungsvolle Zustände angewandt und zwar mit raschem und ganz entschiedenem Erfolge*).

*) Vergl. Ries, die englische Armenpflege (herausgegeben von Richthofen, Berlin 1863, §. 71). — Ueber die Ursachen und Wirkungen des irländischen Armengesetzes von 1838 vergl. auch Harriet Martineau's Geschichte Englands von 1816—1846, V. Buch, vierter Abschnitt.

Allerdings wäre die kontinentale Büreaukratie am wenigsten geeignet, das Armenwesen zu organisiren und zu verwalten. Alle Angriffe der Voluntaristen wären gerechtfertigt, wenn man daran dächte, das Armenwesen mit den gewöhnlichen Behörden unseres Staatsdienerthums zu versehen. Das wäre der allgemeine Ruin auf dem raschen Wege des Staats-Communismus. Naturgemäß muß die Armenpflege in den Händen Derer liegen, aus deren Taschen die Unterstützungen bezahlt werden, die also durch ihr persönliches Interesse zur Sparsamkeit angehalten werden, und zwar nicht blos, weil sonst die Ausgaben in's Unerschwingliche gesteigert würden, sondern im Interesse der Armen selbst. Soweit die Armenpflege Gemeindesache ist, sind die Unterstützenden auch die Benachbarten, also Diejenigen, welche die Hülfsbedürftigkeit und Unterstützungswürdigkeit am besten prüfen und beurtheilen können. Die öffentliche Wohlthätigkeit hat immerhin nur die Lücken der Privatwohlthätigkeit auszufüllen, schon deshalb, weil sie, um nicht demoralisirend zu wirken, nur das wirklich Nothwendige und Unentbehrliche — und dieses, wo möglich, nicht als Geschenk — liefern darf. Aus diesem Prinzip, daß die Unterstützung der Relativ-Arbeitsfähigen nicht als ein reines Geschenk verabfolgt werde, ergiebt sich die Errichtung von Arbeitshäusern, — welche, beiläufig gesagt, doch wohl nur als öffentliche Anstalten und nicht als die willkürlichen Produkte freiwilliger Privatvereine gedacht werden können.

Mohl macht den sehr vernünftigen Vorschlag, die Wohlthätigkeit der Einzelnen auf bestimmte Punkte ausschließlich hinzuleiten, damit Widersprüche und Zersplitterungen der Mittel vermieden werden*). Zum Beispiel eignen sich unseres Erachtens vorzugsweise hierzu: Arbeitsnachweisungs-Büreaux, gewerblicher

*) Vergl. Robert von Mohl's Polizeiwissenschaft, 3. Auflage (Tübingen 1866) I. Band S. 357.

Unterricht, Krankenpflege außerhalb der Hospitäler, Kleinkinderbewahranstalten und Volkskindergärten.

Auch dergleichen ist nur möglich, wo die freiwilligen Mittel, wie meistens nur in größeren Städten, reichlich fließen. Nimmermehr aber werden sie zur Erhaltung von Arbeitshäusern ausreichen. Hierzu gehören größere Bezirks- oder Provinzial-Verbände mit gesetzlich normirter Verpflichtung.

Freilich ist es nicht der Beruf des Staates, sich in die ökonomische Bewegung einzumischen und dem Einzelnen, sei es als Arbeitgeber, sei es als Vermittler, Arbeit zu schaffen. Auch ist der Staat ein schlechter Produzent, und selbst die meisten ackerbautreibenden Armenkolonien haben schlechte Früchte getragen. Noch seltener ist es zu billigen, wenn der Staat aus Rücksicht auf Arbeitsmangel oder sonst aus Wohlthätigkeitsmotiven öffentliche Bauten oder gar industrielle Unternehmungen ausführt, die er ohnedieß nicht zum allgemeinen Nutzen ausgeführt haben würde. Dies ist eine Verrückung der Steuerzwecke. Auch soll und darf der Staat der Privat-Industrie keine Konkurrenz machen. Alle diese Gesichtspunkte sind bei der Einrichtung der Arbeits- oder Werkhäuser ins Auge zu fassen. Daß der Aufenthalt in denselben dem freien Arbeiter nicht besonders verlockend erscheine, dafür wird schon von selbst gesorgt sein. Dagegen muß die ganze Einrichtung so sein, daß der Aufgenommene nicht an seiner Ehre geschädigt werde, daß er das Bewußtsein habe, für den ihm dargereichten Lebensunterhalt eine nützliche Arbeit zu verrichten, und auch so, daß er für die etwaige Differenz unter günstigen Umständen als Schuldner betrachtet werden könne. Solche Werkhäuser können von den Zwangsarbeitshäusern nicht streng genug unterschieden werden und müssen auch thatsächlich von denselben möglichst scharf getrennt sein. Nichts ist für das Gemeinwesen kostspieliger, als die Erstickung des Ehrgefühls in der besitzlosen Klasse. Das reine Almosen soll darum nur eintreten bei absoluter Hülflosigkeit; bei relativer Hülflosigkeit, also denjenigen Arbeitsfähigen gegenüber, welche nicht als unverbesserlich Arbeitsscheue betrachtet werden dürfen, muß die Fürsorge des Gemeinwesens eine produktivere Form annehmen. Das Ehrgefühl ist die stärkste sittliche Triebfeder, von der wir das Aufblühen der Institutionen genossenschaftlicher Selbsthülfe zu erhoffen haben. Aber um auf diese sittliche Kraft bauen zu können, muß man sich wohl hüten, sie in den einzelnen Fällen aus übel angebrachter Berechnung zu ersticken.

Die Frage, welche gegenwärtig in Norddeutschland zunächst der Erledigung bedarf, ist die nach dem Unterstützungswohnsitz; sie ist durch die, auf Freizügigkeit und deren Korrelate gerichteten, Gesetze des norddeutschen Bundes besonders dringend geworden. Die „Volkswirthschaft," welche sich, nach der Behauptung eines ihrer Koryphäen, für „freiwillige Armenpflege" erklärt hat, befleißigt sich auch in dieser Frage einer besondren Unklarheit. Herr Böhmert sagt*): „Nur auf diese Weise" (d. h. durch Abschüttelung des gesetzlichen Zwanges) „kann die im norddeutschen Bunde noch unerledigt gebliebene Frage des Unterstützungswohnsitzes ihre ebenso humane, wie volkswirthschaftliche Lösung erhalten." — Freilich ist das eine sehr bequeme Art, die Kontroverse des Unterstützungswohnsitzes zu beseitigen, wenn man das ganze Recht auf Unterstützung aufhebt und die Armenpflege dem subjectiven Belieben anheimstellt. Wenn die freiwillige Armenpflege den ewig gefüllten Beutel oder den stets gedeckten Tisch aus dem

*) In der angeführten Schrift, S. 24.

altdeutschen Mährchen besitzt, so kann sie die Frage nach Heimathsrecht und Ortsangehörigkeit füglich bei Seite lassen. Wenn sie aber, wie ihre Anhänger versprechen, wohlfeiler sein soll, so wird auch sie diese Frage nicht ganz umgehen können. Nun aber ist diese Frage nur auf gesetzlichem Wege zwischen den einzelnen Armenverbänden zu lösen und muß sogar subsidiarisch auf staats- und völkerrechtlichem Wege zwischen den einzelnen Staaten entschieden werden; wie kann da das System des Voluntarismus ausreichen? — Bei der Beseitigung dieser ganzen Frage — wenn das in civilisirten Zuständen ausführbar wäre, — läge nicht die größere Gefahr darin, daß Schwärme von armen Zuzüglern sich auf die reicheren Orte stürzen würden, sondern vielmehr darin, daß viele Orte mit allerlei Mitteln den Zuzug von Armen hintertreiben würden. —

Da sich die ganze Geschichte des Armenwesens um diese Frage dreht, so lohnt hier wohl ein kurzer Rückblick auf die Entwickelung derselben in England, wo sie vor den anderen europäischen Ländern, und gleichsam prototypisch für die meisten derselben, in Angriff genommen ward.

In dem Statut von 1601 wurde (wie später im preußischen Landrecht) der Grundsatz aufgestellt, daß die Armenpflege eine Pflicht des Staates sei. Obgleich nun der Staat, dem zwingenden Gebot der Nothwendigkeit gehorchend, diese Pflicht alsbald auf seine Theilglieder, die Gemeinden (Parishes) abgewälzt hat, ist — wie die spätere und zumal die neueste Reform des Armenwesens darthut, — der Grundsatz des verpflichteten Staates dennoch keine bloße Abstraktion geblieben, und das sogar viel weniger, als selbst in dem absolutistischen Preußen. Anfangs war die Frage des Armendomizils nicht gleich als eine brennende erschienen. Die Grundbesitzer, welche an der Spitze der Parishes standen, welche die direkten, je nach der Grundrente vertheilten Armensteuern selbst bezahlten, erhoben und verwalteten, hatten es ja auch ganz in der Hand, was für Arbeiter und wie sie dieselben engagirten. So lange auf dem Lande Hörigkeit, in den Städten das Prinzip der geschlossenen Gemeinde vorherrschte, war die Frage in den meisten Fällen zu Ungunsten der Zuzügler entschieden. Aber mit der steigenden Industrie und deren beweglicher Bevölkerung traten verwickelte Rechtsstreitigkeiten ein. Und unter Karl II. wurde schon ein Unterstützungswohnsitz angenommen, den ein unzweifelhafter Aufenthalt von vierzig Tagen begründete, wogegen einjähriger Aufenthalt Heimathsrecht verlieh. Dies sind die Statuten von 1662 und 1863, deren ersteres der sogenannte „Settlement-act" war. Dieses viel getadelte Gesetz erhielt sich nichtsdestoweniger bis 1795, allerdings in der Weise, daß die darin enthaltene Restriktion in ihrer Anwendung durch strenge Auslegung stets verschärft ward.

An ihm vollzog sich jene Entwickelung des englischen Armenwesens, welche dessen Kosten so unendlich erhöht, die freie Bewegung des Arbeiterstandes wesentlich beeinträchtigt und eine Zeitlang in einer äußerst entsittlichenden Weise den Müssiggänger auf Kosten des Emsigen bevorzugt und ernährt hat. Um in Bezug auf die freie Bewegung des Arbeiterstandes der Aengstlichkeit der Gemeinden vorzubeugen, wurde das System der Heimathsscheine (1696) ausgebildet, durch welches der Arbeiter den Anspruch an seine ursprüngliche Heimathsgemeinde festhalten konnte. Diese Methode bewährte sich nicht; vielmehr schlug sie in das Gegentheil der beabsichtigten Wirkung um. Die Kirchspielsbeamten wollten den kräftigen Arbeiter nicht ziehen lassen, um den unterstützungsbedürftigen Invaliden zurückgeliefert zu erhalten. Da war in der That eine Ausbeutung der Ackerbaudistrikte durch die gewerbsthätigen Bezirke zu befürchten. Also während man der Zurückweisung arbeitsfähiger Individuen vorzubeugen gedachte, verfiel man der Gefahr, solche auf der anderen Seite zurückgehalten zu sehen. Bis 1795 hatten die Gemeindebehörden das Recht, Arbeiter wegen der bloßen Besorgniß künftiger Verarmung auszuweisen; von da an berechtigte nur noch das wirkliche Eintreten der Hülfsbedürftigkeit zur Ausweisung. Indem man nun dem Arbeiter eine ziemlich weitgehende Zugfreiheit gewährte, glaubte man die Begründung neuer Heimathsrechte um so mehr erschweren zu müssen, — schon damit die Arbeitgeber nicht von der Eingehung längerer Dienstkontrakte zurückgeschreckt würden. Das Gesetz von 1663, nach welchem eine einjährige Dienstzeit Heimathsrecht begründete, wurde 1834 aufgehoben. Nun aber konnte mit Recht wiederum die unbillige Belastung der Geburtsorte ausgewanderter Arbeiter geltend gemacht werden, und so entstand — zu gleicher Zeit mit der Aufhebung der Kornzölle*) — die Robert Peel'sche Armenakte von 1846, welche an den fünfjährigen Aufenthalt die Unterstützungspflicht knüpft, ohne damit Heimathsrecht zu verbinden, und zwar so, daß diese Kategorie von Armen (Irremovable paupers) zwar nicht ausgewiesen werden kann, aber, einmal entfernt, nicht wieder aufgenommen zu werden braucht. Bei der geringen Ausdehnung der meisten englischen Kirchspiele hatte diese Bestimmung eine Reihe von Nachtheilen zur Folge, welche theils in einer großen Härte gegen momentan Bedürftige, theils in unvorhergesehenen Umgehungen des Gesetz bestanden. (Zum Beispiel wurden in einzelnen Gemeinden die Arbeiterwohnungen abgebrochen, damit die daselbst Beschäftigten in einer benachbarten Gemeinde wohnen müßten.) Dagegen entstand denn die sogenannte Bodkins-Akte von 1847, welche die

*) Schon 1834 war bei der Reform der Armengesetzgebung auf diesen inneren Zusammenhang hingewiesen worden. Da durch die Neuerung damals eine höhere Belastung der Ackerbaudistrikte in Aussicht stand, so erklärten selbst Whig-Minister die Aufhebung der Getreidezölle für undenkbar. Vgl. H. Martineau, l. c. Buch IV. 6. Abschnitt.

Kosten für die unausweisbaren, jedoch nicht heimathsberechtigten Armen (so wie für Findlinge, arme Reisende u. s. w.) auf Sammtgemeinden (Unions) übertrug. Die frühere natürliche Beziehung der Gemeinde zu ihren Mitgliedern, als eine gleichsam familienmäßige Verpflichtung, die naturgemäß nach den Alimentationspflichten der näheren Verwandten eintrat, war längst durch die Bewegung des großen Verkehrs weggefallen. Die Mehrzahl der zu Unterstützenden hat mit dem Wohnorte, wo ihre Noth eintritt, mehr inneren Zusammenhang, als mit ihrem Geburtsorte. Die alte enge Kirchengemeinde zumal bedeutete in diesem Sinne wenig mehr. Das neue System nun stellte die natürliche Steigerung des gemeinsamen Interesses in immer weiteren Kreisen in Aussicht. Die fürchterliche Ungleichheit der Armenlast, welche gerade die ärmeren Distrikte am schwersten bedrückte, und z. B. manchem Steuerzahler das Heirathen mehr erschwerte, als Denjenigen, die aus der Armensteuer Beiträge empfingen, erheischte gebieterisch wenigstens eine annähernde Ausgleichung. In diesem System, wo die ursprüngliche Vorstellung der gegenseitigen Verpflichtung unter Heimathsgenossen immer mehr zurücktritt, gewinnt einerseits das Werkhaus eine höhere Bedeutung; andrerseits tritt die Nothwendigkeit einer centralisirten Oberaufsicht von Staatswegen mit geregeltem Instanzenzug mehr in den Vordergrund. Die Verwaltung verläßt in den größeren Bezirken den engeren Gesichtskreis der bloßen Ehrenämter und erfordert besoldete Beamte, deren ganze Zeit und Arbeitskraft dem Amte gehört. — Das System der Gesetze von 1834 und 1847 bewährt sich im Ganzen, namentlich durch Minderung der Armenlast, und wird in einem homogenen Geiste weiter entwickelt. Die Pflichten der Parishes gehen immer mehr auf die Unions über. Die Uebertragung der unerschwinglich werdenden Armenlast auf mehrere benachbarte Kreisarmenverbände kam durch den, von der Baumwollenkrisis der amerikanischen Kriegsepoche verursachten Nothstand in den Fabrikgegenden zur Anwendung, sobald die Ortsarmensteuer ein Maximum von 15 Prozent überstieg. Die Bestimmung, nach welcher ein dreijähriger Aufenthalt die Ausweisung ausschließt, wurde dahin abgeändert, daß ein Jahr genügt. *)

Man kann sich bei dieser ganzen Entwickelung dem Eindruck nicht verschließen, daß der Begriff des Heimathsrechtes nicht mehr im Leben wurzelt und immer mehr zur Abstraktion wird. Zumal in England, wo das eigentliche Gemeindeleben schwach ist und auch das Self-government auf allgemein staatlichen Grundlagen ruht. Wirklich ist die Aufhebung aller Heimathsgesetze selbst schon im Parlamente beantragt worden. Allein mit Recht befürchtet man von einer so radikalen Maßregel eine ungeheure Steigerung der Ansprüche seitens der Armen, die Verminderung des Interesses seitens der Arbeitgeber, also größere Härte gegen die Armen, und möglicherweise auch ein Hin- und Herschieben der Unterstützungsbedürftigen. Jedenfalls müßte dann das System der Armensteuer auf neuen Grundlagen errichtet werden, über die man sich schwerlich so leicht einigen würde. Der Plan, der 1854 (durch Baines' Antrag) zur Diskussion kam, bestand darin, sämmtliche Lasten der Armenpflege durch eine gleichmäßig vertheilte Grundsteuer von den Sammtgemeinden aufbringen zu lassen. Von da bis zu einer (kommunistisch centralisirten) Staats-Armenpflege wäre logischermaßen nur noch ein Schritt, ein Schritt kaum breiter, als der dann unvermeidliche von der Staats-Armenpflege bis zum Staats-Bankerott. —

---

*) Vergl. R. Gneist, das Englische Verwaltungsrecht, Berlin 1867. 2. Auflage, 2. Band, § 116.

Auch in Schottland, das, bei einfacheren Zuständen und geringerem Reichthum, eine wohlgeregelte Armenpflege besitzt, haben die Fristen, innerhalb welcher der Aufenthalt Heimathsrecht gewährt, mehrfach gewechselt. Seit der großen Reform der schottischen Armengesetzgebung im Jahre 1845 ist ein ununterbrochener fünfjähriger Aufenthalt zur Bedingung der Unterstützungsberechtigung geworden. (Jede Unterstützung, so wie Bettelei, unterbrechen die Ersitzungsfrist.) Die wichtigste und humanste Bestimmung des neuen Armengesetzes besteht aber darin, daß jedes Kirchspiel auch die nicht zu ihm gehörigen Armen unterstützen muß, bis deren Heimathsort ermittelt ist und sie dahin gebracht werden können; — natürlich mit dem rechtlichen Anspruch auf Erstattung der Auslagen.*)

In Irland, dessen Armengesetzgebung ein Produkt der Neuzeit ist, besteht kein Heimathsrecht; bis jetzt haben sich die von dieser Lücke in England gefürchteten Mißstände in Irland nicht gezeigt. Allerdings fand in den Nothjahren ein sehr merkliches Zuströmen der Armen nach den größeren Städten statt, wo sich ja aber ohnedies zumeist die Arbeitshäuser befinden. Daneben haben zumal die Hafenstädte einen großen Rest von Auswanderungslustigen behalten müssen. Wo das Heimathsrecht wegfällt, wird das Werkhaus noch unentbehrlicher: der wandernde Arme ist ja in der Regel arbeitsfähig. Das bedenkliche System der Heranziehung immer weiterer Verbände zu Hülfssteuern (Rate in aid) kam in Irland stark zur Anwendung. Uebrigens sind Irlands Zustände schon um deßwillen nicht maaßgebend, weil die Centralregierung sich daselbst mehrfach auf entscheidende Weise einzumischen genöthigt sah, durch Beförderung massenhafter Auswanderung, selbst durch Staatszu-

*) Vergl. Kries, l. c. § 40 u. fg.

schüsse und Anordnung öffentlicher Bauten zum ausgesprochenen Zweck der Armenpflege (1846). Jedenfalls ist der kurze Zeitraum, in welchem die neue Armenpflege-Organisation funktionirt, — noch kein Menschenalter, — nicht ausreichend, um, bei den ausnahmsweisen Verhältnissen der unglücklichen Insel, feste Resultate ziehen zu lassen. —

Der historische Gang der deutschen Armengesetzgebung ist zum Theil dem der englischen analog*). Die kirchliche Armenpflege war schon vor der Reformation verfallen, das demoralisirende Bettelwesen überwucherte. Dagegen sprachen die Reichsgesetze die Verpflichtung der Kommunen zur Erhaltung ihrer Armen aus. Von da aus entspann sich der Streit über das Heimathsrecht, der Mißbrauch der Ausweisung, das unmenschliche Hin- und Herschieben der Unterstützungsbedürftigen, der stille, schleichende Krieg der Kleinstaaten unter einander. Der kommunale Egoismus entfaltete sich am heftigsten in den reicheren Gemeinden und hielt auch diese in ihrer gewerblichen Entwickelung zurück. Domizilbeschränkungen und Verehelichungs-Verbote mehrten die Zahl der heimathlosen Vagabunden und der unehelichen Kinder, und verschlimmerten so im großen Ganzen das entsetzliche Uebel, vor dem sich jedes einzelne Gemeinwesen mit diesen Mitteln zu verschließen strebte. Zuerst das Preußische Landrecht**) erklärt den „Staat" für „berechtigt und verpflichtet, Anstalten zu treffen, wodurch der Nahrungslosigkeit seiner Bürger („und der übertriebenen Verschwendung")

---

*) Vergl. R. Gneist, Verwaltung, Justiz, Rechtsweg 2c. nach englischen und deutschen Verhältnissen. Berlin 1869. S. 443 u. fg. — Die staatliche Zersplitterung trat in Deutschland als ein komplizirendes und verwirrendes Element hinzu. Dagegen hat sich bei uns das System gesonderter Armensteuern niemals in englischen Dimensionen entwickelt.

**) Siehe A. L.-R. II. 19, §§ 6—8.

vorgebeugt werde", und sagt in den darauf folgenden Paragraphen zur Erläuterung dieses ersten großen Grundsatzes:

„Veranlassungen, wodurch ein schädlicher Müßiggang, besonders unter den niedern Volksklassen, genährt und der Trieb zur Arbeitsamkeit geschwächt wird, sollen im Staate nicht geduldet werden." — „Stiftungen, welche auf Beförderung und Begünstigung solcher schädlichen Neigungen abzielen, ist der Staat aufzuheben und die Einkünfte derselben zum Besten der Armen zu verwenden berechtigt." *)

Diese abstrakten Sätze, welche dem Absolutismus der Staatsidee jener Zeit entsprachen, sind größtentheils unpraktisch geblieben und haben den natürlichen Verlauf der kommunalen Armenpflege nicht durch Uebertragung auf den Staat gehemmt, wohl aber mit der Zeit eine heilsame staatliche Kontrole angebahnt. — In der Neuzeit regelten das Gesetz vom 31. Dezember 1842 und das ergänzende Gesetz vom 21. Mai 1855 das Armen-Niederlassungsrecht. Außer den gewöhnlichen Arten, Gemeinderecht oder Wohnsitz zu erwerben, begründen sie in dritter Linie das sogenannte Armen-Domizil, welches, verschieden von dem gewöhnlichen Domizil, durch Anmeldung bei der örtlichen Polizeibehörde bedingt ist, und perfekt wird, wenn der Neuanziehende den Wohnsitz ein Jahr lang fortgesetzt hat, ohne der öffentlichen Unterstützung zu bedürfen,

---

*) In diesem letzten Satze ist das allein richtige Verhältniß ausgesprochen, welches der Staat in Bezug auf Armenpflege, sowie als Hort der Sittlichkeit überhaupt, der Willkür des Stiftungs-Wesens und -Unwesens gegenüber einzunehmen hat. Der Staat, der ein festes System der Armenpflege verfolgt, hat allerdings ein Aufsichtsrecht darüber, ob Stiftungen und Vermächtnisse nicht schnurstracks diesem Systeme zuwiderlaufen. Nur müßte diese staatliche Kontrole auf gesetzlichem Wege so ausgeübt werden, daß das freie Verfügungsrecht nicht über die Maaßen beschränkt und dadurch eine wichtige Quelle der freiwilligen Wohlthätigkeit abgegraben würde.

oder auch durch dreijährigen „gewöhnlichen Aufenthalt." Durch dreijährige Abwesenheit eines Individuums geht ihm das Armenrecht innerhalb der Gemeinde verloren *). Das Recht auf die kommunale Armenpflege erstreckt sich in der Regel auch über die Familie des Verarmten. Kein Armer darf hülflos gelassen werden, vorbehaltlich des Regresses an den rechtlich verpflichteten Armenverband. Die Besorgniß künftiger Verarmung berechtigt nicht zur Abweisung. — Schon das Landrecht (A. L. R. II, 11. §§ 16—24) empfiehlt öffentliche Armenhäuser. Solche Anstalten setzen größere Verbände voraus. Und so sind die Landarmenverbände in Preußen ungefähr Das, was in England die Unions **). In Ermangelung eines gesetzlich verpflichteten Ortsverbandes tritt der Landarmenverband ein; einzelne große Städte, einzelne Kreise und Provinzen bilden die Landarmenverbände, die auch eventuell den unvermögenden Lokalverbänden Beihülfe leisten. In den Städten steht dem Magistrat die Armenverwaltung zu; auf dem platten Lande tritt auch für dieses Verwaltungsgebiet der Landrath an die Stelle der Selbstverwaltung. — Das Gesetz stellt auch die blos theilweise oder unvollkommene (relative) Arbeitsunfähigkeit unter den Begriff der Armuth. Einen klagbaren Rechtsanspruch gewährt es dem Hülfsbedürftigen nicht, aber die Unterstützungspflicht ist ein Theil des öffentlichen Rechtes (publici juris).

Auch über die Bildung örtlicher Armenverbände, sowie über die ergänzende Beihülfe des Landarmen-Verbandes entscheiden Verwaltungsbehörden. Der Rechtsweg beschränkt sich streng auf

---

*) Vergl. Rönne's Staatsrecht der preußischen Monarchie, Th. II., § 351.

**) Die englischen Sammtgemeinden bestehen durchschnittlich aus ungefähr 24 Kirchspielen, mit etwa 15—20,000 Seelen im Ganzen. Ein preußischer Kreis ist durchschnittlich mehr als noch einmal so bevölkert.

die Frage nach dem verpflichteten Subjekt, und auch hier nicht ausschließend.*)

Im Ganzen erkennt man aus dieser übersichtlichen Darstellung, daß in Deutschland, wie in England, das allgemeine Rechtsbewußtsein im Bunde mit der erweiterten Bewegung des öffentlichen Verkehrs über die isolirten kleinen Armenbezirke hinausgeführt hat, ohne das Grundprinzip der lokalisirten Armenpflege zu beseitigen. Das Problem wird durch die norddeutsche Bundesgesetzgebung auf ein weiteres Gebiet übertragen und in einen schärferen Gegensatz gestellt. Es handelt sich jetzt um eine prinzipielle Ausgleichung zwischen Zugfreiheit und Armenpflege, um eine Ausgleichung, bei welcher die vielen heilsamen unter den bisherigen Einrichtungen nicht geopfert werden dürfen. Zwar besagt Art. 3 der Verfassung des norddeutschen Bundes, daß „diejenigen Bestimmungen, welche die Armenpflege und die Aufnahme in den lokalen Gemeindeverband betreffen", durch das, für das ganze Bundesgebiet bestehende, gemeinsame Indigenat „nicht berührt werden." Und das Bundesgesetz über die Freizügigkeit vom 1. November 1867, welches im § 1 verfügt, daß „keinem Bundesangehörigen um des Glaubensbekenntnisses willen oder wegen fehlender Landes- oder Gemeindeangehörigkeit der Aufenthalt, die Niederlassung, der Gewerbebetrieb oder der Erwerb von Grundeigenthum verweigert werden" darf, bestimmt folgerichtig im § 11, daß „durch den bloßen Aufenthalt oder die bloße Niederlassung, wie sie das gegenwärtige Gesetz gestattet, andere Rechtsverhältnisse, namentlich die Gemeindeangehörigkeit, das Ortsbürgerrecht, die Theilnahme an den Gemeindenutzungen und der Armenpflege, nicht

*) Ueber die englischen Rechtsmittel dagegen und den dortigen Instanzenzug siehe Gneist, Verwaltung, Justiz, Rechtsweg, ꝛc. S. 440 u. fg.

begründet" werden. Selbstverständlich mit dem Vorbehalt derjenigen Rechte, welche (wie der Nachsatz dieses Paragraphen ausdrücklich hervorhebt) nach den Landesgesetzen der einzelnen Staaten an Aufenthalt oder Niederlassung geknüpft sind. — Ferner macht dasselbe Gesetz (§ 3) für notorische Bettler und Landstreicher eine Ausnahme und bestimmt in § 4—7: „Die Gemeinde ist zur Abweisung eines neu Anziehenden nur dann befugt, wenn sie nachweisen kann, daß derselbe nicht hinreichende Kräfte besitzt, um sich und seinen nicht arbeitsfähigen Angehörigen den nothdürftigen Lebensunterhalt zu verschaffen, und wenn er solchen weder aus eigenem Vermögen bestreiten kann, noch von einem dazu verpflichteten Verwandten erhält. Den Landesgesetzen bleibt vorbehalten, diese Befugniß der Gemeinden zu beschränken. — Die Besorgniß vor künftiger Verarmung berechtigt den Gemeindevorstand nicht zur Zurückweisung." (§ 4.)

„Offenbart sich nach dem Anzuge die Nothwendigkeit einer öffentlichen Unterstützung, bevor der neu Anziehende an dem Aufenthaltsorte einen Unterstützungswohnsitz (Heimathsrecht) erworben hat, und weist die Gemeinde nach, daß die Unterstützung aus anderen Gründen, als wegen einer nur vorübergehenden Arbeitsunfähigkeit, nothwendig geworden ist, so kann die Fortsetzung des Aufenthaltes versagt werden." (§ 5.)

„Ist in den Fällen, wo die Aufnahme oder die Fortsetzung des Aufenthalts versagt werden darf, die Pflicht zur Uebernahme der Fürsorge zwischen verschiedenen Gemeinden eines und desselben Bundesstaates streitig, so erfolgt die Entscheidung nach den Landesgesetzen. — Die thatsächliche Ausweisung aus einem Orte darf niemals erfolgen, bevor nicht entweder die Annahme-Erklärung der in Anspruch genommenen Gemeinde oder eine wenigstens einstweilen vollstreckbare Entscheidung über die Fürsorgepflicht erfolgt ist." (§ 6.)

§ 7 verweist für die Differenzen zwischen verschiedenen Staaten auf den bekannten Gothaer Vertrag vom 15. Juli 1851, „wegen gegenseitiger Verpflichtung zur Uebernahme der Auszuweisenden“, und die späteren zu dessen Ausführung getroffenen Verabredungen: Die ergänzende Uebereinkunft vom 11. Juli 1853 und das Eisenacher Schlußprotokoll vom 25. Juli 1854.

Diese, gegen den früheren Zustand jedenfalls sehr löblichen Vereinbarungen, welche dem Vorhandensein von Heimathlosen vorbeugen sollten und auch in vielen verwandten Beziehungen ein humaneres Verfahren einführten, nehmen im Allgemeinen die Begründung des Unterstützungswohnsitzes durch fünfjährigen Aufenthalt an. Daß ein solcher Termin den Anforderungen der Gegenwart nicht mehr entspricht, darüber waltet wohl kaum noch ein Zweifel. Auch die Ueberzeugung bricht sich allgemein Bahn, daß die Frage des Armen-Domizils oder Unterstützungswohnsitzes um so dringender einer gleichmäßigen gesetzlichen Regelung bedarf, als eben das Aufenthalts- und Niederlassungsrecht auf neuen und freiheitlichen Grundlagen verwirklicht worden ist. Allerdings mußte mit diesem letzteren vorangegangen werden, auf die Gefahr hin, für die Armenpflege provisorisch einen unbequemen und unhaltbaren Zwischenzustand zu schaffen, dessen unabweisbare Heischnisse aber in Bälde auch für diese eine gründliche Reform anbahnen müßten. Noch besteht kein allgemeines Bundesstaatsbürgerrecht, noch sind die Heimathsrechte in dem Bundesgebiet weder einheitlich, noch gleichmäßig geregelt. Das Gemeindebürgerrecht selbst ist in mannigfaltiger Verschiedenartigkeit bedingt, namentlich in Bezug auf die Voraussetzung des territorialen Staatsbürgerrechtes. Das Alles erschwert natürlich die Lösung der Frage, welche uns hier beschäftigt, in erhöhtem Maaße, und macht eine Entwickelung des Bundesrechtes in der von der Kommission des Reichstages bezeichneten Richtung, daß sich nämlich in Zukunft die kommunale, die wirthschaftliche und die politische Persönlichkeit des Individuums vollständig decken mögen *), besonders wünschenswerth.

Eine gewisse Gleichmäßigkeit bereitet das Freizügigkeitsgesetz schon (in § 8) durch die Bestimmung vor, daß die Gemeinde alle Zuzügler, welche über drei Monate verweilen, zu den Gemeindelasten heranziehen dürfe. Folgt daraus auch keineswegs, daß dafür alle Gemeinderechte eingeräumt werden sollten, so mag doch die Billigkeit dafür plaidiren, daß ein Steuerzahler nach einem gewissen (die Frage ist: welchem?) Zeitraum im Falle der Verarmung einen Anspruch auf die kommunale Unterstützung erwerbe. —

Bis jetzt sind noch die Fristen in Norddeutschland sehr verschieden. In Preußen besteht, wie erwähnt, der Unterstützungswohnsitz von einem oder drei Jahren, in Sachsen sind fünf Jahre erforderlich. Man denke sich den Unterschied in den gegenseitigen Verpflichtungen zwischen zwei Grenzdörfern, die vielleicht nur einen Büchsenschuß von einander entfernt liegen. — Mecklenburg hat noch keinen Unterstützungswohnsitz, sondern eine verwickelte Jurisprudenz über Heimathsrechte nach Geburt und juristischem Domicil, deren Resultat eine große Anzahl von Heimathlosen ist. **) Das Herzogthum Braunschweig hat keinen festen Termin und demgemäß eine ziemlich willkürliche Praxis, die in größeren Verhältnissen völlig unhaltbar wäre. In Oldenburg wird die Gemeinde-Angehörigkeit durch eine dreijährige Frist ersessen, und die Ersitzung, wie gewöhnlich, nur durch

*) Vergl. Dr. Georg Hirth's Staatshandbuch rc. des Norddeutschen Bundes, T. I., 1868, S. 484—485.

**) Emminghaus, S. 214.

öffentliche Unterstützung, Bestrafung wegen schwerer Verbrechen, entehrender Vergehen u. s. w. unterbrochen*). Im Anhaltischen, wie in den Hansestädten beruht die Ansässigkeit auf Heimathsrecht und nicht auf Wohnsitz.

Es leuchtet ein, daß die liberaleren Staaten bei solcher Ungleichheit zu kurz kommen, indem sie für zugewanderte Arme viel mehr leisten müssen, als sie für ihre in der Fremde verarmten Bürger von den Nachbarstaaten zu erwarten haben. Die Kleinstaaten, welche nicht blos im Verhältniß ihres geringeren Umfanges weniger Antheil am Weltverkehr hatten, sondern vielfach auch als Privatdomainen dynastischer oder patrizischer Familien ausgebeutet wurden, pflegten ihren Vortheil in einem egoistischen Ausschließungssystem zu suchen. Die großen Grundsätze des modernen Völkerrechts und der freiheitlichen Volkswirthschaftslehre waren für sie nicht gefunden. Die fiskalische Rücksicht überwog, als Selbsterhaltungstrieb, alle anderen Rücksichten. Wogegen Preußen, in den hier einschlägigen Beziehungen wenigstens, durch seine größeren Verhältnisse schon seit der Stein'schen Gesetzgebung zu einem freisinnigeren Verhalten hingedrängt war. Solchen großstaatlichen Bedürfnissen Preußens ist ja die ökonomische Emanzipation Deutschlands überhaupt erst zuzuschreiben. — Nichts ist nothwendiger, als: sich hier über eine gleichmäßige gesetzliche Bestimmung zu einigen, Nichts wäre billiger, als: das preußische Gesetz anzunehmen. Wenn wirklich im Bundesrathe das Bedürfniß mit Einstimmigkeit anerkannt worden ist, durch ein Bundesgesetz diejenigen Fälle formell und materiell zu regeln, in welchen die Uebernahme eines hülfsbedürftigen Bundesangehörigen zwischen verschiedenen Bundesstaaten streitig geworden ist, so

*) Siehe Emminghaus, S. 245.

muß daraus, allen Halbheiten und Zögerungen zum Trotz, schließlich die Annahme des kürzeren Termins für den Unterstützungswohnsitz erfolgen. Es scheint uns auf die Länge politisch und moralisch unmöglich, daß fünf Sechstel der norddeutschen Bundesangehörigen durch ein Bundesgesetz in einer humanen und ökonomischen Angelegenheit, um der Reste verrotteter Kleinstaaterei willen, auf einen niederen Standpunkt zurückgeschraubt werden. Anfangs war von einer bundesgesetzlichen Bestimmung über zweijährigen Unterstützungswohnsitz die Rede; gegenwärtig soll man geneigt sein, auf eine dreijährige Frist einzugehen. Damit wäre freilich im Verhältniß der preußischen Gemeinden und Gemeindeangehörigen zu einander nichts verändert, wohl aber würden die preußischen Armenbezirke den nichtpreußischen Bundesangehörigen gegenüber zu einem illiberaleren Verfahren genöthigt, und eine neue, dem Geist der bisherigen Bundesgesetzgebung schroff widerstrebende Schranke wäre neu aufgerichtet und für lange Zeit befestigt. Das System der Freizügigkeit hätte ein Loch. In anderen Staaten wiederum wäre man genöthigt, den Fremden humaner zu behandeln, als den Landesangehörigen; das würde aber nur zur möglichsten Ausschließung der Fremden führen, und also zu einem zweiten und erweiterten Riß in die Freizügigkeit. Wir protestiren überhaupt gegen jede derartige Bestimmung, welche, ihrem formellen oder materiellen Inhalt nach, nur eine zwischenstaatliche Geltung beanspruchen würde; auf solchen Mittelwegen liegt jedenfalls auch ein politischer Rückschritt. Nachdem die Freizügigkeits- und Gewerbe-Gesetzgebung den Unterschied zwischen Preußen, Sachsen, Mecklenburgern u. s. w. aufgehoben hat, sollte die Armengesetzgebung diesen Unterschied verewigen?! — Wir geben gerne zu, daß es gerade auf dem Gebiete der Gemeindeverwaltung Materien giebt, welche der partikulären Landesgesetzgebung überlassen bleiben mögen; daß aber die vorliegende Materie nicht ohne allgemeinen Schaden dazu gezählt werden darf, liegt schon darin begründet, daß sie ebensowohl zwischenstaatlicher, als zwischengemeindlicher Natur ist, so daß eine bundesgesetzliche Anordnung, welche mit den landesgesetzlichen Anordnungen nicht in vollem Einklang stände, fortwährend nicht blos zu Unterscheidungen zwischen „Einheimischen" und „Fremden" (welche aber auch Bundesangehörige sind) und damit zu fortwährenden Unbilligkeiten und Reibungen führen würde, sondern vor allen Dingen in den arbeitenden Klassen das verbitternde Bewußtsein wach halten würde, daß für dieselben Zustände nicht nach gleichem Maße gemessen wird. Ein Bundesgesetz zumal, das, wie der alte Gothaer Vagabunden-Vertrag, nur zur Schlichtung zwischenstaatlicher Differenzen bestimmt wäre, steht im Widerspruch mit der im deutschen Bundesstaate angestrebten Einheit der Gesetzgebung. Unsere Materie ist öffentlichen Rechtes und zählt — nun gar in einem Gemeindewesen, das auf das allgemeine Stimmrecht erbaut ist, — zu den erheblichsten und wichtigsten. Eine solche Frage muß gelöst werden nicht durch Bestimmungen, welche den Charakter von internationalen Verträgen an sich haben, sondern durch wirkliche Staatsgesetze, welche das Gepräge und den Inhalt wechselseitiger Verpflichtung und gleichmäßiger Berechtigung in sich tragen. Wie jetzt die Frage liegt, handelt es sich viel weniger um angestammte Heimathsrechte oder um übertriebene Belastung einzelner Gemeinden, als darum, daß zum Beispiel industrietreibende Ortschaften nicht den Arbeiter Jahrelang ausnützen und dann, entkräftet und hülflos, heimschicken dürfen, damit er sich von seiner Geburtsgemeinde ernähren lasse. Die Bewegung der Arbeiter läßt das Heimathsrecht der Geburt oder Abstammung immer mehr in den Hintergrund treten. Immerhin darf der Unterstützungswohnsitz nur durch eine Frist begründet werden, welche für eine wirkliche Zugehörigkeit spricht. Diese Frist soll lang genug sein, um nicht frivoler Ausbeutungslust der Unterstützungsgierigen dienen zu können, und kurz genug, um die Arbeitgeber nicht zu der egoistischen Handlungsweise zu verleiten, welche die in ihrem Dienste erschöpften Arbeiter deren Geburtsheimath zur Last wirft. Einen guten Arbeiter behält man wohl über Ein Jahr, auch auf die Gefahr hin, ihm Hülfsansprüche zu begründen; aber nach fünf Jahren könnte man in vielen Fällen glauben, daß der Rest seiner Arbeitskraft das Risiko nicht mehr lohne. —

Räumen wir auch gerne ein, daß solche niedrige Berechnungen, wie sie in England unter den früheren Einrichtungen gang und gäbe waren, in unserer großen Industrie niemals zu offen bekannten Maximen werden dürften, so ist doch auf der anderen Seite von den engherzigen Traditionen eines selbstgefälligen und von seinem höheren Rechte überzeugten, im Partikularismus großgezogenen Kommunalismus eine Reaktion gegen die Zugfreiheit zu befürchten, der durch klare und durchgreifende Gesetze vorgebeugt werden muß. Die Zugfreiheit mit erschwertem Unterstützungswohnsitz würde eine Reihe von Mißständen herbeiführen, welche das große Publikum leicht geneigt wäre, dem Prinzip der Freizügigkeit selbst auf Rechnung zu setzen.

Auch ist zu erwägen, daß der leicht erworbene Unterstützungswohnsitz das Interesse der Arbeitgeber an den Arbeitern erhöht und die Begründung schützender Anstalten befördern läßt. *) Hier ist einer der wichtigsten Punkte, von wo aus das gute, Einvernehmen der verschiedenen Gesellschaftsklassen, auf dem der soziale Frieden und der politische Fortschritt beruhen, begründet und befestigt werden muß. Jede Ausweisung eines

---

*) Die traurigen Folgen des erschwerten Armen-Domizils in einem gewerbreichen Lande möge man an Belgien studiren. Vergl. Emminghaus, S. 642 u. fg.

ansässig gewordenen Mannes wegen drohender oder eingetretener Bedürftigkeit ist eine so furchtbar inhumane Maßregel, daß sie nicht blos in den Kreisen der unmittelbar Betroffenen eine tiefe Erbitterung erregt. Nach kurzer Frist, ehe noch die Ansässigkeit neue Beziehungen fest geknüpft hat, erscheint das weniger unbillig. Indessen wünschte ich, daß auch in dieser Beziehung der Satz, den Gneist auf dem letzten Volkswirthschaftlichen Kongresse aussprach *): „Hinziehen kann Jeder, wohin er will; unterstützt wird er, wo er bedürftig ist. Der Unterstützungswohnsitz ist nur ein finanzielles Prinzip für die Vertheilung der Gemeindelasten. Dadurch wird an sich Niemand an der Freizügigkeit gehindert;" — durch gesetzliche Regelung zur vollen Wahrheit werde, und daß wir mit der Zeit von Ausweisungen wegen Nahrungslosigkeit nur noch, wie von einer längst vergessenen Partikularität des Zunftwesens, sprechen hören. Die Kosten-Erstattung kann die Ausweisung ersetzen.

Wir sind überzeugt, daß die Herabsetzung der betreffenden Fristen die örtlichen Armenbudgets nicht wesentlich steigern, die Transportkosten im Allgemeinen verringern und auch die Verhältnißzahlen zwischen den Budgets der verschiedenen Armenbezirke nicht erheblich verändern würde. Höchstens wird sich im Allgemeinen herausstellen, daß der kürzere Unterstützungswohnsitz die reicheren Gemeinden, besonders die Fabrikstädte, etwas höher belastet, zu Gunsten der ärmeren Agrikulturdistrikte, welche der Handarbeiter verläßt, um in jenen seine Arbeitskraft zu verwerthen. Das Prinzip, daß Diejenigen den Kranken oder Arbeitsunfähigen unterstützen sollen, welche seine gesunde Kraft zu ihrem Vortheil verwendet haben, findet also in dem Maße erhöhte Anwendung, als der Unterstützungswohnsitz verkürzt ist.

---

*) S. Faucher's Vierteljahrsschrift, VII. Jahrgang. 3. Band. S. 191.

Daß er dagegen nicht bis zur Unerheblichkeit verkürzt werden darf, wie im altenglischen Gesetz auf vierzig Tage, dafür sprechen die Gründe, welche gegen dessen Aufhebung überhaupt gelten und welche in England gegen die Abschaffung der Heimathsgesetze angeführt worden sind. Für Abschaffung einer solchen Beschränkung kann nur plaidiren, wer entweder die ganze gesetzliche Armenpflege aufheben, oder wer die Staatsarmenpflege einführen will. An das System einer allgemeinen Staatsarmenpflege aber kann kein vernünftiger Mensch ernsthaft denken; wenn ein solches praktisch denkbar, wenn es möglich wäre, so wäre damit der staatlichen Centralisation auf dem gefährlichsten und umfassendsten Gebiete ein so gewaltiger Vorschub geleistet, daß das System der Selbstverwaltung auch auf den andern Gebieten nimmermehr aufblühen würde.

Nachwort.

(März 1871.)

Die vorstehende Abhandlung, in welcher die lebhaften Debatten des volkswirthschaftlichen Kongresses von 1869 (zu Mainz) noch nachklangen, könnte, in Anbetracht der glücklichen Bestätigung, welche die leitenden Grundgedanken derselben in der Gesetzgebung des norddeutschen Bundes und des Großherzogthum Badens gefunden haben, gegenwärtig schon für veraltet gelten, wenn es in dieser überaus wichtigen Materie ausschließlich nur auf das thatsächliche Ergebniß und nicht auch, annähernd in demselben Maaße, auf den Antheil der öffentlichen Meinung und die sympathische Mitwirkung der besseren Klassen ankäme, — hier, wo vor allen Dingen zur Ausführung und weiteren Ausbreitung der prinzipiellen Errungenschaften der deutsche

Geist der Selbsthülfe und Selbstverwaltung wachzurufen ist. Es wäre überhaupt nicht wohlgethan, wenn man die theoretischen Pfade verschütten ließe, auf welchen man — diesmal sogar mit überraschender Schnelligkeit — zu einem, eben noch heiß bestrittenen, praktischen Resultate gelangt ist. Gewisse Anschauungen bleiben gefährlich, auch wenn die Hoffnung unmittelbarer Verwirklichung für sie verschwunden ist. Wie die gesunde Volkswirthschaftslehre noch täglich die Hirngespinnste des Sozialismus zu bekämpfen hat, so ist der Staat mit seinen Aufgaben und seiner sittlichen Kompetenz gegen die falschen „gesellschaftlichen" Theoreme zu vertheidigen, wie weit entfernt von der unmittelbaren Wirklichkeit dieselben auch zu liegen scheinen.

Das Bundesgesetz (vom 6. Juni 1870) über den Unterstützungswohnsitz, welches sich in den wesentlichsten Punkten an die ältere preußische Gesetzgebung anschloß, bildet die nothwendige Ergänzung des ganzen Systems der Freizügigkeit und Gewerbefreiheit auf volkswirthschaftlichem, des Bundes-Indigenats auf staatsrechtlichem Gebiete. Es entspricht zugleich der modernen Entwickelung der Gemeinde-Verhältnisse. Der Uebergang von der Heimathsgemeinde zur Einwohnergemeinde ist dadurch besiegelt; und das ist auch der Grund, warum der Partikularismus sich so lange und so zähe dagegen gesträubt hat, obgleich die minder fabrikreichen Landschaften, in welchen der Partikularismus am üppigsten wuchert, finanziell den nächsten und stärksten Gewinn daraus ziehen. Der Widerstand der Hansestädte freilich beruhte auf der anderen Ursache, daß dieselben bisher den Vortheil genossen hatten, die Arbeiterbevölkerung der benachbarten Gegenden auszunutzen, ohne die entsprechende Unterstützungspflicht zu tragen. Im Badischen Landtage wurde es offen ausgesprochen, daß mit der Regelung der Armenpflege auf der Grundlage des Wohnsitzes die Organisirung der Ortsgemeinde als Einwohnergemeinde logisch bedingt sei; woraus sich auch eine Aenderung der Gemeindebesteuerung, sowie die Lösung der Frage über die künftige Stellung der Bürgernutzungen nothwendig ergeben werde. Der betreffende Kommissionsbericht (des Abgeordneten Blum, erstattet in der Sitzung der zweiten Kammer vom 7. Februar 1870) sagt treffend über die finanzielle Seite der Frage: „Das System des Unterstützungswohnsitzes empfiehlt sich auch durch die größere Ersparniß. Wenn der Arme regelmäßig im Wohnort eher etwas verdient, als in der ihm fremd gewordenen Heimath, so wird also regelmäßig auch die Aufenthaltsgemeinde weniger für seine Unterstützung aufzubringen haben, als die Heimathsgemeinde. Sodann fallen letzterer die Transportkosten der Armen nicht zur Last. Dies Verhältniß ist aber bei den Gemeinden gegenseitig, da jede Gemeinde ebenso gut zurückgewiesene Arme aufnehmen muß, als sie das Recht hat, andere auszuweisen; das Resultat ist also, daß alle Gemeinden des Landes zusammen an Kosten für die Armenpflege erheblich weniger aufzuwenden haben, als bei dem Prinzip der Unterstützung in der Heimath. Es ist sicher, daß mit unseren heutigen Verkehrsmitteln und der heutigen Industrie die Zahl der außerhalb der Heimath Niedergelassenen und damit auch die der dort Verarmenden wächst; es würde also auch bei der Unterstützungspflicht der Heimath die Masse der Transportkosten und anderer Nebenausgaben für das Armenwesen wachsen, und die Härten, welche dieses System mit sich bringt, würden in Bälde unerträglich werden."

Resümirend läßt sich auch das Verhältniß so darstellen, daß die neue Ordnung wieder die gewerbliche Grundlage zum Ausgangspunkt der Unterstützungsgemeinschaft nimmt, nachdem die allmälige geschichtliche Verschiebung der sozialen Zustände der früheren Erwerbsgemeinschaft ein Schattenbild untergeschoben hatte. Die Gesetzgebung hat hier also ihren wahren Beruf erfüllt, indem sie das geschichtlich Gewordene zum staatsrechtlichen

Ausdruck brachte. Gewerbefreiheit und gemeinsames Armenrecht sind gleichsam die Schlußsteine der auf wirthschaftlichem Gebiete vollzogenen nationalen Einigung.

Die Verhandlungen des preußischen Landtages über das Ausführungsgesetz zu dem betreffenden Bundesgesetz haben es — zumal durch den Widerstand der reaktionären Parteien — allen Augen klar gemacht, in welchem, wechselseitig bedingten, Verhältniß die neue Institution zu der Forderung einer zeitgemäßen und gerechten Gemeindeordnung steht. In wichtigen Beziehungen mußte künstlich ergänzt werden, was sich bei dem Bestehen einer wirklichen Landgemeindeordnung von selbst ergeben hätte. Auf dem Wege logischer Nöthigung gerieth hier die Regierung selbst vielfach zur Anerkennung der Grundsätze, welche sie kurz vorher, bei den erfolglosen Berathungen über den Kreisordnungs-Entwurf, der liberalen Partei gegenüber, bekämpft hatte. Desto schroffer stellte sich der große Gegensatz heraus, welcher die constitutionelle Ausbildung des preußischen Staatswesens lähmt. Aristokratismus und kirchliche Reaktion suchten von den schwindenden Privilegien der Steuerfreiheit und der Todten Hand die dürftigsten Ueberbleibsel zu retten und reichten sich dabei zu brüderlichen Gegendiensten die Hände. Daß im Ganzen der Geist des Gesetzes triumphirte, versteht sich von selbst. Welche Partei hätte wohl die Verantwortlichkeit für den Konflikt zwischen der Bundesgewalt und dem größten Bundesstaat auf sich zu nehmen gewagt! — Die wichtige Aufgabe, den staatsrechtlichen Charakter der Centralgewalt zu stärken, wird durch das Bundesamt für das Heimathswesen recht eigentlich gefördert. Und wie viele kleinliche Polizei-Chikanen beseitigt nicht das Bundesrecht auf diesem, allen Polizeibedrängnissen vorzugsweise eröffneten Gebiete, zuerst durch seine Einheitlichkeit und dann nicht minder durch seinen freisinnigen Inhalt! —

Auf dem Wege des Ausgleichs sind die gesetzgebenden Faktoren des Bundes zu der Norm von zwei Jahren für den Unterstützungswohnsitz gekommen. Indem Preußen sich dieser Norm unterwerfen mußte, hat es nicht so sehr einen Rückschritt gemacht, als das den oberflächlichen Anschein hat. Denn da in Preußen vorher der einjährige Unterstützungswohnsitz nur durch polizeiliche Anmeldung zur Niederlassung erworben wurde, so waren doch die arbeitenden Klassen zu allermeist auf die dreijährige Ersitzungsfrist angewiesen. Auch ist in Anschlag zu bringen, daß das Recht zwar langsamer erworben, aber auch langsamer verloren wird.

Der leitende Gedanke der räumlich abgegränzten Armenbezirke, so einfach er an sich ist, nöthigt in konsequenter Durchführung einerseits zu einer allmäligen Auseinandersetzung zwischen den Landgemeinden und den selbständigen Gutsbezirken; er drängt andererseits auch ein gutes Theil konfessioneller Beeinflussungen zurück und wird folgerichtig zu einer gesetzlichen Reformirung des so reformbedürftigen Stiftungswesens führen müssen, das vielfach die unseligen Formen und Folgen der Todten Hand angenommen hat. Schon denken manche Landesgesetzgebungen ernsthaft daran, dieser Herrschaft der Todten über die Lebenden Dämme entgegenzusetzen, wie das namentlich in Baden und Hamburg versucht ward. Es gilt hier in der That nicht blos, einen nicht unbeträchtlichen Theil des Nationalvermögens der freieren Verfügung zu wirklich nützlichen Zwecken zurückzugeben, oder auch einen Theil des Nationalvermögens für eine bessere Rentabilität zu retten und vor partieller Unfruchtbarkeit zu bewahren. Vor allen Dingen ist hier den üblen Einwirkungen subjektiver Willkür und Phantasterei auf einem Gebiete entgegenzutreten, wo alle Nachtheile des unüberlegten Almosengebens durch dieselben großgezogen und bedenkliche Zeitrichtungen, für immer fixirt, in die Zukunft übertragen würden. Dazu kommt die lokale Ungleichheit, welche in gewissen von Alters her reichen Städten ein müßiggängerisches Proletariat, gleich den Bettelorden, begünstigt. Oft sogar wird der ursprünglich vernünftige Zweck der Stiftung mit der Veränderung der Zeiten zu einem unvernünftigen. „Vernunft wird Unsinn, Wohlthat Plage! Weh' Dir, daß Du ein Enkel bist!" So hat, zum Beispiel, schon ein einziges geringfügiges Familienstipendium ganze Geschlechter zum Studium der Theologie verlockt. Die obervormundschaftliche Gewalt des Staates über das Stiftungswesen ist zunächst juristisch wohl begründet, aber auch, seinen Mißbräuchen gegenüber, politisch nothwendig, wenn die gleichmäßige und gerechte Armenpflege eine Wahrheit werden und namentlich, wenn sie der kirchlichen Herrschaft unbedingt entzogen werden soll.

II.

Zur Arbeiterfrage.

Dezember 1870.

Unter den Waffen schweigen die Musen, wie die Gesetze, die Fragen der Wissenschaft, wie die der inneren Freiheit treten zurück; nur eine Frage, eine Forderung ist stets wach: starren Blicks wirft der Sozialismus seinen Protest in den Festjubel, wie unter die Trauerchöre. Auf allen Gebieten des Gefühlslebens, in der Kunst, wie in der Religion, hat er Boden gefaßt; in der Geschichte tritt er bald als agrarische Frage, bald als tausendjähriges Reich, bald als rothe Republik auf, bald heißt er Gracchus, bald Knipperdolling und bald Baboeuf. In der Politik ist er ein Gährungs-Element, mit dem gerechnet werden muß, und dient, unter der Fahne der „Arbeiterpartei", bald dieser, bald jener extremen Richtung. Nur in der Wissenschaft ist er niemals zu Hause und löst sich in Nichts auf, sobald er mit ihr in unmittelbare Berührung geräth. Darum klagen auch seine Wortführer über die Herzlosigkeit der Wissenschaft und möchten in der Nationalökonomie die scharfe Logik durch unklare Empfindungen ersetzen.

Ihre Koryphäen analysiren nicht, sie konstruiren. Wie auch dieses oder jenes kommunistische oder sozialistische System heiße, ob es auf theokratischer Grundlage oder auf arithmetischen Spielereien erbaut sei, ob es seinen Staat in die Luft oder in die Einöde erbaue, ob es die Kultur negire oder fixire, den Luxus ausschließe oder anbefehle, es ist immer eine Konstruction der Phantasie ohne Anknüpfung an bestehende Zustände, ohne die Möglichkeit geschichtlicher Entwickelung zum Beginn oder zum Weiterbau. Die Rezepte beginnen in der Regel, wie ein Kochbuch, mit den Worten: Man nehme ein Stück Menschheit von so und soviel Individuen, stecke diese in einen Topf, und so fort. Daß sie vor Allem dabei stille halten müssen, versteht sich von selbst. Aber wenn die zahlreichen Propheten oft spaßhaft genug erscheinen, der Gegenstand selbst ist so furchtbar ernsthaft, daß die Komik unmöglich zu ihrem Rechte kommen kann. Jene Zeit, da der Sozialismus noch an die Wissenschaft die Frage stellte: „Wie ist dem Elend auf Erden abzuhelfen?“ war die Zeit des naiven Glaubens an Besserung. Heutzutage frägt sich der Sozialist: „Wie ist der Arbeiterstand zur Herrschaft zu bringen?“ Wobei jedenfalls sehr im Dunkeln bleibt, was der zur Herrschaft gelangte Arbeiterstand denn eigentlich dekretiren würde, oder vielmehr, was die Herren Diktatoren im Namen des Arbeiterstandes dekretiren würden. Es will uns bedünken, als ob früher in diesen Kreisen die Revolution erhofft wurde, um irgend ein beliebiges traumhaftes Utopien zu verwirklichen, während jetzt die Utopien vorgespiegelt werden, um die Revolution zu ermöglichen. Denn seitdem das allgemeine Stimmrecht, selbst in seinem noch unreifen Auftreten, die Erwartungen dieser Stimmführer getäuscht hat, fühlen sie wohl, daß auf friedlichem Boden ihr Weizen nicht blüht.

Während jeder redliche Politiker das Wohl der Gesammtheit sich zum Ziele setzt und namentlich jeder ehrliche Abgeordnete, dem Gesetz und der Verfassung entsprechend, sich als den Vertreter der Gesammt-Interessen der Nation betrachten muß, geben sich die sozialistischen Abgeordneten für die ausschließlichen Vertreter eines einzelnen Standes aus. Wie der Repräsentant des

Großgrundbesitzes von einer landwirthschaftlichen Interessenvertretung phantasirt, um seine Privilegien zu retten, oder wie der Ultramontane seine Richtschnur von einem außerstaatlichen Mittelpunkte bezieht, so verhält sich auch der Sozialist dem wirklichen Staate gegenüber als ein vaterlandsloser Sektirer, dessen Blicke zum Beispiel im gegenwärtigen Momente nach Paris gerichtet sind, wo die merkwürdige Mischung von Anarchie und Diktatur, von schrankenloser Willkür und unbegrenzter Reglementirerei sein unhistorisches, kosmopolitisches Zukunftsideal zu verwirklichen verspricht.

Die konsequentesten Führer der Arbeiterpartei predigen den „Klassenkampf". Sie wollen das „Kapital" bekriegen, um den Nationalreichthum zu erhöhen, wenigstens um den Antheil der handarbeitenden Klasse daran zu vermehren. Wenn der Sozialist vom Volke spricht, so meint er damit immer blos die Arbeiter der großen Fabrik-Industrie; nur deren Zustände und deren Leiden faßt er in's Auge, nur diese kennt er. Allein der ganze Stand der Fabrikarbeiter macht nur einen geringen Prozentsatz der gesammten Bevölkerung aus. Auch ist er durchschnittlich weder so schlecht gestellt, noch so hülflos, wie das weit zahlreichere ländliche Proletariat. Freilich treten bei der großen Industrie die Opfer gewisser Konjunkturen und überhaupt gewisse Schäden besonders grell an das Tageslicht; ferner wohnen hier die Arbeiter enge geschichtet beisammen und werden durch den schroffen Gegensatz des nahe dabei wohnenden Reichthums heftiger gereizt. Darum erscheinen solche Gruppen von Fabrikarbeitern den sozialistischen Sekten als willkommener Anhang und als bequemer Experimentir-Stoff. Allmälig wurde denn auch die ganze soziale Frage vom Gesichtspunkte der Fabrikarbeit aufgefaßt und daneben der größte Theil der wirklichen ökonomischen Verhältnisse der anderen arbeitenden Klassen meist völlig ignorirt.

Soweit überhaupt der Sozialismus eine theoretische Berechtigung hat, nämlich als Anreiz zur Fragestellung, ist sein Verhalten in dieser Richtung dadurch motivirt, daß ganz allgemein die Geldwirthschaft an die Stelle der Natural- und Feudal-Wirthschaft getreten ist, daß im Arbeitslohn, Unternehmergewinn und Kapital-Ertrag die Hauptkräfte der Gütererzeugung sich scharf normiren und gleichsam nachrechnen lassen. Freies Eigenthum und Erwerbsfreiheit sind die Säulen der modernen Volkswirthschaft, an welchen hier die Romantik der Feudalen, da der Eigennutz der Zünftler und Schutzzöllner, dort die Verblendung der Sozialisten zu rütteln sucht. Die innere Wahlverwandtschaft dieser verschiedenen Verbindungen thut sich in mancher gemeinschaftlichen Bestrebung kund. Der Sozialismus zumal will den Uebergang zur Geldwirthschaft, dem doch der Fabrikarbeiterstand sein Ent- und Bestehen verdankt, nicht als einen Fortschritt gelten lassen; er erklärt das schnöde Kapital für einen harten gefühllosen Herrn, spricht von weißen Sklaven und beruft sich dabei auf Malthus' pessimistische Bevölkerungstheorie, auf Ricardo's Grundrententheorie und das „eherne Gesetz" vom steten Fallen der Löhne. Weist man ihm dagegen an der Hand unzähliger geschichtlicher Thatsachen und unwiderleglicher Zahlen nach, daß die Kapital-Anhäufung den gesammten Zustand eines Volkes, auch der besitzlosen Klassen desselben, verbessert und dauernd erhöht, daß die dadurch geschaffene Summe materieller und geistiger Güter nicht von einer kleinen Minorität egoistisch aufgezehrt werden kann, sondern Allen zu Gute kommen muß, — zunächst weil die Ertragsfähigkeit des Kapitals nur durch die Arbeit bewerkstelligt werden kann, sodann weil der Reichthum des Produzenten auf der Menge der Abnehmer beruht, — so zieht er sich auf ein anderes Argument zurück und behauptet, daß der wachsende Reichthum den Gegensatz zwischen den Besitzenden und den Besitzlosen verschärfe und also die Armuth, wenn nicht wirklich schwerer, doch drückender mache. Doch auch diese Behauptung enthält kaum ein Quentchen Wahrheit; denn im Allgemeinen lehrt die Kultur- und Sittengeschichte, und die Statistik der Neuzeit bestätigt es, daß die fortschreitende Bildung die Stände näher zusammen rückt, die Unterschiede ausgleicht und die Befriedigung höherer Bedürfnisse verbreitet. Das Wesen der ökonomischen Kultur liegt in der besten Verwerthung aller Kräfte, Barbarei dagegen ist Kraftvergeudung. Mit der kapitalistischen Betriebsweise und den vermehrten Hülfsmitteln der Mechanik erhebt sich der begabtere Arbeiter vom bloßen Tagelöhnergeschäft zu intelligenter Mitwirkung. Zwischen einem Negerhäuptling oder einem indischen Maharadjah und deren Unterthanen ist an äußerem Luxus und innerem Lebensgenuß jedenfalls eine größere Distanz, als zwischen einem britischen Lord oder deutschen Fürsten und einem Fabrikarbeiter. Die wachsende Ungeduld des Arbeiterstandes ist wohl eine fruchtbare Bedingung des Fortschrittes; nur sollte sie nicht vom Sozialismus irregeleitet und ausgebeutet werden. Auch wir sind weit entfernt, die sozialen Zustände der Gegenwart für befriedigend zu halten. Nur glauben wir, daß die Reformen im Geiste der persönlichen Freiheit und in der Richtung des individuellen Eigenthums sich vollziehen müssen, und daß Alles, was von dieser Bahn ablenkt, Rückschritt ist und zur Verwilderung führt.

Die wissenschaftliche Bagage des Sozialismus wiegt nicht gar schwer; was seine spärliche Ausbeute aus den großen Theoretikern der Nationalökonomie betrifft, so sind das einige Theoreme, welche, unter dem Eindruck ausnahmsweiser Nothzustände entstanden, niemals bleibende Anerkennung zu erringen vermochten. Ueberdies ist auch bei denjenigen Sozialisten, welche aus Malthus oder Ricardo zu deduziren meinen, der Sprung von der ökonomischen Analyse zur sozialistischen Konstruktion, von der Kritik der Gegenwart zum Aufbau der Zukunft so unvermittelt, daß selbst bei einem Lassalle die Wissenschaftlichkeit aufhört, wo der Sozialismus anfängt.

In neuester Zeit hat ein deutscher Gelehrter, der in mannichfacher Beziehung von sich reden gemacht, Herr Prof. Schäffle aus Tübingen, nun in Wien, einen schwachen Anlauf zur Ehrenrettung des Sozialismus genommen. In seinem dickleibigen Buche über „Kapitalismus und Sozialismus" giebt er — „zur Versöhnung der Gegensätze von Lohnarbeit und Kapital" — eine sehr ernsthafte und jedenfalls sehr ausführliche Würdigung der Theorien der Proudhon, Karl Marx, Lassalle, Marlo und Anderer. Freilich werden dieselben von ihm ganz oder theilweise widerlegt, aber gewöhnlich erst, nachdem er sie für tiefe Denker erklärt hat; ungefähr wie ein Siegesbülletin zur höheren Genugthuung des Siegers selbst, gerne die Tapferkeit des gefallenen Feindes preist. Dem schwäbischen Professor aber scheinen, aufrichtig gesagt, seine Siege nicht sehr sauer geworden zu sein. Seinen eigenen Standpunkt formulirt er ungefähr folgendermaßen:

„Versteht man unter Kapitalismus den heutigen unvollkommenen Zustand des letzteren (?) mit vielen Schäden und Ungerechtigkeiten, dann mag man wohl sagen, daß auch der Kapitalismus, wie der Feudalismus, eine vergängliche geschichtliche Phase der volkswirthschaftlichen Entwickelung sei. Versteht man aber unter Kapitalismus die wirthschaftliche Organisation der Produktivkräfte durch das Gewinnstreben des Kapital-Vermögens, so glaube ich für ein weites und groẞes Gebiet menschheitlicher Wirthschaft dem Kapitalismus dauernde Geltung nachweisen zu können. Versteht man nach liberaler Prinzipienreiterei (?!) unter wahrem Kapitalismus denjenigen Zustand, in welchen die ganze wirthschaftliche Verbindung der Individuen nur noch durch Gewinnspekulation des Kapitals verwickelt wird, die Staatswirthschaft (!) ganz verschwindet, so behaupte ich, daß diese „ultraliberale" Uebertreibung und Verallgemeinerung der kapitalistischen Gesellschaftsorganisation eine thörichte, doktrinäre und geschichtlich unwahre Auffassung ist." — Der Verfasser verfährt hier theils mit selbstgeschaffenen Kategorien, theils mit Begriffen, denen er einen andern, als den gebräuchlichen Sinn unterlegt. Er möchte von der sozialistischen Kritik Etwas retten, und weiß doch nicht recht, wie er das anfangen soll. „Liberale Prinzipienreiterei" steht dem Denker gut zu Gesichte; dazu gehört nur noch, daß die ganze Volkswirthschaftslehre für eine „Bourgeois-Erfindung", oder auch, daß die freihändlerische Doktrin für eine Intrigue des perfiden Albions ausgegeben werde. Statt „Manchester-Schule" wird „ultraliberale Prinzipienreiterei" gesetzt, weil es zur Symmetrie paßt, das Schutzzollsystem mit dem Altliberalismus zusammenzukoppeln. Wäre zu solchen Parallelen selbst einiger Grund vorhanden, so ist damit doch Nichts gesagt und Nichts bewiesen.

Herr Schäffle will „das Steckenpferd bloßer Staatshülfe oder bloßer Selbsthülfe den nationalökonomischen und politischen Kindern überlassen." Freilich versteht Herr Schäffle unter Staatshülfe etwas Anderes, als die Sozialisten darunter verstehen, aber so geht es ihm auch mit dem Sozialismus selbst. Alle die Verstandesspielereien mit religiösem, humanitärem, genossenschaftlichem, staatlichem Sozialismus haben im Leben und in der Wissenschaft keinen Werth. Es giebt hier nur Einen bestimmten Gegensatz: auf der einen Seite stehen unter den Namen Sozialismus, Kommunismus u. s. w. alle die Systeme, welche die Freiheit des Eigenthums und des Erwerbes beschränken und die Gesellschaft nach einer unhistorischen Schablone von Oben oder von Unten konstruirend umgestalten wollen; auf der andern Seite steht die Wissenschaft der Volkswirthschaft, welche die immanenten Gesetze der Gütererzeugung und des Verkehrs erforschen und zur Anwendung bringen soll. Das ganze Genossenschaftswesen und alle sonstigen vernünftigen Bestrebungen zur Hebung der niederen Klassen fallen auf die Seite der Volkswirthschaft und nicht auf die des Sozialismus. In der Freiheit, welche das Grundprinzip der Volkswirthschaft ist, liegt das wesentlichste Element der Krafterzeugung. So haben auch alle humanen Bestrebungen für die leidenden Klassen nur dauernden Werth, wenn und soweit sie an das System der Selbsthülfe anknüpfen und selbständige Kraft erzeugen oder befördern. Heutzutage muß man den Muth haben, Volkswirthschaft und Sozialismus scharf voneinander zu sondern und gegenüber zu stellen. Jene Süßwasser-Sozialisten aber, welche, mit Worten spielend, nach beiden Seiten schön thun, verwirren die Frage in politischer, wie in ökonomischer Beziehung. Die „ultraliberale Prinzipienreiterei", welche den Staat auf das allgemeine Stimmrecht und die allgemeine Wehrpflicht, sowie auf den obligatorischen Volksunterricht gründet, hat von der Solidarität der Gesellschaftsklassen eine klarere Vorstellung, als die Feinde des Kapitals, welche in der That und in der Praxis auch die Feinde der Arbeit sind.

Wenn man es einmal der Mühe werth hält, sich die Luftgebilde der Sozialisten etwas näher anzusehen, so giebt ein logischer Kopf leicht den kühnsten, auf rein phantastischen Grundlagen erbauten Konstruktionen, eines Fourier z. B., den Vorzug vor jenen praktisch sein sollenden Anknüpfungen an die Wirklichkeit, in denen viel bewußte und unbewußte Heuchelei steckt und in deren Wahnsinn nicht einmal Methode zu entdecken ist. Die Sympathie einiger Halbdenker ist ihnen freilich leicht zu gewinnen. Zu derartig vermittelnden Sozialisten gehört ein gewisser Marlo, dessen „ökonomischer Föderalismus" eine kleine, stille, aber desto inbrünstigere Gemeinde versammelt hat. Marlo, mit seinem bürgerlichen Namen Winkelblech geheißen, hatte mit anderen theoretischen Gesellschafts-rettern jene Art der Autodidakten gemein, welche in dem Glauben an ein allein seligmachendes System besteht. Seine „Untersuchungen über die Organisation der Arbeit, oder System der Weltökonomie," sind Fragment geblieben. Sein Ziel „der Panpolismus oder die Allberechtigungsidee" soll erreicht werden durch die „professionelle" Assoziation in Landwirthschaft und Großgewerbe. Der „unproduktive Erwerb" (d. h. der Handel) soll durch Ausdehnung der sozietären Geschäftsform bekämpft werden, welche der Sanct-Georg ist, der den Drachen Großkapital erlegt. Das Alles, mit Zunftwesen und Schutzzöllnerei, mit polizeilicher Maßregelung des Kreditwesens gespickt, soll von Staatsbehörden organisirt und geleitet werden. Dazu noch eine zwangsweise Ausdehnung des Personalversicherungswesens durch den Staat, — und man hat an diesem Liebling Schäffle's den lebendigen Beweis, wie freiheitsmörderisch der sozialistische Gedanke auch in seiner bescheidensten Form wirkt. An Schäffle's Darstellung dieses Winkelblech-Systems ist besonders das auszusetzen, daß er die reaktionären Zuthaten, welche aus der Natur der ganzen Anschauungsweise folgen, für innere Widersprüche oder Inkonsequenzen auszugeben sucht. Hier ist der naiv gläubige und beglückungssüchtige Sozialismus gegeben. Ihm gegenüber steht der kriegerische Sozialismus der Marx'schen Schule. Der große Agitator, welcher als „Generalsekretair der internationalen Assoziation" seine Hand in allen Arbeiter-Unruhen Europas haben soll, ist auf theoretischem Felde ein gewandter Dialektiker, der mit den Begriffen Eigenthum und Kapital ein Becherspiel aufführt, daß dieselben bald vorhanden sind und bald verschwunden, bald negirt und bald ponirt sind.

Den englischen Fabrik- und Arbeits-Gesetzen läßt Marx*), wie Schäffle, Gerechtigkeit widerfahren. Diese vortreffliche

*) Karl Marx, Das Kapital. Kritik der politischen Oekonomie (1868).

englische Fabrikgesetzgebung, in welcher vieles Nützliche verwirklicht, anderes angebahnt, keiner Reform der Weg versperrt wird, ist denn doch auf dem Boden unserer bürgerlichen Gesellschaft, in dem Lande der großen Kapitalien und mit den Waffen der politischen Freiheit errungen worden. Sicherlich sind in keinem anderen Lande so viele wirksame Gesetze zum Schutz der arbeitenden Klasse gegeben worden, besonders wenn man auch das englische Armenrecht in Betracht zieht. Das bekannte Buch von Ludlow und Lloyd Jones,*) stellt nicht nur diese Gesetze, sondern auch den thätigen Antheil der arbeitenden Klassen an deren Herbeiführung dar. Wesentlich unterscheidet sich der Geist der britischen Gesetzgebung von dem Geiste des Sozialismus dadurch, daß er überall die persönliche Freiheit achtet und bevormundende Maßregeln nur über Unmündige erstreckt, während der Sozialismus mit seinem Normalarbeitstage und ähnlichen Vorschlägen den selbständigen Willen des mündigen Arbeiters beeinträchtigen will. Naturgemäß sind solche Fortschritte, wie die in England gemachten, nicht der wärmeren Menschenliebe der in dem englischen Parlamente vorherrschenden Gesellschaftsklasse zu verdanken, sondern zum größten Theile dem praktischen Verständniß und dem auf die rechte Selbsthülfe gerichteten Sinn der arbeitenden Klassen selbst. Die schweren Uebel, welche die massenhafte Anhäufung der beweglichen Bevölkerung an den Mittelpunkten der Industrie in gesundheitlicher und moralischer Beziehung zur Folge hat, das Elend, welches eine überraschende Handelskonjunktur oder die unerwartete Verdrängung gewisser Arbeiter durch eine neu erfundene Maschine herbeiführt, das sind Kalamitäten, welche den Politiker, wie den Menschenfreund ernsthafter beschäftigen müssen,

---

*) J. M. Ludlow und Lloyd Jones, die arbeitenden Klassen Englands in sozialer und politischer Beziehung (1867).

als der chronische und schließlich doch immer durch die unlenkbaren Einwirkungen des freien Verkehrs entschiedene Streit um die Höhe des Arbeitslohnes. In der genossenschaftlichen Selbsthülfe und wechselseitigen Versicherung sind auch für diese Kalamitäten, die freilich ebenso wenig als Krankheit und Verbrechen ganz auszurotten sind, Linderungsmittel vorzubereiten und das, in den politischen Institutionen wachsende, Bewußtsein der gesellschaftlichen Solidarität wird auch die beglückteren Stände immer lebhafteren Antheil daran nehmen lassen. Aber die Kriegserklärung gegen das Kapital fördert dieses Solidaritätsbewußtsein keineswegs, sondern verstärkt nur das isolirende Klassen- und Standesgefühl auf beiden Seiten. Marx selbst erkennt den Schutz der englischen Gesetze für Leben und Gesundheit der Arbeiter als dankenswerth an und verlangt mit Recht noch stärkere Gesundheitsklauseln. Er vertheidigt den Schulzwang und die Erziehungsklauseln der englischen Fabrikgesetze und fordert darüber hinaus das System „halber Arbeit und halber Schule", welches Robert Owen zuerst empfohlen hat, nebst der Einführung technologischen Unterrichts in die Fabrikschulen. Als Agitator erklärt sich Marx gegen den Stücklohn, den er nur als „eine verwandelte Form des Zeitlohns" und als ein Vehikel zu noch stärkerer Ausbeutung der Arbeitskraft betrachtet. Dennoch kann nicht bestritten werden, daß der Stücklohn eher, als der Tagelohn, zur sozietären Arbeit führt. Ueberhaupt ist in der Stücklohnarbeit, wie die Praxis bestätigt, eine Stufe höherer Selbständigkeit des Arbeiters beschritten. Selbstverständlich müssen die gesetzlichen Schranken der Arbeitsausbeutung (z. B. an Unmündigen) auch auf die genossenschaftlichen Formen der Arbeit Anwendung finden.

In Marx's Schüler, Lassalle, zeigt sich der Rückfall zu Louis Blanc's völlig unwissenschaftlicher „Organisation der Arbeit" durch Produktivassoziationen mit Staatskredit. Da nun

Marx's anderer Schüler, Engels, zum „Kleinbürger“ Proudhon mit seinem absolut gleichen Arbeitslohn, seinem unentgeltlichen Kredit und seinen Volksbanken rangirt wird, so sieht man, wie die Schule, kaum entstanden, sich schon zersplittert. —

In der Bodenrententheorie steht Schäffle mit einem Fuße selbst auf dem sozialistischen Standpunkt, sucht aber die abstrakte Theorie mit den Institutionen der Wirklichkeit durch Anwendung genossenschaftlicher Formen zu vermitteln. Er bekennt sich, in derselben Ricardo'schen Richtung, zu einer Malthus'schen Angst vor Uebervölkerung, welche glücklicherweise geschichtlich nicht gerechtfertigt ist, und beantragt, der vermeintlichen Gefahr durch Paternitätsklagen, Umänderung der Armengesetze nach der strengeren Seite hin und durch eine Art Kinderguts-Versicherungs-Verpflichtung zu begegnen, welche letztere auf die ehemaligen Beschränkungen der Verehelichungsfreiheit hinausläuft. So schlägt die sozialistische Tendenz auch bei dem gelehrten Professor in Unfreiheit und Reaktion um. Ueberall begegnen sich der alte und der neue Zwangsstaat und reichen einander die Hände. Doch sie sind nicht mehr gefährlich, wenigstens nicht für das Gemeinwesen. Einzelne Mitglieder des Arbeiterstandes mögen dem Glauben an diese Theorien noch zum Opfer fallen; jeder Versuch der Verwirklichung führt diese Theorien so rasch ad absurdum, daß die gesunden Grundsätze der Wissenschaft für jedes Opfer tausend Anhänger gewinnen.

Diese Verquickung mit reaktionären oder staatsfeindlichen Tendenzen charakterisirt vorzugsweise die deutsche Sozialistenschule, während die französische durch die Erinnerungen an 1793 und durch die leidenschaftliche Genußsucht der Massen bezeichnet wird; — wogegen die englische sich jedenfalls durch eine mehr praktische Richtung günstig auszeichnet. Zu wirklichen Versuchen, die Theorien in die Realität zu übersetzen, ist es in Deutschland am seltensten gekommen. Während in Frankreich

Sozialismus und politische Revolution sich identifiziren, waren in England alle Arbeiterverbindungen von Alters her klug genug, sich ausdrücklich der Politik ferne zu halten und zum Beispiel auch in aufgeregten Zeiten die dargebotene Allianz der Chartisten energisch zurückzuweisen. Erst in der neuesten Zeit sind die Arbeiter durch das unmittelbare Interesse an der Erweiterung des politischen Stimmrechts zu thätigen und bewußten Mitgliedern der vorgeschrittenen liberalen Partei geworden, und zwar in der löblichen Weise, daß die eigentlichen Arbeiterkandidaturen, d. h. die einseitige Vertretung eines ausschließlichen Klassenbewußtseins, bei ihnen wenig Anklang fanden.

Das schon erwähnte Buch von Ludlow und Lloyd Jones knüpft hieran seine Auseinandersetzungen; es sollte die Frage beantworten, welche Fortschritte der Arbeiterstand seit der Reformakte gemacht hat, und wie weit diese etwaigen Fortschritte der eigenen Thätigkeit des Arbeiterstandes zu verdanken sind. Die Antwort fällt überaus günstig aus, und obgleich sie von zwei Männern gegeben wird, welche, dem Arbeiterstand durch Sympathie und Lebensstellung nahe gerückt, nicht gerade für völlig unbestochene Zeugen gelten können, so macht doch ihre schmucklose, nur auf Thatsachen beruhende Darstellung einen sehr gewinnenden Eindruck. Das Buch erschien kurz nachdem die Gräuel des Sheffielder Gewerkvereins an das Tageslicht getreten waren. Die Verfasser suchen uns zu überzeugen, daß dieses Assassinenthum mehr einer von den alten Zünften ererbten, meistens untergehenden Gewerbzweigen eigenthümlichen, im Ganzen verschwindenden Richtung angehöre, welche nur so lange unbestritten geherrscht habe, als das Koalitionsverbot die Arbeiter zu Verschwörungen und Heimlichkeiten aller Art nöthigte.

Noch vortheilhafter beurtheilt in neuester Zeit ein deutscher Schriftsteller diese Verbindungen, nehmlich L. Brentano („Zur Geschichte der englischen Gewerkvereine“, Leipzig 1871) der mit ächt deutschem Forscherfleiß an die fremdartige Erscheinung geht, deren Vorgeschichte er hauptsächlich in diesem ersten Bande behandelt. Er knüpft die englischen Gewerkvereine geschichtlich an das alte Gildenwesen an, und zwar nicht blos nach der inneren Verwandtschaft der leitenden Gedanken, sondern unmittelbar, indem er den Nachweis des ununterbrochenen Zusammenhanges zwischen den Arbeitergilden der Vergangenheit und denen der Gegenwart führt. So zeigt er z. B., daß die beschränkenden Regeln der alten Gilden, besonders das Elisabethische Gesetz über das Erforderniß einer bestimmten Lehrlingszeit, nachdem es scheinbar längst in Vergessenheit gerathen und auch nach seiner ausdrücklichen Abschaffung, noch als Sitte in vielen Handwerkszweigen fortbestanden haben und daß die genossenschaftliche Agitation der „gelernten" Arbeiter gerade nur in denjenigen Industriezweigen, wo es wirklich ausgefallen sei, zu den modernen Gewerkvereinen geführt habe. Die innere Verwandtschaft bewährt der gelehrte Verfasser an seiner eigenen Anschauungsweise, indem er in der That ganz logisch die Gewerkvereine mit einer Apologie des Zunftwesens vertheidigt.

Weniger vom historischen Standtpunkt aus, sondern mit unmittelbarster Beziehung auf die Gegenwart und auf der Grundlage der freihändlerischen Volkswirthschaftslehre behandelt ein neueres englisches Werk die Gewerkvereine. (William Thomas Thornton, Die Arbeit, ihre unberechtigten Ansprüche und ihre berechtigten Forderungen, ihre wirkliche Gegenwart und ihre mögliche Zukunft (1869). Thornton's objektive und an sachlichem Material reiche Darstellung läßt keinen der wesentlichen Gesichtspunkte außer Acht. Weit über die Grenzen seiner Sympathie hinaus fordert er Gerechtigkeit für die Gewerkvereine und deren gesetzliche Anerkennung. Auch er beginnt mit dialecktischen Untersuchungen über das innere Maß des Arbeitslohnes; wie weit oder wie wenig die Arbeit, gleich oder ungleich anderen Waaren, vom

Verhältniß des Angebots zur Nachfrage bestimmt werde. Von praktischem Nutzen sind diese Untersuchungen so lange nicht, als man für den Preis der Arbeit keinen anderen Rechtstitel aufstellen kann, als die Vertragsfreiheit der kontrahirenden Theile. Auch die Arbeitseinstellungen, welche den Arbeitslohn emporzuschrauben bezwecken, sind formell nur berechtigt, so lange sie sich auf die allgemeine Transaktionsfreiheit stützen und gegen den Einzelnen dabei kein Zwang ausgeübt wird. Alle die Argumente, welche gegen das unverbrüchliche Gesetz der Ausgleichung von Angebot und Nachfrage ins Feld geführt werden, zum Beispiele: daß die Arbeit eine Waare sei, welche nicht aufbewahrt werden könne und darum im freien Verkehr oft unter dem Preis losgeschlagen werden müsse, sprechen jedenfalls noch stärker gegen die Strikes, als gegen die friedlichen Mittel des freien Verkehrs. Die Transaktionsfreiheit erscheint natürlich meistentheils, dem gegebenen konkreten Fall gegenüber, als eine bloße Abstraktion, denn die Willensfreiheit des Kontrahirenden ist durch den Drang der Umstände verhüllt. Die wahre Freiheit ist überall nur durch Bildung zu erreichen. Wenn irgendwo, so gilt das augenscheinlich für die Verwerthung und Erhöhung der Arbeitskraft, daß Bildung Freiheit gewährt.

Leider haben die Führer der Gewerkvereine meist den entgegengesetzten Weg vorgezogen und in dem Krieg gegen das Kapital die Rohheit und Verwilderung der mittelalterlichen Werkstattsfehden und eines mittelalterlichen Zunftzwanges aufgeboten. Für den vermeintlichen Dienst der Freiheit wurden die Waffen der Unfreiheit geschärft, so daß man über diesen Schattenseiten vielfach die wohlthätigen Leistungen der Gewerkvereine zur wechselseitigen Versicherung ihrer Mitglieder gegen Altersschwäche, Krankheit, Brodlosigkeit u. s. w. fast vergaß.

Nur allzuleicht entspringt und verbreitet sich in den Arbeiterkreisen die Meinung, daß der Arbeitslohn durch ungerechten

Druck niedergehalten werde, sowie daß er durch zwangsweise Einwirkung gesteigert und fixirt werden könnte. Was der Sozialismus früher von seinem Idealstaate verlangte, nämlich die Feststellung eines „gerechten" Arbeitslohnes, das sollten später die Strikes erzwingen. Beim Staate ist es von selbst einleuchtend: wenn er den Arbeitslohn festsetzt, so muß er folgerichtig nicht blos für den Kapitalzins aufkommen und für den Unternehmergewinn eine Art von gesetzlich bestimmter Garantie übernehmen, sondern vor allen Dingen muß er den Preis der unentbehrlichen Lebensmittel fixiren; denn was nützte auch der höhere Arbeitslohn, wenn die Lebensmittel in demselben Verhältniß oder, wahrscheinlicherweise, in einem noch höheren stiegen? Gerade so verhält es sich aber in der Regel bei den Arbeits-Einstellungen; die Decke ist immer irgendwo zu kurz. Jede Arbeitseinstellung ist Vernichtung einer Portion Arbeit und zugleich Minderung des Ertrages des Kapitals, also des Fonds, aus welchem die Löhne bezahlt werden. Die übrig gebliebene Arbeit wird möglicherweise im Verhältniß ihrer Seltenheit momentan etwas theurer; allein der Theil, welcher verloren ging, ist zunächst dem Arbeiterstande verloren gegangen. Auf der andern Seite sind auch die Güter, mit welchen er bezahlt wird, seltener und also auch theurer geworden. Wird das fertige Kapital durch die Verminderung der Arbeit etwas entwerthet, so geschieht das keinenfalls in dem Maße, wie bei dem anderen, sich noch bildenden Kapital, welches Arbeit heißt; denn seine Quelle, die Arbeitskraft, wird angegriffen, geschwächt und gemindert. Jegliche partielle oder allgemeine Arbeitseinstellung hat eine partielle oder allgemeine Theuerung zur Folge; nur mit dem Unterschiede, daß die Theuerung einer Waare in der Regel auch den Preis anderer Waaren nach sich zieht und so bis zu den unentbehrlichen Lebensmitteln um sich greift.

Die Koalitionen, welche das Gesetz von Angebot und

Nachfrage überwinden und die freie Konkurrenz zügeln wollen, bewähren sich also ebenso wenig, als die sozialistischen Zwangsmaßregeln. Dem Kollektivwillen der Arbeiter tritt übrigens sehr bald die Vereinigung der Arbeitgeber gegenüber. Haben Jene oft durch Ueberraschung gesiegt, so können Diese besser warten und siegen schließlich immer durch Ausdauer, wenn nicht im ersten, doch im zweiten Feldzuge, nach Verblutung der Gegner. Die Arbeiter haben oft den Vorsprung, die Fabrikherren schließlich den Vortheil. Im kleinen Kriege siegen Jene manchmal, im großen Diese fast immer. Damit soll nicht gesagt sein, daß die Koalition der Arbeiter nicht erfolgreich sein könne, wo der Preis der Arbeit, in einzelnen Gewerbszweigen, hinter dem naturgemäßen Verhältniß zurückblieb, zum Beispiel, wo sich die Ertragsfähigkeit einzelner Industriezweige plötzlich stark gesteigert hat. Die Natur der Verhältnisse muß in dem energischen Willen der Betheiligten Ausdruck und Verwirklichung finden. Wo aber eine Steigerung über das natürliche Maß des Arbeitsantheils an der Produktion durch Gewalt oder Ueberraschung erzwungen ward, da wird sich bald eine Reaktion geltend machen, welche auch noch die Kosten der Krisis dem Arbeiter auflädt. Denn jeder Strike, auch der gerechtfertigte, ist von Umständen begleitet, welche an sich den Arbeitslohn herabdrücken. Obgleich man glauben sollte, der Arbeiterstand würde seinen Widerstand niemals so weit treiben, um den Industriezweig, von dem er lebt, ernsthaft zu schädigen, da er doch nur einer wirklichen oder scheinbaren Ungerechtigkeit entgegenzutreten beabsichtigt, so führt uns doch Thornton mehrere ganz beträchtliche und, wie wir wissen, nicht einmal sämmtliche englische Fabrikationszweige an, welche durch die erzwungene Erhöhung des Arbeitslohnes die Fähigkeit der Konkurrenz mit dem Auslande verloren haben. Thornton erzählt, unter anderen, von einem Strike, der über achtunddreißig Wochen gedauert und weit über 400,000 St. an Löhnen gekostet hat. Noch dazu sind die in Geld anzuschlagenden Verluste selten die schwersten; wie viele Nachtheile sind unberechenbarer Natur! Oft wird übersehen, daß die Arbeitseinstellung der einen Arbeiter-Kategorie auch diese und jene und eine dritte Arbeiterkategorie brodlos macht, welche entweder mit der ersten zusammenarbeitet, oder deren Produkte verarbeitet, oder für deren Erwerb Waaren liefert. Mag nun die Koalition der Arbeiter für höhere Löhne in vielen vereinzelten Fällen berechtigt sein, so ist jedenfalls die Tendenz der Gewerkvereine zu Verbindungen, ja Verschwörungen in immer weiteren Kreisen eine höchst gefährliche. Dem Schein zum Trotz, wird sich hier zuweilen die Einigkeit nicht als Stärke, sondern als Schwäche erweisen. Vom Gebiet der Interessen, wohin sie gehört, wendet sich nun die Arbeiterpolitik zu den Theorien. In der englischen Industrie haben sich die Gewerkvereine bisher zwar nach Provinzen vereinigt, aber nach einzelnen Branchen und Fertigkeiten gesondert. Mit der Einfuhr auf den Kontinent aber hat die idealistische Seite an Verstärkung gewonnen, und schon steht man an der Schwelle internationaler Assoziationen und universeller Arbeiterbünde, welche gelegentlich das Grundeigenthum in Bann thun und auf dem besten Wege sind, das ganze Kapital abzuschaffen. Beiläufig gesagt, ist es eine ausnahmslose Erfahrung, daß der Gewerkverein, sobald er zur Kriegsmaschine umschlägt, die Unterstützungszwecke vernachlässigt und in dieser Hinsicht keine Sicherheit mehr bietet.

Indem Thornton die Mittel prüft, durch welche die Gewerkvereine sich erhalten und wachsen, unterscheidet er zwischen dem formellen Recht, dem moralischen Werth und dem ökonomischen Nutzen derselben. In ersterer Hinsicht zieht er mit Fug und Recht die Grenzen ziemlich weit, aber scharf. Die Koalitionsfreiheit ist zuerst allgemeinen Rechtes und dann die Grundlage der Selbständigkeit des Arbeiters. Auch ist es eine geschichtliche Thatsache, daß die Gewerkvereine vielen unsittlichen Mitteln allmälig entsagt haben, seitdem sie am hellen Tageslicht auftreten und wirken dürfen. Es ist jetzt für England im Werk, ihnen unter Normativbedingungen den Schutz der Gesetze zu verleihen, so daß zum Beispiel ihr Sammelfonds nicht länger ungestraft von ihren Beamten veruntreut werden kann. Auch dieser politische Fortschritt wird das sittliche Gleichmaß in weiteren Kreisen erhöhen.

In ökonomischer Beziehung untersucht Thornton nicht blos, wo, wie und wann die Koalitionen das Verhältniß der Arbeit zum Kapital dauernd beeinflussen konnten, sondern auch, was die Vereine zur ökonomischen Hebung des Arbeiterstandes überhaupt geleistet haben. In moralischer Beziehung verwirft er Vieles, was er in juristischer zulassen muß. Zum Beispiel mag es einem Gewerksgenossen streng juristisch gestattet sein, die Kameradschaft eines sogenannten „Wilden" abzulehnen; die, dadurch bewirkte, mittelbare Ausschließung eines solchen von seiner Nahrungsquelle ist darum nicht weniger roh und grausam. Doch blieben die Gewerksvereine zum großen Theil nicht einmal an dieser Grenze zwischen Moral und Recht stehen. Ihr Terrorismus, der in früheren Zeiten oft ganze Fabrikdistrikte mit Angst und Schrecken erfüllte, entzog sich, trotz seiner verbrecherischen Art, oft der gesetzlichen Ahndung. Dazu kam noch die Ausbeutung der Mitglieder durch die Chefs, welche manchmal viel schlimmer war und härter drückte, als der Druck auf die „Wilden".

In vielen Industriezweigen gehört kaum mehr, als der zehnte Theil der Arbeiter, einem Gewerkvereine an, in fast keinem übersteigen die Gewerkvereinsmitglieder die Hälfte der Arbeiter. Aber es sind Vereine darunter, welche von ihren Mitgliedern wöchentliche Beiträge bis zu einem Schilling (= 10 Silbergroschen) erheben. Bei Orts- oder Arbeits-Veränderung, sowie bei momentaner Zahlungseinstellung sind, nach der bisherigen, jedenfalls verwerflichen, Praxis alle bereits geleisteten Beiträge verfallen. Viele Häuptlinge führen von diesem Blutgeld ein müßiges und selbst üppiges Leben. Wo die Gewerkvereinsmitglieder in der Minorität sind, üben sie doch in der Regel, als organisirte und disziplinirte Macht, mittelst Drohung und Gewalt die Herrschaft über die Gesammtheit der Arbeiter aus. Nicht blos die gewaltthätigen Mittel sind zum Theil dem Zunftzwang des Mittelalters entlehnt, sondern mehr noch der Inhalt einer Reihe von Forderungen der Gewerkvereine. Ganz im Widerspruch mit dem wahren Interesse des Arbeiterstandes an seiner intellektuellen Entfaltung, verfolgen die Gewerkvereine, in ihrem übel berathenen und höchst kurzsichtigen Eigennutz, die Tendenz, alle Thätigkeiten nach spezialisirten Fertigkeiten gesondert ausüben zu lassen und jede Auflehnung gegen diese übertriebene Zersplitterung rächend zu verfolgen. Dadurch wird der Arbeiter, den sie befreien zu wollen vorgeben, zur Maschine und völlig unfähig, sich in veränderten Verhältnissen zurecht zu finden. Ueberall halten sie an dem alten Schlendrian fest und verschwören sich oft untereinander zu protektionistischen Maßregeln, selbst gegen benachbarte Distrikte. Diese unionistische Reaktion vertheuert die Industrie, welcher sie höhere Löhne abdingen will, und schädigt die Arbeitskraft an der Wurzel ihres Seins. In dieser Richtung wüthen manche Gewerkvereine gegen auswärtige Arbeiter, die meisten richten wahre Barrièren auf zwischen dem Lehrlings- und dem Gesellenstande und ahmen besonders in dieser Beziehung die alten Zünfte nach. Wo sie unbedingt herrschen, verbieten sie die Benutzung der überzähligen Arbeitsstunden; ja das rasche Arbeiten, das sogenannte „Jagen", verfällt schon ihrer Acht und Aberacht. Natürlich ist bei ihnen die Stückarbeit verpönt, und ihr Minimalsatz, den sie den Arbeitgebern abtrotzen, ist die offenbarste Begünstigung der unfähigen Arbeiter gegen die fähigeren und fleißigeren; der Minimalsatz wird zum

Maximalsatz, denn der Fabrikherr wird durch ihn gezwungen, alle seine Leute über einen Kamm zu scheeren.

Diese abstrakte Gleichheit enthält selbstverständlich die gröbste Ungerechtigkeit und stumpft die Antriebe zu höheren Leistungen in den Arbeitern völlig ab. Es stellt sich wiederum hier heraus, daß jede einseitige Einwirkung auf die Transaktionsfreiheit zur Reaktion führt, indem sie die sittlichen Momente der freien Volkswirthschaft ertödtet. Wenn die Unternehmer den sie bedrängenden Koalitionen nicht mit gleicher Wehr und Waffe entgegentreten, so werden sie endlich dazu getrieben, vom Staate zu fordern, daß er sich in einen geschlossenen Handelsstaat verwandle. Das sehen die klügeren Arbeiterführer wohl ein; und da sie weder den Welthandel hintertreiben, noch Schiffahrt und Eisenbahnen zerstören können, so sind sie gesonnen, die große Arbeiterverschwörung über die ganze civilisirte Welt auszudehnen, den Arbeiterstand von den nationalen Interessen und dem nationalen Zusammenhang loszulösen und für die „Vereinigten Staaten von Europa", konsequenter für die Universalrepublik mit dem Fourier'schen Diktator auf der Panama-Enge, reif zu machen. Dazu gehört zuvörderst die Abstraktion eines isolirten und in seinen Interessen dem besitzenden Bürgerstande feindlich entgegengestellten Arbeiterstandes, wie er sich glücklicherweise selbst in den Distrikten der entwickeltesten und ausgeprägtesten Fabrik-Industrie nicht abschälen und lostrennen läßt. Hoffentlich bewahrt das geringere Konspirationstalent, das entwickelte Gefühl für persönliche Freiheit und das, durch Schulze-Delitzsch und andere verdiente Männer beförderte, Genossenschaftswesen uns Deutsche künftighin vor der Gefahr solcher erbärmlichen Versuche.

Nachdem Thornton den Kampf der „Arbeit" gegen das „Kapital" geschildert hat, bespricht er auch „die Arbeit im Bunde mit dem Kapital", das heißt: die verschiedenen Formen, welche bezwecken, den mehr scheinbaren als wirklichen Konflikt durch bestimmte Assoziationen zu lösen und die angebliche Kluft zu überbrücken. Er versteht darunter das Genossenschaftswesen, besonders die Produktivgenossenschaft vereinigter Arbeiter, sowie die, unter dem Namen der „Industrial Partnership“ bekannte Theilhaberschaft der Arbeiter am Fabrikgewinn. Seine praktischen Beobachtungen sind wohl geeignet, die Anwendbarkeit dieser Geschäftsnormen auf das richtige Maß zurückzuführen. Die Betheiligung der Arbeiter am Reingewinn erscheint nur da angemessen, wo der Prozentsatz der Arbeitskosten zu den gesammten Produktionskosten sehr beträchtlich ist. Wahrscheinlich wird dieses Prinzip auch auf die Produktivgenossenschaften anzuwenden sein; doch so, daß mit dem Wachsthum der Kreditvereine auch für die Produktivgenossenschaften der Spielraum allmälig weiter zu ziehen wäre. Jedenfalls sollten die Produktivgenossenschaften sich zunächst vorzugsweise denjenigen Industriezweigen zuwenden, welche einen einfachen Betrieb bedingen. Dann müssen sie klein und sicher anfangen, um langsam und stetig zu wachsen. Es versteht sich von selbst, daß sie durch freie Vereinigung wirklicher Arbeiter geleitet werden, um das System der Selbsthülfe nach allen Seiten zu verwirklichen und so den Arbeiter durch die ökonomische Selbstbefreiung zur politischen Freiheit zu erziehen.

In der Regel müssen alle Produktivgenossenschaften und ähnlichen Verbindungen auf besonders vortheilhaften Voraussetzungen beruhen, um den Kampf um das Dasein bestehen zu können. Bei den entwickelten und verwickelten Verhältnissen der großen Industriestaaten kann begreiflicherweise der gute Wille der besitzenden Klassen in dieser Hinsicht nicht in Betracht kommen. Was in der industriellen Welt nicht auf den eigenen Füßen steht, muß früher oder später fallen. Gerne lassen wir uns z. B. die reizende Darstellung der genossenschaftlichen Fabrik-

Industrie von Lowell (unweit Boston in Massachussets) bieten, welche Prof. Tellkampf in seiner kleinen Schrift „über Arbeiterverhältnisse und Erwerbsgenossenschaften in England und Nordamerika" (Halle 1870) entwirft; aber wir fragen uns, ob bei der gesteigerten Konkurrenz solche Etablissements hätten aufkommen können, wenn wir auch nicht bezweifeln, daß sie sich halten können, so lange sie vernünftig geleitet werden. Diese erfreulichen und gesunden Zustände hängen keineswegs mit dem nordamerikanischen Schutzzollsystem zusammen, das vielmehr nachweislich (vergl. den Schluß der Tellkampf'schen Abhandlung) auf die Gesammtstellung des Arbeiterstandes ungünstig eingewirkt hat.

Nicht Mißtrauen, aber Vorsicht ist den Versuchen entgegenzustellen, welche die Gränzen zwischen dem Arbeiter und dem Unternehmer verwischen sollen, und namentlich ist hier keine Form als allgemeine Panazee zu betrachten, keine der Gesetzgebung als künftiges Maaß aller Transaktionen zu empfehlen. Bekanntlich wurde die industrielle Partnership mit übertriebenem Enthusiasmus in dieser Weise angepriesen. Nimmermehr aber wird sich hierfür eine allgemein gültige Regel aufstellen lassen, welche den Antheil der Arbeit am Gewinn in feste Prozentsätze bringt, wie es auf landwirthschaftlichem Gebiete — eben auch vergeblich — von Thünen versucht hat. Nimmermehr wird der Antheil am Gewinn ohne den etwaigen Antheil am Verlust rechtmäßig begründet werden können. In den meisten Fällen werden Täuschung und Illusion dabei einander begegnen; — in was für Verwandlungen man auch den Arbeitslohn verkleide, er wird dadurch im Wesentlichen nicht erhöht. Erhöht kann er nur werden aus der ganzen gewerblichen Konstellation heraus, namentlich durch die höheren Leistungen und also mittelbar durch die bessere Bildung des Arbeiterstandes. An dieser großen Kulturbewegung müssen sich alle Stände betheiligen. Was in England die beglückteren Klassen (zuerst unter Prinz Albert's

Initiative) beispielsweise für die Herstellung gesunder Arbeiterwohnungen geleistet haben, natürlich ohne der Bewegung die verwerfliche Form der Almosenvertheilung zu geben, was von vielen Seiten für die allmälige Verkürzung der Arbeitsfristen geschah, das muß in weit stärkerem Maaße für die humane und technische Kultur des Arbeiterstandes überhaupt geleistet werden.

Das allgemeine Stimmrecht macht die ganze Nation dafür verantwortlich und davon abhängig, daß die soziale Reform durch Bildung und Freiheit angebahnt und gefördert werde. Nur unter dieser Voraussetzung darf man hoffen, daß jene revolutionären Gespenster der volkswirthschaftlichen Reaktion in Nacht und Nichts verschwinden.

III.

Wilhelm v. Humboldt als theoretischer Politiker.

In einem gewissen Sinne sind wir jedenfalls Epigonen. Die klassische Epoche unserer Literatur, Poesie und Philosophie liegt weit hinter uns, und wir zehren von ihrer Erbschaft. In den letzten Jahren, da das halbhundertjährige Fest der nationalen Erhebung gefeiert ward, folgten, Fest auf Fest, die hundertjährigen Geburtstage unserer Geisteshelden. Ihr rüstigstes Schaffen, ihren schönsten Glanz hatten sie schon erlebt, als die Nation sich auf sich selbst besann. Die Meisten jener stolzen Namen sind mit der Befreiungsthat des Volkes direkt oder indirekt enge verknüpft. Obgleich auch Wilhelm v. Humboldt diesen beizuzählen ist, so gehört er doch weder zu den eigentlich populären Persönlichkeiten seiner Zeit, noch war er in erster Linie Politiker. Die staatsmännische Seite seines Wesens tritt doch neben anderen, weitaus bedeutenderen und fruchtbareren, immer mehr in den Hintergrund. Seine wenigen Schriften über Staatswesen und Politik haben aber ein besonderes Interesse, sowohl im Zusammenhang mit ihrem Verfasser, als im Zusammenhang mit ihrer Zeit, und sind noch heute aufmerksamster Beachtung würdig. Ueber Wilhelm v. Humboldt ist schon so Vieles und so Treffliches gesagt und geschrieben worden, daß kaum eine geringe Nachlese zu halten übrig bleibt. Daß der ganze Mann, und zwar ebensowohl seine einheitliche Persönlichkeit, in deren reichhaltiger Entwickelung weder jugendliche Unreife noch Altersschwäche nachzuweisen ist, als seine bedeutenden Leistungen, zu den großen und unverlierbaren Besitzthümern der Nation gehört und gleichsam in dem ewig grünen Gewölbe ihrer Geistesschätze eines der edelsten Inventarstücke ausmacht, davon ist allgemach jeder Gebildete überzeugt worden. Wo sein Namen zur Geltung kommt, glaubt man reinere Luft zu athmen. Alles, auch das Unbedeutendere wird durch die Berührung seines Genius geadelt, in eine stilvolle Umgebung gerückt und von seiner Hand mit dem Stempel der Idealität versehen. Das Gepräge unserer klassischen Literatur ruht auf ihm, der Sieg der Idee erscheint in ihm verwirklicht, man möchte sagen: der unbestrittene Sieg.

Es gehört zur ganzen Signatur der Epoche, welcher der preußische Staat seine Wiedergeburt verdankt, daß eine so ideale, so hellenische Natur an ihrem Eingange steht. Wie unser heutiger, strebender und kämpfender Idealismus von jenem beruhigten und selbstgewissen Idealismus der Schiller und Wilhelm von Humboldt verschieden ist, so ist das spezialisirende Streben der heutigen Gelehrsamkeit von der Universalität verschieden, welche das Humboldt'sche Brüderpaar an jenem bedeutsamen Wendepunkte in der deutschen Wissenschaft vertrat. Man hat gesagt, daß die beiden Humboldt zusammen das ganze Gebiet aller Wissenschaften umfaßten; jedenfalls hat Wilhelm von Humboldt mit schaffender Kraft die Bahn der vergleichenden Sprachwissenschaft eröffnet und in vielen verwandten Fächern die fruchtbarsten Anregungen ausgestreut. Auf diesem Boden steht sein unerschütterlicher Ruhmestempel.

Nicht ganz so schöpferisch ist seine Wirksamkeit auf dem Felde der Staatswissenschaft. Und auch bei der Betrachtung seiner umfangreichen und gewichtigen praktischen Thätigkeit in der Politik hat man das Gefühl, daß sein eigentliches Wesen nicht darin aufgeht, seine glänzendsten Eigenschaften darin kaum zur Erscheinung kommen. Er war seiner Natur nach objektiv und beschaulich, und die Energie seines praktischen Wirkens, die dem Charakter dadurch zu desto höherem Lobe gereicht, erscheint als eine durch Reflexion vermittelte. Die rechte Leidenschaft schien zu fehlen, und nur zu leicht erklärt es sich, warum der weiseste Rathgeber im Rathe des Königs tauben Ohren predigte. Vielleicht war das leidenschaftliche Wollen das Einzige, was ihm zum praktischen Staatsmanne abging; denn an praktischen Gesichtspunkten fehlte es ihm keineswegs. Dennoch stellt sich ein schöner Zusammenhang dar zwischen den theoretischen Schriften des Jünglings und den praktischen Anschauungen des gereiften Mannes, ein Zusammenhang, wie er bei andern Staatsmännern selten oder nie zu finden ist.

In seinen wenigen und noch weniger bekannten Schriften bewährt sich die kühne und selbständige Auffassung eines hohen Geistes, aber auch eine gewisse abstrakte Einsamkeit, so daß die Zeitgenossen davon unberührt blieben. Es waren auch nur unscheinbare Gelegenheitsschriften und zum Theil absichtlich der Oeffentlichkeit vorenthalten. Das Hauptstück — die „Ideen zu einem Versuch, die Grenzen der Wirksamkeit des Staats zu bestimmen", — ist in der Gestalt, in welcher es zuerst 1851 von Dr. Eduard Cauer (Breslau) herausgegeben wurde, nur ein Torso. In der Förster'schen Sammlung (Berlin 1869) ist es noch unvollständiger gegeben. Was die Theile eines wohldurchdachten und innerlich geordneten Ganzen sind, erscheint hier als aphoristisches Material. Nur die Kapitel: „Ueber die Sorgfalt des Staates für die Sicherheit gegen auswärtige Feinde." — „Ueber die Sittenverbesserung durch Anstalten des Staates." — „Ueber öffentliche Staatserziehung." — „Wie weit darf sich die Sorgfalt des Staates um das Wohl seiner Bürger erstrecken?" sind hier mitgetheilt. — Dies sind vier von sechszehn Kapiteln, welche aus einem gegliederten dialektischen Prozeß gleichsam organisch herauswuchsen. Weder die Titel der hier mitgetheilten Abschnitte, noch die dafür befolgte Reihenfolge sind dem Original, wie es jetzt vor uns liegt, getreu entnommen. Es sind eben nur die in Schiller's „Thalia" und Biester's „Berlinischer Monatsschrift" erschienenen Bruchstücke, aber, mit der Cauer'schen Herstellung des Textes verglichen, sind auch die gegebenen Kapitel an sich nicht für vollständig zu erachten.

Die Förster'sche Sammlung beginnt mit der berühmten Abhandlung über die Aufgabe des Geschichtsschreibers, in welcher hinter dem bescheidenen Titel auf wenig Blättern tiefe geschichtsphilosophische Probleme erörtert sind. Man könnte fragen, ob diese Arbeit hierher gehört; wir würden aber nicht anstehen, die Frage unbedingt zu bejahen. Die innere Verwandtschaft zwischen der Betrachtungsweise des Humboldt von 1820 und der des Humboldt von 1791 rückt auch die behandelten Stoffe näher zusammen. Wie in der geschichtsphilosophischen Abhandlung das Verhältniß der Idee zu den Thatsachen ermittelt und für die Darstellung dieses Verhältnisses die wissenschaftliche und die künstlerische Methode gesucht wird, so ist in dem ersten politischen Erzeugniß des Jünglings eine ganz analoge Aufgabe zum Gegenstand genommen. Nämlich in dem „Briefe an einen Freund" im August 1791 geschrieben, den die Biester'sche Monatsschrift unter dem Titel: „Ideen über Staatsverfassung, durch die neue französische Konstitution veranlaßt", an das große Publikum verrieth, ist die Frage zur Beantwortung gestellt: „ob ein völlig neues Staatsgebäude nach bloßen Grundsätzen der Vernunft auszuführen sei?" Die scharfe Analyse und das konkrete Ergebniß dieses ersten Versuchs ist ein wahrer Triumph des philosophischen Denkens. Humboldt mißbilligt nicht die Grundsätze der konstituirenden Nationalversammlung Frankreichs, aber er bestreitet die Möglichkeit ihrer unmittelbaren Verwirklichung.

Er sagt: „Für eine nach bloßen Grundsätzen der Vernunft systematisch entworfene Staatsverfassung kann nie eine Nation reif genug sein. Die Vernunft verlangt ein vereintes und verhältnißmäßiges Wirken aller Kräfte. Außer dem Grade der Vollkommenheit jeder einzelnen hat sie noch die Festigkeit ihrer Vereinigung und das richtigste Verhältniß einer jeden zu den übrigen vor Augen. Wenn aber auf der einen Seite die Vernunft nur durch das vielseitigste Wirken befriedigt wird, so ist auf der anderen das Loos der Menschheit Einseitigkeit. Jeder Augenblick übt nur Eine Kraft in Einer Art der Aeußerung."

„Wie mit dem einzelnen Menschen, so mit ganzen Nationen. Sie nehmen auf Einmal nur Einen Gang. Daher ihre Verschiedenheiten unter einander; daher ihre Verschiedenheiten in ihnen selbst in verschiedenen Epochen. Was thut nun der weise Gesetzgeber? Er studirt die gegenwärtige Richtung; dann, je nachdem er sie findet, befördert er sie oder strebt ihr entgegen; so erhält sie eine andere Modifikation, und diese wieder eine andere und so fort. So begnügt er sich, sie dem Ziele der Vollkommenheit zu nähern. Was aber muß entstehen, wenn sie auf einmal nach dem Plane der bloßen Vernunft, nach dem Ideale arbeiten, wenn sie nicht mehr genügsam Eine Trefflichkeit verfolgen, sondern zu gleicher Zeit nach allen ringen soll? Schlaffheit und Unthätigkeit!"

Hierin liegt der Kern der Humboldt'schen Anschauungen. Am Schluß dieses Briefes, in welchem die leitenden Gedanken noch ziemlich unbehülflich nach der entsprechenden Form ringen, spricht er es aus, „daß die Resultate an sich nichts sind, Alles nur die Kräfte, welche jene hervorbringen und aus ihnen wieder entspringen." Das Wort des Sphinxräthsels war der Mensch. Humboldt mochte fühlen, daß bei den Beglückungsversuchen, welche die Schüler des Philosophen vom „Contrat social" mit dem abstrakten Menschen anstellten, der konkrete Mensch zu Grunde ging. Seine nächste Arbeit, eben jener Versuch über die Grenzen der Staatsgewalt, enthält die nähere Begründung dafür. Derselbe entstand in der Zeit seines intimen Verkehrs und Gedankenaustausches mit Schiller und steht auch, wie sich leicht nachweisen läßt, in enger geistiger Verwandtschaft zu Schiller's Briefen „über die ästhetische Erziehung des Menschengeschlechts", und zwar in einer Verwandtschaft, welche nicht blos im Allgemeinen durch die Kant'sche Philosophie vermittelt ward. Schon in dem eben besprochenen Briefe wurde das „Prinzip, daß die Regierung für das Glück und das Wohl, das physische und moralische, der Nation sorgen muß", für „den ärgsten und drückendsten Despotismus" erklärt. Dieser Brief, in welchem der neuen französischen Staatsverfassung vorausgesagt ward, daß sie keinen „Fortgang" haben werde, verfehlte nicht, Aufsehen zu erregen; und gerade die eben angeführte Stelle mochte einen wohlmeinenden Fürsten, der sich auf die Regierung eines mittelgroßen deutschen Staates vorbereitete, den Coadjutor Dalberg, nachherigen Fürsten Primas, zu der Frage veranlassen, wie weit die Staatsgewalt um sich greifen dürfe, um das Glück der Unterthanen zu begründen. Eine bestimmte Beziehung auf den Fragesteller, den vielgeschäftigen und im Geiste des vorhundertjährigen Humanismus beglückungslustigen Fürsten, läßt sich in Humboldt's Arbeit unschwer erkennen. Gerade deshalb scheint die Antwort dem Fragenden wenig behagt zu haben, denn er blieb die Replik nicht schuldig. („Von den wahren Grenzen der Wirksamkeit des Staates in Beziehung auf seine Mitglieder", 1793 anonym bei Sommer in Leipzig erschienen.) Freilich war Dalberg's Raisonnement ebenso wenig, als sein späteres Wirken geeignet, die Humboldt'sche Negation zu erschüttern. Aber Humboldt, so jung er war und so hoch sein Freiheitsbegriff über den Auffassungen seiner Zeitgenossen stand, fühlte selbst, wie viel seinen Begründungen noch fehlte. Erst spricht er Schiller's Hülfe zu gemeinsamer Ausarbeitung des Themas an, dann, bei einer geringen Schwierigkeit, welche die Berliner Censur bereitete, giebt er den Plan der Veröffentlichung auf; und erst nach seinem Tode, fast sechszig Jahre nach der Publikation der ersten Bruchstücke, erfuhr die Welt mit Sicherheit, daß er das Werk fast bis zur Vollendung ausgearbeitet hatte.

Es ist von maßgebender Bedeutsamkeit, daß sein Gedankengang von der französischen Revolution anhub, so wie es bezeichnend ist, daß ein Motto aus der Schrift des älteren Mirabeau über öffentliche Erziehung das Werk ziert und diese Mirabeau'sche Schrift auch im Text noch mehrmals angezogen wird. Für die Franzosen, bei welchen seitdem alle Parteien, und die demokratische zumeist, von dem Absolutismus der Staatsidee ausgingen, war ein Gedankengang, wie der Humboldt's, besonders wichtig. Darum hat Laboulaye in seinem „L'état et ses limites" die Humboldt'sche Abhandlung gehörig ausgenutzt. Aehnlich der Engländer Stuart Mill in seinem „On liberty"; nach diesen in noch mehr verflachender Weise Jules Simon („La liberté") und auf dem Umweg über die eben genannten sogar mancher deutsche Schriftsteller. Indem aber hier die nutzbaren Gedanken Gemeingut wurden, blieb von dem Original mit seinem eigenthümlichen Gepräge ein reicher idealer Gehalt völlig unverwerthet. Den Deutschen ist strenge Reinigung der Staatsidee in dieser Richtung keine so drängende Forderung; ihre Regierungen haben seit jeher dafür gesorgt, daß die zahllosen Uebergriffe der Staatsgewalt wenigstens nicht in das heuchlerische Gewand eines Systems gekleidet sein mochten. Innerlich blieben das individuelle Leben und die Sitte ziemlich unberührt; in den populären Ansichten machte sich der Individualismus nur zu stark geltend. Unsere Staatsphilosophie dagegen hat den Staat als sittlichen Organismus erfaßt, und keimartig liegt diese höhere Auffassung allerdings auch schon in Humboldt's Behandlung. Das Naturrecht seiner Zeit dagegen führte, auch bei den hervorragendsten Denkern, z. B. bei Fichte, den Staat auf einen Naturzustand und einen stillschweigenden Vertrag zurück, kraft dessen bald bei dem Einen das Individuum nur so viel an die Staatsgewalt geopfert haben sollte, als sich mit seinem Vortheile verträgt; bald, bei dem Anderen, sich ein antiker Absolutismus der Staatsidee ergab. Diese Art von Grenzbestimmung liegt Humboldt fern. Er geht von der Voraussetzung aus, daß die Wohlfahrt der Individuen der letzte und höchste Endzweck aller gemeinnützigen Anstalten sein solle, und untersucht dann ohne Weiteres, wie weit der Staat diesem Zwecke entsprechen könne. Vor Allem unterscheidet er sich darin, daß er das menschliche Glück in einer höheren Sphäre sucht, in der Freiheit, welche auf der vollkommensten Ausbildung und der mannichfaltigsten Bethätigung aller Kräfte und Fähigkeiten beruht. Sein Freiheitsbegriff, welcher sich mit dem Begriff der Schönheit in Schiller's Aesthetischen Briefen beinahe deckt, ist natürlich jeder Bevormundung Feind, denn er ist die Quelle der höchsten Spontaneität.

Der Kultus der Humanität und darum der Individualität war das treibende Moment in ihm; leitend war ihm die Vorstellung, daß dem Menschen wirklich nur angehöre, was er aus sich selbst geschöpft und entwickelt hat, daß alles Hineintragen von Außen, Nutzen schaffen und auf Andere wirken im Vergleich zu der frei und schön ausgeprägten Individualität nichtig ist. In diesem Sinne gestaltete er, etwas vornehm, sein eigenes Leben, in dieser Grundanschauung ist der einheitliche Ausgangspunkt aller seiner gewaltigen Leistungen. Vortrefflich sagt H. Steinthal hierüber in seiner gedankenreichen „Gedächtnißrede auf Wilhelm v. Humboldt an seinem 100jährigen Geburtstage“ (1867, Berlin): „Schon der Titel: «Ideen zu einem Versuch, die Grenzen der Wirksamkeit des Staates zu bestimmen», giebt Anlaß zu einer Vergleichung Humboldt's, des politischen Schriftstellers, mit dem Sprachforscher Humboldt. Denn gerade so, wie es sich hier um Feststellung von Grenzen handelt, so auch bei jener Veranlassung, der wir die erste Aeußerung Humboldt's über Sprachwissenschaft verdanken, in jenem Briefe an Schiller von 1795: «Da es gewiß sogar nothwendig ist, die Sprache zu verbessern, aber eben so gewiß nicht gut, in dem Neuern keine Grenze zu finden, so habe ich jetzt viel über die Auffindung dieser Grenzen nachgedacht.» Grenzbestimmungen also gaben in beiden Kreisen seines Bewußtseins den ersten Anstoß; Uebergriffe sollen verhütet werden, dort Uebergriffe der Regierung in das Gebiet, wo der Bürger sich ganz nach individueller, eigenster Entschließung bewegen muß, hier Uebergriffe des Sprachmeisters in die mit dem Charakter der Nation verwobene Individualität der Sprache. Heilighaltung der Individualität ist es hier und dort, was ihn leitet."

Es ist unmöglich, eine gründliche Analyse der Humboldt'schen Schrift zu geben, ohne auf alle Einzelnheiten näher einzugehen. Die Arbeit entspricht streng ihrem Titel: nicht um die äußeren Formen der Regierung oder Verwaltung kümmert sie sich, sondern um die Schranken, welche dem Regieren und Verwalten überhaupt gezogen werden sollen. Humboldt räumt der Demokratie nicht größere Rechte über das Individuum ein, als der Monarchie oder Aristokratie, und nimmt auch nicht an, daß eine Majorität die Minorität in ihren wesentlichen Rechten beschränken dürfe, oder auch nur, daß die Menschen freiwillig auf einen Theil ihrer Grundrechte verzichten könnten. Der formale Rechtsgrund tritt aber bei ihm hinter ästhetisch-sittlichen Gesichtspunkten zurück. Die äußere Form, die Mechanik des Staats ist ihm gleichgültig, zumal sein Staat so leer und schwach ist, daß er kaum aus sich heraus eine feste Form bilden könnte. Derselbe Mann, der die praktische Unhaltbarkeit der französischen Verfassungs-Experimente durchschaute, verliert sich theoretisch in die höchsten Utopien einer gesitteten Anarchie, so daß er selbst die Ehe, über welche er schöne, weihevolle Betrachtungen schreibt, jeder gesetzlichen Einwirkung entziehen und dem freien Spiel der Neigungen überlassen will. Der Staat soll absolut nur für die äußere Sicherheit sorgen. „Die wahre Vernunft kann dem Menschen keinen anderen Zustand als einen solchen wünschen, in welchem nicht nur jeder Einzelne der ungebundensten Freiheit genießt, sich aus sich selbst in seiner Eigenthümlichkeit zu entwickeln, sondern in welchem auch die physische Natur keine andere Gestalt von Menschenhänden empfängt, als ihr jeder Einzelne nach dem Maße seines Bedürfnisses und seiner Neigung, nur beschränkt durch die Grenzen seiner Kraft und seines Rechts, selbst und willkürlich giebt." — „Die besten menschlichen Operationen sind diejenigen, welche die Operationen der Natur am getreuesten nachahmen. Nun aber bringt der Keim, welchen die Erde still und unbemerkt empfängt, einen reicheren und holderen Segen, als der gewiß nothwendige, aber immer auch mit Verderben begleitete Ausbruch tobender Vulkane."

Indem er das Bevormundungssystem der Regierungen als lähmend für alle die mannigfaltigen Kräfte der Menschennatur schildert, hebt er besonders hervor, daß dasselbe eine Einförmigkeit erzeuge, welche die Güter auf Kosten der Kräfte vermehre. Und was stellt er nicht Alles unter den Begriff der Bevormundung? Der modernste Manchester-Mann könnte hierin nicht mit ihm konkurriren. Selbst alle handelspolitischen, ackerbaufördernden Maßregeln verwirft er unbedingt, und im Armenwesen hat er das System des Voluntarismus längst vor den Engländern und unseren zeitgenössischen Freihändlern allen staatlichen Armenanstalten entgegengestellt.

Daß auch der Staat ein lebendiger, geschichtlich gewordener Organismus, daß er der Leib der Volksseele ist, daß die Betheiligung an ihm eine freie, die Staatsform ein lebendes

Kunstwerk sein kann, übersah er an diesem Punkte. Er schafft nur freie Privatmenschen, nach seinem Ebenbilde Menschen des höchsten Selbstgenusses. Ihm „blüht der interessante Mensch zu einer entzückenden Schönheit auf in einer Lebensweise, die mit seinem Charakter übeinstimmt." — — „So ließen sich vielleicht aus allen Bauern und Handwerkern Künstler bilden."

Diese letzte Stelle bezeichnet den Horizont, der damals des Verfassers Gesichtskreis einschloß. Würde ihm nicht ein anderes Bild von der Solidarität der Interessen aufgegangen sein, wenn er eine hoch entwickelte Industrie mit transatlantischem Weltverkehr und einen anspruchsvoll bewußten Arbeiterstand vor sich gesehen hätte?

„Der Staat enthalte sich aller Sorgfalt für den positiven Wohlstand der Bürger, und gehe keinen Schritt weiter, als zu ihrer Sicherstellung gegen sich selbst und gegen auswärtige Feinde nothwendig ist; zu keinem anderen Endzwecke beschränke er ihre Freiheit." In diesen Worten liegt das ganze politische Programm der Humboldt'schen Schrift: Justiz und Landesvertheidigung sind die einzigen berechtigten Funktionen des Staates, weiter darf er nicht gehen. Hierfür wird noch Mirabeau's Wort citirt: „Sicherheit und persönliche Freiheit sind die einzigen Dinge, welche ein vereinzeltes Wesen sich nicht selbst verschaffen kann." Die kulturhistorischen Aufgaben des Staates werden bei Seite gelassen oder negirt. Und zwar liegt in obigem Satze der Accent nicht blos auf den Freiheitsbeschränkungen, als ob der Staat neben diesen freiheitsbeschränkenden Befugnissen etwa noch andere ausüben könne, welche die persönliche Freiheit nicht beschränken. Nein, jede Thätigkeit des Staates gilt ihm, der Entfaltung individueller Kräfte und Charakter-Eigenthümlichkeiten gegenüber, für verderblich. Humboldt erkennt nicht, daß der gesellschaftliche Mensch, das ζῶον πολιτικόν des Aristoteles, neue und höhere Kraft aus der Gemeinschaft zieht. Der Fehler seines Denkens liegt eben in der abstrakten Gegensätzlichkeit von Staat und Subjekt, einer Gegensätzlichkeit, die der freie Denker aus der schlechten Verwaltungs-Empirie seiner Zeit übernommen hatte. Das Verdienst seiner Arbeit lag gerade dieser schlechten Empirie gegenüber in der Grenzbestimmung, aber er zog die Grenze zu eng, so daß der wirkliche Staat darin ersticken mußte. In seiner vorhergehenden Abhandlung (über die französische Verfassung) hatte er auch die Schranken erkannt, welche die geschichtlichen Vorbedingungen der freien Staatsgründung ziehen. Aber der erfüllte Inhalt des geschichtlichen Menschen war ihm noch nicht aufgegangen. Die Abstraktion bringt ihn zur Unfruchtbarkeit. Wohl darf man annehmen, daß er in dieser Schrift (dem „Versuch" ꝛc.) der Abstraktion ihren vollen Lauf lassen wollte, und sich dennoch wohl bewußt blieb, wie das Leben die Anwendung abstrakter Grundsätze wiederum thatsächlich, aber auch prinzipiell modifizirt.

So bestreitet er zum Beispiel das Recht des Staates, öffentliche Unterrichtsanstalten zu begründen, und war doch ein halbes Menschenalter danach der glorreiche Stifter der Berliner Universität, und dies ja ausdrücklich zur Hebung des nationalen Sinnes. Uebrigens spricht er sich in dem „Versuch" über die Erziehungsfrage, die ihm, dem gründlichen Erforscher des griechischen Alterthums, noch durch die französischen Revolutionstendenzen besonders nahe gerückt war, etwas vorsichtiger und bedingter aus, als bei den anderen verwandten Fragen. Er erkennt wohl die leitenden Grundsätze der antiken Staaten an, — in welchen das Gesetz, seiner Ansicht nach, die Volkssitte bestätigte, mindestens ihr entsprach, — aber er fügt hinzu, daß „das Menschengeschlecht auf einer Stufe der Kultur steht, von welcher es sich nur durch Ausbildung der Individuen höher empor schwingen kann; und daher sind alle Einrichtungen, welche diese Ausbildung hindern und die Menschen mehr in Massen zusammendrängen, jetzt schädlicher, als jemals." Hier spitzt sich also die Abstraktion durch die Vergleichung mit dem Alterthum zu einer bewußt praktischen, bestimmt polemischen Tendenz zu. Ueberhaupt aber soll nach Humboldt der Mensch nicht „von seiner Kindheit an schon zum Bürger gebildet" werden. Der frei „gebildete Mensch müßte dann in den Staat treten und die Verfassung des Staates sich gleichsam an ihm prüfen." Auch bei dieser leeren Antithese von Menschenthum und Bürgerthum ist wohl die Bemerkung erlaubt, daß die wirthschaftliche Seite der Zustände darin völlig ignorirt wird. Es ist doch unbestreitbar, daß die gänzliche Aufhebung der öffentlichen Unterrichts-Anstalten die Fähigkeiten der Unvermögenden brach legen und der schlimmsten Geldherrschaft die Wege bahnen würde.

Zwischen der Schrift über die Grenzen und der über die preußische Verfassung liegt Humboldt's ganze staatsmännische Wirksamkeit, als Gesandter und Minister, liegt die schwerste Krisis seines Vaterlandes. Auch diese letzte Schrift, eine „Denkschrift über Preußens ständische Verfassung", aus Frankfurt am Main vom 4. Februar 1819 datirt, ist erst lange nach seinem Tode, in G. H. Pertz's „Denkschriften des Ministers Freiherrn von Stein über deutsche Verfassungen", 1848 erschienen. Man kann nicht sagen, daß der alte Staatsmann den jungen Philosophen dementire, daß Humboldt sich untreu geworden sei oder seine Ansichten wesentlich verändert habe; denn die Voraussetzungen alles praktischen Wirkens hat er, wie wir gesehen haben, schon in der Jugend gekannt, und innerhalb der Grenzen des Erreichbaren will er auch 1819 noch die Staatsgewalt auf das Nothwendige beschränken. Auch hier erscheint ihm die Einschränkung des Bureaukratismus, die Vereinfachung der Verwaltungs-Organisationen und vor Allem die Entfaltung bürgerlicher Tugenden und Kräfte durch die aktive Theilnahme des Volkes, von der er sich die Erhöhung der sittlichen Kraft des

Volkes verspricht, als der hauptsächliche Zweck der Verfassung. Als Grundrechte verlangt er: 1) die individuelle, persönliche Sicherheit, nur nach dem Gesetze behandelt zu werden; 2) die des Eigenthums; 3) die Freiheit des Gewissens; 4) die der Presse.

Von Anfang an tritt er dem Trugschluß entgegen, als könne die Regierung eine Verfassung gewähren, ohne wesentliche Bestandtheile ihrer Machtbefugniß abzutreten. Aber er sagt ausdrücklich im Jahr 1819, wie im Jahr 1791: „Es ist eine alte und weise Maxime, daß neue Maßregeln und Einrichtungen im Staate an schon vorhandene geknüpft werden müssen, damit sie, als heimisch und vaterländisch, im Boden Wurzel fassen können.“

Darum erklärt er sich für die ständische Monarchie, und will sogar dem Adel als politischer Korporation eine bevorzugte Stellung einräumen; nur jedes nutzbare Vorrecht, wie Steuerbefreiungen, soll ihm in seinem eigenen Interesse genommen werden. Er erbaut ein Zweikammersystem und läßt auch die zweite Kammer nicht nach rein numerischer Volksvertretung zusammengesetzt sein. Vielmehr soll der Staat von Unten aufgebaut werden: zu unterst auf einer Landgemeindeordnung, neben der schon vorhandenen Städte-Ordnung; „dann müssen die Kreisbehörden gebildet werden, darauf die Provinzialstände zusammentreten, endlich den Schlußstein die allgemeinen Stände ausmachen.“ Wenn man Humboldt's praktische Forderungen, die z. B. dem Recht der Beschwerdeführung großen Werth beilegen, aber das Steuerbewilligungsrecht sehr stiefväterlich bedenken, allzu bescheiden findet, so muß man sich vergegenwärtigen, gegen welche Tendenzen er noch zu kämpfen hatte, und daß man damals noch glaubte, mit berathenden Provinzialständen ausreichen zu können. Humboldt sagt mit Bedacht: „daß man bei Provinzialständen stehen bleiben, oder die allgemeinen auch nur sehr langsam auf sie könne folgen lassen, dürfte schwer durchzuführen sein. Man kann nicht sagen, daß eine Monarchie eine ständische Verfassung hat“, (es galt ja, dies Versprechen damals zu erfüllen!) „wenn es nur in den Provinzen Stände giebt. Die unausbleibliche Folge davon ist aldann, daß die allgemeinen Staatsmaßregeln ohne allen Einfluß ständischer Verfassung fortgehen, oder, was noch schlimmer ist, durch bloße Provinzialverfassungen eine schiefe und schädliche Richtung erhalten. Zugleich würde, da es an einem Mittelpunkt fehlte, eine entschiedene Trennung der Provinzen erfolgen."

Es bedurfte nicht erst dieser Akkommodationen, um uns den Beweis zu liefern, daß auch der Idealismus enge mit den herrschenden Zeiterscheinungen zusammenhängt; aber diese Akkommodationen liefern uns, an der Gegenwart gemessen, den erfreulichen Nachweis, wie rasch selbst der abstrakte Idealismus von der Wirklichkeit einer geistig bewegten Zeit überholt wird. Und dennoch, oder vielmehr deshalb gerade, möchten wir diese Betrachtung mit den Worten schließen, welche Steinthal an den Schluß seiner, oben angeführten, Gedächtnißrede gesetzt hat: „Schöpferisch ist allein der Idealismus."

IV.

Karl Twesten als Schriftsteller.

November 1870.

Wenn, einem antiken Spruch zufolge, ein edler Mensch im Kampf mit dem feindlichen Schicksal ein Schauspiel für Götter ist, so ist für Menschen ein höheres Schauspiel in dem vollendeten Lebenslauf eines Mannes gegeben, der bei aller Heiterkeit des Gemüths und aller Energie der subjektiven Empfindung von körperlichen Leiden und manch anderer Bedrängniß zwar angefochten, aber nicht getrübt, sich zu der reinen Höhe erhob, wo die Hingebung an das Allgemeine keine Anstrengung mehr kostet, sondern sich, als das eigentliche Lebenselement, von selbst versteht. Bei dem guten und großen Menschen, dessen verfrühtes Ende wir beklagen, prägte es sich Jedem als selbstverständlich ein, daß er nur nach der höchsten sittlichen Richtschnur handeln konnte; und seine erbittertsten Gegner zweifelten niemals an seiner äußersten Uneigennützigkeit und Unabhängigkeit. Wenn Etwas die deutsche Gegenwart vor fast allen früheren Epochen auszeichnet, so ist es die Fülle der Opferfreudigkeit, welche so Großes bereiten und ausführen half. Die sich in dieser Epoche noch vorzugsweise Verehrung erwerben, gehören sicherlich zu den auserwählten Naturen.

Indem wir hier von den zerstreuten Schriften dieses geistig wie sittlich so hervorragenden Mannes ein Gesammtbild zu ent=

werfen versuchen, sind wir uns wohl bewußt, daß eine durchgebildete Individualität sich zwar in jeder Seite ihres Seins und Wirkens ausprägt, daß aber augenscheinlich der Schwerpunkt seiner Thätigkeit mehr in die Politik als in die Literatur fiel. Doch zweifellos würde sich Karl Twesten zu einer bedeutenden schriftstellerischen Persönlichkeit entfaltet haben, wenn sich sein Geist nicht in den entscheidenden Jahren seines Lebens einer Wirksamkeit zugewandt hätte, zu der sein literarisches Schaffen mehr in einem dienenden Verhältnisse stand. Seine gedruckten Schriften erscheinen insofern nicht als ein Ganzes, als nicht alle Phasen seiner Entwickelung sich gleichmäßig darin abspiegeln. Der gemeinsame Charakter, der ihnen anhaftet, ist eben der seiner schönen und nach Klarheit ringenden Persönlichkeit, welche sich, ausgerüstet mit den Schätzen der Wissenschaft und der Philosophie, von rein humanem Streben getragen, dem Dienste eines Staates weiht, der, in einem akuten Umwandlungsprozeß begriffen, die höchsten Geisteskräfte in Anspruch nimmt und dennoch undankbarer Weise auch der besonnensten Opposition Stellung und Berechtigung bestreitet. Diese Persönlichkeit vorläufig nur in ihren schriftstellerischen Werken aufzusuchen, dazu gab zunächst der Umstand Veranlassung, daß diese Seite ihres Wesens vom großen Publikum bisher am wenigsten überschaut wird und sich doch am leichtesten in einem engeren Rahmen zusammenfassen läßt. Es kommt aber auch in Betracht, daß die ausführliche Darstellung des politischen Menschen eine Reihe von Gegenständen behandeln müßte, über welche das geschichtliche Urtheil noch nicht abgeschlossen ist, und wo wir nothwendig als Partei auftreten und, um wahr zu sein, auch das Innere der Partei-Entwickelungen und Partei-Berathungen in unseren Bereich ziehen müßten.

Twestens schriftstellerische Thätigkeit steht, auch wo sie philosophische oder ästhetische Aufgaben verfolgt, stets in enger

Beziehung zu dem Ideal der Gegenwart, der Kalokagathie des freien Bürgerthums. Wie reich ist doch ein solches Menschenleben, das auf alle Gebiete des Wissens und der Schönheit seine Fühlfäden erstreckt, und wie verhältnißmäßig wenig tritt davon an das Tageslicht! Was sich vordrängend auf dem Markte breit macht, versperrt nur zu oft die Aussicht auf die edleren Gestalten, deren geistige Entwickelung ihnen zunächst Selbstzweck ist.

Es mag hier vorangeschickt werden, daß Twesten in einer materiell sorglosen Lage und in einem an Gelehrsamkeit und Bildung reichen Kreise aufgewachsen ist, so daß er nicht zu früh und unreif an die Oeffentlichkeit zu treten versucht war, und seine Form, sein Stil, sobald er auftrat, etwas von klassischer Ruhe an sich trug. — Ehe ich an die Besprechung seiner einzelnen Schriften gehe, muß ich den Vorbehalt machen, daß die Aufzählung derselben, bei der Mannigfaltigkeit seiner Studien und der Bescheidenheit seines Darbietens, nicht den Anspruch auf absolute Vollständigkeit hat, daß ich vielmehr für jede nachgewiesene Lücke dankbar wäre.

Seine erste Schrift fällt in seine späteren zwanziger Jahre. Sie erschien 1848 (Leipzig), war aber schon vor dem Revolutionsjahre, wahrscheinlich 1847 in Italien geschrieben. Republikanische Luft weht in diesem — fünfaktigen Trauerspiel, „Ein Patrizier“, das den Sturz des Appius Claudius Regillensis behandelt, der, nachdem er die rebellischen Plebejer im Lager hatte dezimiren lassen, zu Hause als das Opfer ihrer Rache fällt. Die Sprache ist edel, obgleich manchmal etwas trocken; auch die Jamben sind geläufig genug; die Gelehrsamkeit des Dichters läßt Nichts zu wünschen übrig. Die Handlung ist einfach und logisch geordnet. Der untergehende Held erweckt unsere Sympathie, aber das Recht ist auf Seiten der Gegner, und hier sehen wir eine neue Rechtsordnung sich

Bahn brechen. In dem Claudier gedachte Twesten einen wahren Aristokraten zu schildern, der erkennt, daß eine neue Zeit anbricht, und sich würdevoll dem Untergange weiht; der es verschmäht, nachdem die grundsätzliche Basis seiner Macht gebrochen, um die persönliche Rettung oder materielle Vortheile zu rechteln und Ränke zu schmieden. So sehr sich der Verfasser künstlerischer Objektivität befleißigt und seinen aristokratischen Helden mit einer historisch berechtigten Weltanschauung auszustatten sucht, sein Herz ergreift Partei für die nach Geltung ringende Volksgemeinde. Unwillkürlich wird das Trauerspiel zum Tendenzstück. Darum verfällt die Sprache zuweilen in die Abstraktion moderner Begriffe; das antike Kostüm verhüllt nur nothdürftig den Demokraten der Neuzeit. Twesten verhehlte sich, nach diesem ersten, immerhin beachtenswerthen Versuche, wohl selbst kaum einen Augenblick, daß das Ziel seiner Kräfte auf einem anderen Gebiete liege.

Nach 1848 trat eine lange Pause ein, die dem Amte und den theoretischen Studien angehörte. Kleinere Arbeiten, z. B. ein Aufsatz über das damalige Projekt einer polnisch-deutschen Demarkationslinie im Großherzogthum Posen (in der „Berliner Zeitungshalle", Juni 1848) sowie eine allerdings mehr sporadische Theilnahme am Klub- und Vereins-Leben jener Zeit, bezeichnen sein Verhältniß zu den großen Tagesfragen. Wenn er, seiner wahrhaftigen Natur gemäß, trotz Amt und Umgebung, der radikalen Partei angehörte, so erklärt sich diese Thatsache bei dem schon gereiften und in seinen Zielen weiser Beschränkung huldigenden Manne hinreichend aus der Hoffnungslosigkeit jener Zustände, dem Trotz der Reaktion, der Halbheit der vermittelnden Parteien. Der Handelnde beschränkt sich nothwendig; wo die That versagt ist, zieht das theoretische Ideal die breiteren Grenzen. Wenn Twesten in einer späteren Epoche durch die Mäßigung seiner Forderungen und die Zurückweisung weitgehender Illusionen den sogenannten Altliberalen näher trat, so unterschied er sich doch immer sehr von ihnen durch das energische Wollen und charaktervolle Festhalten. In jener Zeit der äußersten Reaktion aber, wo für ehrliche Leute kaum die Möglichkeit öffentlichen Wirkens übrig blieb, mochte ein liberaler Politiker, auch mit bescheideneren Idealen, als unser Freund sie in sich trug, daran verzweifeln, sich nur Gehör zu verschaffen. Die „neue Aera" erst rief verjährte Hoffnungen wach und bot die unabhängigen Kapazitäten auf. Twesten betrat die Arena mit einer anonymen Schrift: „Woran uns gelegen ist. Ein Wort ohne Umschweife." (Kiel, Schwers'sche Buchhandlung, 1859.) Auch die spätere Schrift, welche das bekannte Duell veranlaßte: „Was uns noch retten kann." (Berlin, Verlag von J. Guttentag, 1861) trägt als zweiten Titel die Bezeichnung: „Ein Wort ohne Umschweife", welche für den Verfasser nicht minder bezeichnend ist, als das Motto: „Aergerniß hin, Aergerniß her." Es war gerade die Zeit der „Umschweife", als sich die liberale Partei mit dem Stichwort: „Nur nicht drängen!" einschläfern ließ.

Die Art, wie Twesten nach dieser zweiten Schrift, die in wenigen Monaten sieben Auflagen erlebte, für seine Meinung einstand, beweist, daß es nicht persönliche Rücksichten gewesen sind, welche ihm bis dahin die Anonymität anempfohlen hatten. Im Prinzip mißbilligte Twesten, wie er später oftmals aussprach, den Zweikampf, den politischen zumal. Wenn er trotzdem in diesem Falle keinen Versuch der Ausgleichung zuließ, so handelte er in dem festen Glauben, daß in der gegebenen Sachlage ein energisches Bezeugen dem Liberalismus förderlich sei.

Die beiden Broschüren stehen in enger Beziehung und innerer Uebereinstimmung. Sie behandeln die Neugestaltung Preußens; je nach den sich darbietenden Aufgaben, umfaßt die erste mehr die innere Politik, die zweite, in einem kritischen Augenblick, die deutsche und die auswärtige Politik, allerdings in einem wohlverstandenen Zusammenhang mit der inneren Politik. Die grundlegenden Ansichten beider haben sich bewährt. Dem aufmerksamen Leser entgeht nicht ein sicherer Fortschritt in der Behandlungsweise, eine Art Abklärung von der ersten zur zweiten Schrift. Die erste ist vielleicht glänzender geschrieben, sie ist reich, vielleicht zu reich an passenden und klassischen Citaten; der lange zurückgedämmte Strom fließt fast zu voll. Die Zeit berechtigte, allgemeine Forderungen zu formuliren; die neue Aera wird hoffnungsvoll begrüßt, doch ohne übertriebene Illusionen, wie wir gleich sehen werden. In der zweiten Schrift ist ein gut Theil Enttäuschung bemerkbar; aber die Sprache ist bestimmter, das Gebiet ist schärfer umgrenzt, die Forderung gewaltiger. Es handelt sich um die Rettung aus unmittelbarer Gefahr. Diese Gefahr war der Krieg mit Frankreich. Daß die Napoleonische Politik in irgend einer Weise darauf lossteuerte, sahen damals Viele; aber auch der Einsichtsvollste pflegt sich zu täuschen, wenn er das Wann und Wie großer geschichtlicher Evolutionen bestimmen will. In der Regel werden Zwischenglieder übersehen und dadurch der Zeitraum zu kurz bemessen. Die Schrift von 1859 beginnt mit einer Charakteristik der 1848er Bewegung, auf welche sie die streitenden Faktoren der Gegenwart zurückführt. Dabei kommen Stellen vor, wie folgende: „Wenn sich in heftigen Parteikämpfen das Gefühl für Recht und Unrecht abstumpft und Alles gut scheint, was zum Ziele führt, werden die Menschen besonders geneigt, den Ernst des Strebens, Adel der Gesinnung, Geist und Charakter zu übersehen und lediglich nach dem Erfolge zu urtheilen. Das ist hart für die Besiegten. Auch Savonarola ging zu Grunde, gewiß nicht ohne eigenes Verschulden, und doch nennt ihn Machiavelli den großen Savonorola. Sollten wir den Erfolg noch höher schätzen, als der Florentiner? Freilich versöhnt mit den deutschen Patrioten kein tragisches Ende, und wir verzeihen pathetische Reden nur, wenn sie einem großen Siege oder dem Tode vorangehen. Ueber den Sünden der Girondisten verstummen Zorn und Spott, wenn wir sehen, wie diese Männer so entschlossen den letzten Weg gehen, wie sie das Lied der Freiheit anstimmen, wie der Gesang schwächer wird, wie zuletzt nur noch Vergniaud's mächtige Stimme die Worte wiederholt: Contre nous de la tyrannie l'étendard sanglant est levé! An das Ende der deutschen, wie der preußischen Nationalversammlung knüpfte sich Etwas von dem Fluche der Lächerlichkeit. Es war wenig Schreckliches darin. Aber wir mögen uns freuen, daß wir nicht zu viel des Schrecklichen erlebten. En bon citoyen, je préfère la ridicule, sagte Thiers. — Dagegen führte in Preußen noch das Jahr der Revolution zu einer Verfassung, die an Freisinnigkeit und Ausdehnung der Volksrechte Alles übertraf, was noch zur Zeit des Vereinigten Landtages irgend Jemand erwartet oder verlangt hatte."

Im Verlauf der Schrift analysirt er die bestehenden Parteien und sagt von der schüchternen Opposition gegen Manteuffel, welcher sich, „trotz der historischen Schule, trotz strenger Religiosität, trotz inniger persönlicher Beziehungen zu Sr. Majestät dem Könige", selbst ein Bethmann-Hollweg angeschlossen hatte: „Es war nicht mehr eine Opposition politischer Parteien, sondern eine Opposition gewissenhafter Männer." Seinen Standpunkt in der Gegenwart leitet der Verfasser mit folgenden Worten ein: „Daß das Leben der bürgerlichen Gesellschaft sich unmittelbaren Einwirkungen fast ganz entzieht, daß hier durchgreifende Aenderungen nur im Laufe der Zeit, nach allmäligem Umschwunge der Sitten und Anschauungen vor sich gehen, und daß die Staatspolitik in hohem Maaße von der anderweitigen Gestaltung der Gesellschaft abhängig ist: darüber scheinen heutigen

Tages alle Parteien einig; und diese Einsicht macht nothwendig dem Glauben an allgemein gültige, für alle Zeiten und Völker passende Staatsformen, den abstrakten Theorien über beste Verfassungen und einer Menge unfruchtbaren Kontroversen ein Ende. Wir sind der Phrasen müde; wir haben bei jeder politischen Frage einen bestimmten konkreten Zweck im Auge und entnehmen unsere Motive den Verhältnissen und den Anforderungen der vorhandenen Gesellschaft."

Diese leitenden Gedanken werden wir von ihm in einer philosophischen Abhandlung über Comte's Philosophie aus derselben Zeit noch schärfer und ausführlicher ausgesprochen finden. In der politischen Streitschrift ist diese Betrachtung der Ausgangspunkt zu praktischen Resultaten. Der abstrakten Phraseologie des Radikalismus stellt er den heuchlerischen Fanatismus der altkonservativen Partei gegenüber, welche die Andersdenkenden als Gottesleugner verfolgt. Seine Darstellung ist mit Beispielen stark ausgerüstet. „Nachdem wir mit den metaphysischen Phrasen fertig geworden, wollen wir auch von den theologischen in der Politik nichts mehr hören." Die Staats-Ideale der Theologie sind aus Bruchstücken längst vergangener Zeiten und verschiedenartiger Zustände zusammengesetzt. Ihre Bedeutung beruht zum größten Theil auf der vermeintlichen Solidarität der Interessen von Königthum, Kirche und Adel. Den Wahn dieser Solidarität, welche niemals existirt hat, sucht Twesten zu zerstören; er warnt das preußische Königthum vor dieser Verbindung. Vor allen Dingen verlangt er die Begründung des Rechtsstaates, die nach Gesetzen geregelte Verwaltung, dann die Befreiung der Schule von kirchlichem Druck und die entschiedene Zurückweisung kirchlicher Hetzereien und Uebergriffe. Seine Anforderungen sind so sehr auf das Maß des Möglichen berechnet, daß er Herrn v. Bethmann-Hollweg für den zur Zeit einzig möglichen und wünschenswerthen Kultusminister erklärt. Zum Schluß deutet er hier schon an, daß die äußere Machtstellung eines Staates zwar hauptsächlich von seinen reellen Kräften, aber auch wesentlich von der Beschaffenheit seiner inneren Politik abhänge. Napoleon war damals der anerkannte Schiedsrichter Europa's, wie Twesten richtig bemerkte, „nicht weil er die sicherste, sondern weil er die unsicherste Stellung" einnahm, und die freieste Aktion nur in der Weise hatte, „wie Jeder, der sein eigenes Leben nicht achtet, Herr über das Leben eines Anderen ist. Wer Rücksichten zu nehmen hat; muß den Rücksichtslosen fürchten." „Ihn kann seine Lage in jedem Augenblick nöthigen, va-banque zu spielen." Darum mahnt Twesten zur Versöhnung im Innern, zur Pflege aller Hülfsquellen, zur Erhöhung der Leistungsfähigkeit des Volkes und daß man nicht ausschließlich auf die Unüberwindlichkeit des „Militärstaates" vertraue.

An diesen Punkt knüpft die spätere Broschüre an. In verstärktem Maaße hielt Napoleon ganz Europa in Athem; Deutschland schien zunächst bedroht. Unser Freund vergleicht im Eingang der zweiten Schrift das zerrissene Deutschland mit den griechischen Staaten zu König Philipp's Zeiten und kommt auch des Weiteren mehrfach auf Kernsprüche aus den Demosthenischen Reden zurück. Er schildert den Bonapartismus in seiner Gefährlichkeit und Verlogenheit. Zwar hält er den Napoleoniden nicht für eine ungewöhnliche Intelligenz. „Weder seine Schriften, noch seine Thaten bekunden ein Genie ersten Ranges." „Wären die Zustände Europa's gesund, so brauchten wir auch einen Napoleoniden an der Spitze Frankreichs nicht zu fürchten." Allein die Zustände, Deutschlands zumal, erscheinen ihm so traurig und unhaltbar, daß er einen kurzen und unglücklichen Krieg am Rhein prophezeiht. „Seit dem Pariser Frieden stehen alle Mächte Frankreich gegenüber isolirt. Es ist nirgends auf einen Zusammenhang, nirgends auf eine gemeinschaftliche Action zu rechnen. Und dabei fand der Pariser Frieden überall nur die nothdürftigste äußere Ordnung, innerlich die Zustände in

Italien, Oesterreich, Deutschland und im Orient gleich unhaltbar." Mir scheint, daß der Unglücksprophet damals die Verhältnisse nicht so falsch beurtheilt hat, als es wohl heute Manchen bedünken möchte. Der einzige entschiedene, aber sehr natürliche Irrthum lag in seinem Glauben an Frankreichs militärische Ueberlegenheit. Doch auch auf unserer Seite stand nur ein geringer Theil der Machtmittel, die sich einige Jahre danach so herrlich entwickelten. Auch die Diplomatie erwartete damals den Ausbruch eines großen Krieges. Dem Geiste Twestens drängten sich die Analogien von 1806 auf. Patriotische Sorge entschuldigt das gesteigerte Mißtrauen. Als Warner und Rather stellt er folgende Sätze auf: „Preußen darf sein Geschick in keiner Weise an das Schicksal von Oesterreich heften; Preußen hat für die Gegenwart Nichts von den deutschen Regierungen zu erwarten; Preußen kann zur Abwendung gemeinsamer Gefahren und zur Erreichung beiderseitiger Zwecke eine feste Verbindung nur mit der Schweiz, Belgien, Holland und unter Umständen mit England gewinnen." Es war mit diesen Thesen, die heute zu diskutiren überflüssig wäre und die damals, wo ein französisch-russisches Bündniß geplant war, mehr Wahrheit enthielten, als es gegenwärtig scheinen mag, keineswegs auf eine Tendenz-Politik abgesehen, sondern nur auf ein rasches Ergreifen der nächsten zugänglichen Rettungsmittel. In weiterer Ferne sieht und erhofft er allerdings die Allianz mit dem geeinigten Italien, und dann auch die Einigung Deutschlands unter preußischer Führung. Auf eine rasche Lösung der deutschen Frage war aber nicht zu rechnen; in dieser Beziehung waren nur erst falsche Schritte geschehen. Wenn sich aber der Verfasser gegen den Schein der Tendenzpolitik in den auswärtigen Angelegenheiten verwahrte, so verlangte er desto entschiedener im Inneren die unmittelbare Vollziehung des liberalen Programms und seiner Verheißungen, die Abweisung der Kabinets-Politik und unkonstitutionellen Kabinets-Regierung, die Zurückführung des Heerwesens auf seinen volksthümlichen und nationalen Ursprung, die Entfernung der höfischen und aristokratischen Einflüsse daraus. So ideal formulirt dieser Realpolitiker seine praktischen Forderungen.

In der auswärtigen Politik bestand damals kein bestimmtes Programm; selbst das preußische Programm der deutschen Politik war mehr negativer Natur, denn zu den „moralischen Eroberungen" wurde niemals der Anfang gemacht. In der großen Politik sprach man von einem Bismarck'schen Projekt eines französisch-preußisch-russischen Bündnisses. Dem entgegnet Twesten: „Preußens Beruf ist, der weiteren Vergrößerung Frankreichs Widerstand zu leisten, nicht ihr zu dienen. Darauf beruht seine Sicherheit, seine Stärke, seine Stellung in Europa." Er weist auf die großen Traditionen von 1813 hin und entwickelt über die bevorstehende Reorganisation des Heerwesens, in welcher die Feudal-Partei allerdings ein erwünschtes Vehikel gegen das konstitutionelle System begrüßte, Ansichten, denen wir noch in seinen Kammerreden aus der Konfliktzeit begegnen werden. Der Konflikt war damals schon im Keime vorhanden und Twesten denunziirt die leichtfertige Art, mit der v. Vincke und Genossen demselben durch die „provisorische" Bewilligung zustimmten.

In allen diesen Beziehungen enthält die Broschüre ein überaus wichtiges Stück Zeitgeschichte und wird als Leitfaden zum Verständniß der derzeitigen Partei-Programme ihren Werth behalten.

Einige Zeit vorher war auf einem scheinbar entfernten Gebiete eine Arbeit von Twesten erschienen, auf welche wir schon oben hingewiesen haben. Die Abhandlung über „Lehre und Schriften August Comte's" stand, gleichfalls ohne Namensunterschrift, in R. Haym's „Preußischen Jahrbüchern" von 1859 (Band IV.). Die philosophische Grundlage seiner politischen Anschauungen ist hier wohl zu erkennen. Es setzte vor allen Dingen in dem Jünger der deutschen Philosophie eine große Selbständigkeit des Denkens voraus, dem Gründer des sogenannten „Positivismus" so ausreichend Gerechtigkeit widerfahren zu lassen, ohne irgendwie von dessen glänzenden Eigenschaften bestochen zu sein. Zuerst in Deutschland machte Twesten, in der bescheidenen Form eines anonymen Essay's, auf den originellen Denker aufmerksam, der, mehr benutzt als genannt, in Frankreich einem Littré, in England den Stuart Mill, Lewes, Buckle die fruchtbarsten Anregungen gegeben hatte. Twesten verhält sich wesentlich referirend, wenigstens der äußeren Form der Darstellung nach, und bewährt hierin ein eigenthümliches Talent, das später auf politischem Gebiete wichtige Dienste leisten sollte. Den geschichtsphilosophischen Forschungen war, wie unter Anderm ein nachgelassenes Manuskript bewährt, Twestens lebhaftes Interesse stets zugewandt, und das mag ihm auch zuerst Comte's Werke näher gerückt haben. Der Philosophie vindizirt er einen höheren Charakter, als den, der sich in logischen oder metaphysischen Untersuchungen erschöpft, einen encyklopädischen universellen Charakter, „nicht in dem Sinne einer äußerlichen Zusammenstellung, sondern in dem höheren einer inneren sachlichen Verbindung." Mit Comte unterscheidet er, geschichtlich und dialektisch, drei Arten der Philosophie, die theologische oder supranaturalistische, die metaphysische, und die der exakten Wissenschaft, welche auf die induktive Methode zu gründen ist. Die Metaphysik ist aus den Naturwissenschaften längst vertrieben, aber „in den Theorien über Recht, Moral und Politik herrscht zwar kein einzelnes metaphysisches System, doch im Wesentlichen die Begriffe und Satzungen, welche die Metaphysiker von Thomas von Aquino bis auf Hegel ausgearbeitet haben." — — „Hegel führte eine ernste tiefdurchdachte Arbeit in die Philosophie zurück; sein encyklopädisches System war das letzte, welches als universelle Theorie Einfluß gewann." — — „Man stimmt neueren Philosophen (Lotze und Schopenhauer) freudig zu, daß die Metaphysik aller Orten Bilder statt Begriffe, leere Tautologien als Ursachen, abstrakte Umschreibungen der Phänomene als deren Erklärung bietet." Der Mann, der dieser Anschauungsweise, welche die sogenannte praktische Philosophie auf das gründliche Studium der Geschichte begründen will, nach Twesten's Ansicht, am nächsten steht und am besten gerecht wird, ist Auguste Comte. Seinen inneren Zusammenhang mit dem deutschen Geistesleben belegt Twesten durch Anführungen aus Goethe und Humboldt, besonders für die naturwissenschaftliche Forschung. Aber der Kern der Twesten'schen Darstellung liegt in Comte's „positiver Soziologie", welche er mit großer Anerkennung analysirt, zugleich aber in einzelnen Punkten scharf kritisirt. Er sieht in ihr einen geistvollen Versuch, die Geschichte der menschlichen Gesellschaft ohne Voreingenommenheit — „die Wissenschaft als solche ist weder idealistisch, noch materialistisch". — in ein Gesammtbild systematisch zu verarbeiten. Dagegen erklärt sich unser Autor entschieden gegen Inhalt und Form des zweiten umfangreichen Werkes von Comte, „das System der positiven Politik". Es ist bekannt, daß der geniale Denker sich in seinen späteren Lebensjahren in Phantastereien verlor, und dieses Buch ist schon ein trauriger Beleg dafür. Comte ist hier mit seinen eigenen Grundsätzen zu widerlegen; denn da er an der Ungründlichkeit seiner geschichtlichen Kenntnisse scheitert, so sprechen seine irrigen Folgerungen wenigstens nicht gegen die Richtigkeit seiner Methode.

Twesten sagt: „Wenn die Spezialität der Beschäftigungen, allzu große gesellschaftliche Unterschiede, vermeintliche oder wirkliche Gegensätze der Interessen, ständische oder nationale Vorurtheile diesem Gefühle (der Zusammengehörigkeit) entgegentreten, und zu ihrer Rechtfertigung Theorien des Egoismus proklamiren, so soll die Idee des Allgemeinen mit tieferer Erkenntniß die Lehren der Vereinzelung bekämpfen und die großmüthigen, uneigennützigen Bewegungen der menschlichen Natur zu stärken suchen. Wahre Weisheit führt zur Liebe. Die feste Grundlage einer theoretischen Weltanschauung ist für den Einzelnen, wie für ganze Völker nothwendig, um den schwankenden Neigungen Halt zu geben; sonst wird das Sittliche Sache des Geschmacks und des Beliebens." Wie aber diese „theoretische Weltanschauung" zu gewinnen sei, das führt Twesten hier in einem Gedankengange aus, dessen Resultat sich ungefähr in den Worten zusammenfassen läßt: „Theoretisch und praktisch muß die Politik erkennen, daß sie bedingt ist durch das Gesammtleben der Gesellschaft, wie es sich in den materiellen Arbeiten und den geistigen Bestrebungen, in ethischer und sozialer Bildung, in Kunst und Literatur, in Wissenschaft und Philosophie offenbart." Diese breite Anschauung haben wir, ungemindert und in die Praxis der Gegenwart übersetzt, in seinen Broschüren verarbeitet gefunden. In dieser Umspannung des gesammten Kulturlebens und dessen ethisch-politischer Verwerthung liegt der ganze Mann, der im Jahre 1861 das Feld des öffentlichen Lebens und der parlamentarischen Kämpfe betrat. —

Im ersten Jahrgange meiner „Deutschen Jahrbücher", da der kurze Frühling des liberalen Regiments schon zur Neige ging, und Twesten unter den Vorkämpfern der neu entstandenen Fortschrittspartei seiner rasch gewonnenen Popularität alle Ehre machte, erschien eine umfangreiche Arbeit von ihm über „Schiller im Verhältniß zur Wissenschaft", die ein Jahr später (1863, Berlin, Guttentag) als Buch herausgegeben ward. Der Nachhall der Schillerfeste war noch nicht verklungen; an dem Festjubel selbst hatte Twesten sich nicht thätig betheiligt. Seiner soliden Geistesrichtung hatte die Politik, welche mit Tischreden und sonstigem Phrasenrausch betrieben wird, niemals zugesagt. Aber eine so umfassende Bewegung, wie die damalige, auf ihre tieferen Elemente zurückzuführen und gleichsam zum kulturgeschichtlichen Verständniß zu bringen, das war seine Sache. 1859 hatte die Wiener Akademie Schillers Verhältniß zur Wissenschaft zum Gegenstande einer Preisaufgabe gemacht. Der Preis lockte unsern Freund nicht; es ist kaum anzunehmen, daß dieses Preisausschreiben ihm auch nur eine äußere Anregung gegeben. Denn während das Wiener Programm Schiller als Aesthetiker und Historiker ins Auge faßte, lag es Twesten hauptsächlich daran, „das Verhältniß Schiller's zu Kant in allen seinen wissenschaftlichen Bestrebungen zur Anschauung zu bringen, und darzuthun, wie die beiden großen Dichter mit dem tiefsten Denker vollständig übereinstimmten in einer Philosophie, welche mehr und mehr die Wissenschaft und das Leben zu beherrschen anfängt, obwohl sie eine Zeit lang durch imaginäre Systeme zurückgedrängt ward."

Selbstverständlich gehört zur Lösung dieser Aufgabe eine mehr als dilettantische Vertrautheit mit der Kant'schen Philosophie, deren Vorgängern und Ausläufern; wir haben das Zeugniß berühmter Fachgelehrten dafür, daß Twesten seinen Stoff durchdrungen und bewältigt hat. Nach einer allgemeinen Einleitung über Schiller's Bildungsgang und die wesentlichsten, dessen Jugend bestimmenden oder beeinflussenden, geistigen Richtungen, wendet sich Twesten zu dem Philosophen Schiller, dessen noch unklare und poetisirende Anläufe und Versuche vor seiner Bekanntschaft mit Kant Twesten kurz behandelt, um dann nachzuweisen, wie Schiller sich im Studium der „Kritik der reinen Vernunft" nicht blos zum Aesthetiker, sondern zum großen Philosophen ausgebildet habe. Wir müssen uns leider versagen, auf die Einzelnheiten dieser Beweisführung einzugehen, welche sich zu einem werthvollen Fragment der Geschichte der Philosophie erweitert.

In dem dritten Kapitel wird Kant als Reformator der Moralphilosophie dargestellt und Schiller's Verhältniß zur „Kritik der praktischen Vernunft“ entwickelt; hier hat Schiller Selbständiges geleistet und gewiß hat Niemand die Aesthetik in einen tieferen Zusammenhang mit der Ethik gebracht, als in den „Briefen über ästhetische Erziehung“ geschehen ist. Schiller hat die eiserne Säule des kategorischen Imperativ nicht blos mit den Blumen der Dichtkunst umwunden, er hat vielfach, besonders in der Schrift über „Anmuth und Würde“, die starren Kategorien Kant's belebt und mit der schönen Menschlichkeit in Einklang gebracht. Die Differenz zwischen Kant und Schiller in dieser Beziehung bezeichnet Twesten mit den Worten: „Schiller's Angriff traf gewiß den Punkt in Kant's Ethik, den wir als eine unhaltbare und leere Abstraktion betrachten müssen, aber seine Ausführung ist eine Inkonsequenz; denn gab er einmal zu, daß wahre Moralität nur aus Pflicht und um der Pflicht willen handeln könne, dann durfte er sich über die imperative Form des Moralgesetzes und über die Abweisung der Neigung aus der Moral nicht mehr beschweren.“ Twesten's geistreiche Auseinandersetzung könnte hier des Näheren nicht mitgetheilt werden, ohne ganze Stücke aus Kant und Schiller einzuflechten; darum sei mit warmer Empfehlung auf das Buch selbst verwiesen, welches, abgesehen von seinem wissenschaftlichen Werthe, durch die sittliche Wärme und reine Idealität das schöne Bild des verewigten Verfassers beleuchtet und erhellt.

Indem Twesten an der Hand Schiller's ein Ideal schöner menschlicher Sittlichkeit erbaut, vertheidigt er seinen Geisteshelden gegen den Vorwurf der Romantiker, ein abstrakter Moralprediger zu sein. „Es soll der Mensch allerdings nicht einzelne sittliche Handlungen verrichten, sondern ein sittliches Wesen sein.“ — „Die Vortrefflichkeit beruht bei Individuen und Völkern auf der Kongruenz der Naturanlage mit dem moralischen Gesetz, auf dem Zusammenstimmen der Neigung und der Pflicht."

Wie sich durch den „innern Zusammenhang der ganzen Natur und der Menschen insbesondere" die individuelle Moral zur öffentlichen erweitert und die Politik an die Ethik knüpft, so mußte auch an Schiller's Geistesgang diese Entfaltung beobachtet werden. Inwiefern Schiller ein Revolutionär gewesen, wie er sich vom abstrakten Weltbürgerthum zum Staatssinn erhoben, wird von Twesten gründlich dargelegt, ebenso sein Verhältniß zur Religion. „Er will die Religion nur, gleich dem ästhetischen Sinn, als ein Surrogat der Tugend gelten lassen, um die Legalität des Lebens zu sichern, wo keine wahre Moralität zu hoffen ist, als einen Sicherheitsanker für das Wohl der Menschen."

. In den letzten Abschnitten wird Schiller als Geschichtsphilosoph und Geschichtsschreiber betrachtet und in dieser Hinsicht gegen die übliche Geringschätzung gewahrt. Namentlich seine objektive Auffassung des Mittelalters und sein tiefes Verständniß großer Charaktere kommt dabei zu Ehren. Indem hier Twesten die verschiedenen Phasen der geschichts-philosophischen Betrachtung sondert, kommt er auf den, im Aufsatz über Comte entwickelten Gedanken zurück, daß die moralischen Wissenschaften allmälig, gleich den exakten Fächern, auf gründliche Erforschung und genaue Zusammenstellung der Thatsachen begründet werden müssen, daß man erst von der Erfahrung zum Gesetz, vom Einzelnen zum Allgemeinen aufsteigen dürfe. Zum Schlusse wird, nach vollendetem Kreislauf, die Rückwirkung der philosophischen und geschichtlichen Studien auf Schiller, den Dichter, dargestellt und so die Einheit seiner Natur, die Totalität seiner Weltanschauung geschildert, sein ganzes geistiges Dasein resumirt.

Die nächsten Jahre nach Beendigung dieser Arbeit wurden bei Twesten dergestalt von den Kämpfen des öffentlichen Lebens ausgefüllt, daß sie wenig literarische Erzeugnisse aufweisen. Zwar besteht auch sein parlamentarisches Wirken in einer gedankenreichen Vertiefung des politischen und juristischen Stoffes und einer philosophischen Zurückführung der gegenwärtigen Wirren auf allgemeine Gesichtspunkte. Auch die meisten seiner zahlreichen Landtagsreferate, z. B. über die Militärfrage, über Schleswig-Holstein, über Lauenburg, über die kurhessische Verfassung, über die Verträge mit den Reichsunmittelbaren, über die norddeutsche Bundesverfassung, bewähren theils stilistische Meisterschaft, theils eine lichtvolle historische Darstellung. In dieser Beziehung nenne ich beispielsweise den im achten Bande meiner „Deutschen Jahrbücher“ (dem dritten Bande von 1863) mitgetheilten Bericht „über die Restauration der ehemals Reichsunmittelbaren in Preußen“, in welchem die geschichtlichen Momente ebenso scharf, wie die Rechtspunkte, herausgearbeitet sind. Die hier behandelte Rechtsfrage ist, nach langen Verzögerungen, erst kürzlich in der, von Twesten beantragten Richtung beseitigt worden. Was, neben den erwähnten Vorzügen, Twesten's Referate noch auszeichnete, war die durchsichtige Klarheit, die überzeugende Einfachheit der Auffassung. Die verwickeltesten Probleme entwirrte er mit so sicherer Hand, daß die Lösung den Meisten wie eine selbstverständliche Sache vorkam, obgleich er die Ansichten der Gegner und deren Begründung niemals verschwieg oder verdunkelte. Aber er beherrschte den Stoff nach allen Richtungen und mischte niemals Unnöthiges hinein; man war mit ihm stets in der Mitte der zu entscheidenden Angelegenheit. So hat er namentlich in der Budget-Kommission des Abgeordnetenhauses Bedeutendes geleistet und in der schlimmsten Zeit Reformen vorbereitet, die wenige Jahre darauf in Wirklichkeit eingeführt wurden.

Zur Signatur der Konfliktszeit in Preußen gehörte es, daß das Recht der Landesvertretung darin gleichsam, wie ein äußerlich hinzugetretenes, wie ein fremdes Gewächs in einem fertigen Organismus erschien. Der Absolutismus hatte diesen Staat aufgebaut und in allen Funktionen desselben sein System durchgeführt. Nach und nach hatten sich einzelne Bestandtheile von einander abgelöst und liefen unvermittelt neben einander her: die Reste des Feudalstaates, der Militärstaat, der Beamtenstaat. Gegen die Verbindung und gemeinsame Herrschaft dieser Elemente kämpfte, scheinbar mit schwächeren Kräften und im Nachtheil, der parlamentarische Rechtsstaat an. Die ganze beamtliche Organisation stand auf dem Boden des Absolutismus und ward auf diesem Boden von der Justiz bald offen geschützt, bald sogar für völlig unnahbar erklärt. Dieses Verhältniß regte Twesten zu einer Arbeit an, welche unter dem Titel „der preußische Beamtenstaat", kurz vor Ausbruch des preußisch-österreichischen Krieges, in zwei Heften der „Preußischen Jahrbücher" erschien. Die Entstehung der behördlichen Organisationen und die Geschichte des Beamtenstandes wird an dem Uebergang aus den politischen Bildungen des Mittelalters in den modernen Staat, an dem Uebergang vom Vasallenthum zur Landeshoheit, von der Landeshoheit zur Souveränetät erklärt. Es wird dargestellt, wie das öffentliche Recht sich langsam aus dem Privatfürstenrecht erhob, wie Land und Leute lange Zeit als fürstliche Privatdomäne gegolten hatten und wie solche Traditionen nachwirkten. Das moderne Königthum, wie es Friedrich Wilhelm I. nicht dem Namen, aber der Sache nach schuf, das absolutistische Regierungssystem nach der „Staatsraison" wird als ein großer Fortschritt bezeichnet. Auch für freisinnige Anschauungen war der bevormundende Absolutismus lange Zeit die allgemeine Voraussetzung auf dem europäischen Kontinent. In wirthschaftlicher Beziehung herrschte demgemäß das Merkantilsystem vor; es war, nach Twesten, das Korrelat des fürstlichen Absolutismus und sowohl die Grundlage, als die theoretische Rechtfertigung für die fiskalische Ausdeutung des Volkes. Das Militärwesen entwickelt sich vom alten Lehnsheere nach denselben Analogien zur stehenden Armee. Uebrigens stand der Beamte als „königlicher Diener" in gleicher Subordination, wie der Soldat, und wurde oft noch schlechter behandelt. Unter und nach Friedrich dem Großen war man geneigt, die Erfolge und die Machtstellung des Staates, statt dem Genie des Königs, den staatlichen Einrichtungen zuzuschreiben, die mechanische Staats- und Heeres-Ordnung für vortrefflich zu halten. Mirabeau's, K. F. Moser's und Anderer einsichtsvolle Kritiken zieht Twesten hier in den Bereich seiner Darstellung, bevor er den Untergang und den Uebergang schildert. Die achtungswerthen Seiten und die ehrenwerthen persönlichen Eigenschaften des preußischen Beamtenstandes, welche diesem Staatskörper so lange, als er die einzige Garantie der Rechtsübung bildete, so viel Ansehn und Macht verschafft hatten, erkennt Twesten nach ihrer geschichtlichen Bedeutung an. „Im siebzehnten und achtzehnten Jahrhundert hatte eine mächtige Staatsgewalt die nothwendigen Umbildungen in die Hand genommen, und ihre Reformen hatten großen Erfolg. Aber jede absolute Gewalt macht sich allmälig zum Selbstzweck; sie dankt nicht freiwillig ab, wenn sie die Dienste, deren sie fähig ist, geleistet hat. Je heftiger sie dann bestritten und bekämpft wird, desto mehr erstarrt sie in sich." So war in der preußischen Gesetzgebung von der großen Epoche bis zu 1848 nichts Organisches und Ganzes mehr geschaffen worden. Flickwerk und Willkür waren das Gepräge aller jener Gelegenheits-Verordnungen. Die Disciplinargesetze demoralisirten den Beamtenstand und ließen auch den Richterstand nicht unberührt. Das neue Strafrecht schützte auch die ungesetzlichen Handlungen der Behörden ganz direkt. Die Verfassung (besonders Artikel 106) sichert der Regierung jede Handhabung des Beamtenkörpers, über den, nach einer gefälschten konstitutionellen Theorie, die zum Schein verantwortlichen Ministerien mehr Gewalt beanspruchen, als die früheren Ministerien der absoluten Gewalt. Von diesen Ausgangspunkten kommt Twesten zur Analyse des Verfalls des öffentlichen Rechts und überhaupt der Rechtspflege in Preußen. Er verlangt in klarster und entschiedenster Ausdrucksweise die Einrichtungen des Self-Government und eine unabhängige Justiz über der Verwaltung, als die Grundbedingungen für das Zusammenstimmen von Verfassung und Verwaltung, ja für die Erhaltung des preußischen Staatswesens überhaupt. Auch hat sich keine Partei jemals so warm, wie die, unter seiner leitenden Mitwirkung bald darauf gestiftete, national-liberale, dieser wichtigsten Forderungen angenommen.

Im Beginn des Jahres 1865 berichtete Twesten einmal in der Berliner Juristischen Gesellschaft über die staatsrechtliche Literatur der beiden verflossenen Jahre. (Siehe Hiersemenzels Deutsche Gerichtszeitung, Organ des Juristentages. Nr. 4 von 1865.) Sein Bericht spiegelt in wesentlichen Punkten die Eindrücke, welche wir eben hervorgehoben haben, obgleich das Gesammtbild zu dem Schlußsatze führt, „daß unser Zeitalter sich noch in aufsteigender Linie befindet.“ Mit warmer Anerkennung bespricht er Rönne's „preußisches Staatsrecht“, Gneist's und des, damals eben verstorbenen Fischel Arbeiten über die englische Verfassung, Bluntschli's „Geschichte des allgemeinen Staatsrechts und der Politik.“ Bei Gneist bedauert er, daß „ein feuilletonistisch-pikanter Vortrag die Einrichtung eines Staatsraths wie eine Art Panacee für alle möglichen Mängel der Gesetzgebung und Verwaltung“ empfohlen habe, und von Zöpfl's „deutschem Staatsrecht“ sagt er: „Bei Zöpfl scheint mir die Hinneigung zur bestehenden Gewalt aus einem Optimismus hervorzugehen, welcher das Vorhandene nicht nur mit Hegel vernünftig, sondern mit Candide vortrefflich findet.“ In dem folgenden Jahrgang derselben Zeitschrift (Nr. 4 von 1866) hat Twesten eine gediegene Besprechung des Werkes von A. W. Zumpt, „das Kriminalrecht der römischen Republik“, geliefert. Auch dies war ursprünglich ein mündlicher Vortrag gewesen. Aus den nächsten Jahren dürfen seine Vorträge im Berliner Handwerkerverein nicht unerwähnt bleiben, einer über „das Zeitalter Ludwig's XIV.“, und einer über „Macchiavelli“, welcher letztere 1868 in der, von Virchow und Holtzendorff herausgegebenen „Sammlung gemeinverständlicher Vorträge“ gedruckt wurde. Mit feinem geschichtsphilosophischem Verständniß schließt sich Twesten der Auffassung Macaulay's an und erklärt den berüchtigten „Macchiavellismus“ des florentinischen Patrioten aus dem moralischen Niveau jener Zeit. Er weist übrigens nach, wie noch heutzutage der Grundsatz, daß der Zweck die Mittel heilige, im Staatsleben vielfach zur Geltung komme und besonders in dem „Kriegszustand zwischen der öffentlichen Gewalt und dem Volke“ noch gegenwärtig „die Anwendung gehässiger und niederträchtiger Polizeikünste von der einen, das politische Verbrechen von der andern Seite“ rechtfertigen müsse. Indem er, der hochsittliche Mann, den rücksichtslosen Politiker des sechszehnten Jahrhunderts so unbefangen erklärt und würdigt, sagt er: „Politik ist wirksames Handeln. Zwecke und Mittel müssen nach Zeiten und Umständen verschieden sein. Aber die ewige Aufgabe der Politik bleibt, unter den gegebenen Verhältnissen und mit den vorhandenen Mitteln etwas zu erreichen. Eine Politik, die das verkennt, die auf den Erfolg verzichtet, sich auf eine theoretische Propaganda, auf ideale Gesichtspunkte beschränkt, von einer verlorenen Gegenwart an eine künftige Gerechtigkeit appellirt, ist keine Politik mehr.“ Wohl mochte sich ihm diese Einsicht aus den vielfach unreifen und zerfahrenen Anläufen der eben verflossenen Epoche lebhaft genug aufdrängen, und schwerlich hat er sie ohne besondere Absicht gerade vor seinen damaligen Zuhörern so scharf ausgesprochen. Die Reife seines Denkens hatte ihn schon frühe von den ausgetretenen Pfaden einer bewußt erfolglosen, ideologischen Partei-Politik weggeführt. Er kannte die Gesetze des geschichtlichen Fortschritts zu gut, um nicht auch die realen Verhältnisse der Gegenwart kräftiger zu erfassen, als die Theoretiker der abstrakten Demokratie. Und auch in diesem Sinne findet man in seinen Landtagsreden, lange bevor er die nationalliberale Partei begründen half, schon den Geist und die wesentlichen Richtungen dieser Partei, welche in ihrer praktischen Methode weniger auf den Gewinn an Popularität, als auf positive Fortschritte ausgeht, und die mit ihren realen Bestrebungen sicherlich eine neue und nicht wieder zu verwischende Bahn betreten hat.

Twesten als Schriftsteller wäre nicht vollständig anerkannt, wenn nicht seiner, größtentheils auch in der Form ausgezeichneten, Kammerreden Erwähnung geschähe. Gleich seine erste größere Rede (am 14. Februar 1862) war von tiefgreifender Wirkung. Sie behandelte Preußens Interesse an der Wiederherstellung des Rechtszustandes in Kurhessen. So feurig er Preußens dabei eingesetzte Ehre betonte, so besonnen erwog er die verschiedenen politischen Möglichkeiten und den Zusammenhang dieser heiklen Angelegenheit mit dem deutschen Bundesrecht und Preußens Interesse an dessen Reform. Ein halbes Jahr später (am 16. September) bewies er mit seiner ersten großen Rede über den Militär-Etat die Unabhängigkeit seines Charakters neben der Klarheit seines Denkens. In dieser Rede, die als eine politische That gelten muß, brach er kühn, aber nach reiflicher Ueberlegung und in milder Form, mit den populärsten Vorstellungen der damaligen Fortschrittspartei, wohl wissend, daß er sich die Gunst seines Berliner Wahlbezirks unwiderruflich verscherzte. Er billigte einen wesentlichen Theil der angebahnten Heeresreorganisation, verwarf aber ebenso entschieden die verfassungswidrige Art der Einführung. In letzterer Beziehung stimmten alle Mitglieder der Majorität überein, über den positiven Inhalt des Plans der Regierung gingen die Ansichten weit auseinander. Es war damit, wie später mit der Schleswig-Holstein'schen Frage, in welcher es die Fortschrittspartei niemals zu einem bestimmten Programm bringen konnte. Ihre an sich verschiedenartigen Bestandtheile waren eben nur durch den Widerstand und den Kampf gegen die Regierung zusammengetrieben. Zwischen Waldeck's absoluter Verneinung und hartnäckigem Festhalten an der Landwehrordnung von 1814 einerseits und Twesten's auf die Bedürfnisse der Neuzeit eingehenden Kritik andererseits lag eine weite Kluft. Seine Opposition bezog sich auf den Rechtspunkt und auf die zu große Anspannung der Steuerkräfte des Landes. Auch hielt er die zweijährige Dienstzeit für zulässig und wünschenswerth. Dagegen billigte er die größere Rekrutenzahl und die Einschränkung der Landwehr-Leistung. Mit diesem Programm durfte auch ein nüchterner Kopf zur Zeit noch ein Kompromiß erhoffen. Um ein solches zu erzielen, hatte er nach beiden Seiten kräftige Einsprache zu thun und mußte beiden Seiten mißfallen. Nachdem er gesagt: „Wir haben nicht den früheren (altliberalen) Ministern zu Liebe die Organisation in allen ihren Punkten gutheißen wollen, wollen aber auch nicht aus Feindseligkeit gegen die gegenwärtigen Minister die Organisation in allen ihren Punkten verwerfen. Um der Sache willen wollen wir erhalten, was wir für gut ansehen, und verwerfen, was wir für unnöthig oder für schädlich halten", — wandte er sich gegen Waldeck's und Hoverbeck's „abstrakten Idealismus und formellen Radikalismus," „gegen die Politik der Agitation und Demonstration." Er fand, daß auf beiden Seiten Unrecht geschehen sei, was ja schon in seiner zweiten Broschüre angedeutet war, und fügte hinzu: „Es giebt neben dem konstitutionellen Recht eine konstitutionelle Moral, welche allein die Verfassung wirksam und heilbringend machen kann."

Zum Schluß warnte er vor den Zuständen der romanischen Länder, denen Deutschland durch die Erschütterung des Rechtsbodens sich nähern würde. Schärfer, als die unbesonnenen Agitationsgelüste, charakterisirte er die Tendenz der Regierung, der Armee-Verwaltung eine Ausnahmestellung zu wahren und das Heerwesen der verfassungsmäßigen Kontrolle zu entziehen. Denn jedesmal setzte er gegen die stärkere Macht auch die größere Energie ein. Mit dieser Rede hatte sich Twesten's politischer Charakter in seinem vollen Glanze gezeigt, denn sicherlich ist der bürgerliche Muth, sich dergestalt populären Strömungen zu widersetzen, seltener als jede andere Art von Tapferkeit. Auf den, in dieser Rede entwickelten Gedankengang kam er im folgenden Jahre (am 9. Mai 1863) zurück, als er die Frage diskutirte, ob der Regierungs-Entwurf des Militärgesetzes einfach abzulehnen oder zu amendiren sei, wo er es dann offen aussprach, daß der preußische Staat mit den bisherigen Machtmitteln nicht auskommen könne und also eine stärkere Rekruten-Aushebung zu bewilligen sei. Der Parteibewegung gegenüber meint er, der ideale Radikalismus dürfe in einem Parlamente nicht unvertreten sein, aber ein Unglück wäre es, wenn er die Majorität gewönne, zumal für das parlamentarische Wesen selbst ein Verderben. Freilich müsse der Radikalismus naturgemäß in demselben Grade wachsen, als der Parlamentarismus durch Rechtswidrigkeiten geschwächt würde und an Ansehen verlöre. Aber Parlamente seien kein Tummelplatz für abstrakte Theorien.

Um jene Zeit trat bekanntlich die schleswig-holsteinische Frage schon in den Vordergrund; auch dabei nahm Twesten eine hervorragende Stellung ein. Mit besonderem Eifer hatte er schon im April des Jahres 1863 die Regierung wegen der, damals dänischer Seits beabsichtigten, Inkorporation Schleswigs interpellirt, und die schwierige Lage der liberalen Opposition, welche diesem Ministerium keine Mittel bewilligen konnte und dennoch eine nationale Kraftäußerung wünschen mußte, zu klären gesucht. Mit seinem ehrlichen Sinn, in seiner offenen Weise sprach er es aus, daß man sich über die große Frage erklären müsse, wenn man auch dieser Regierung gegenüber keine Verbindlichkeit übernehmen und sie deshalb auch nicht zu positivem Handeln antreiben könne. Zu einer energischen nationalen Politik gehörten, ihm zufolge, im Innern andere Voraussetzungen, als damals in den Verhältnissen gegeben lagen. Allein die Angst, daß der richtige Moment unwiederbringlich verloren gehen könnte, drängt ihn, hinzuzufügen: „Jetzt ist die Zeit gekommen, um nicht blos durch Erklärungen, sondern auch durch die That zu erhärten, daß kein innerer Konflikt in einem einzelnen Staate Deutschlands und kein Konflikt zwischen den verschiedenen Staaten Deutschlands unter einander in das Gewicht fallen darf bei der Frage über die Integrität des deutschen Vaterlandes". Und kurz darauf (am 2. Dezember 1863) sagte er, er wolle „lieber das Ministerium Bismarck ein paar Jahre länger ertragen, als ein deutsches Land für immer verloren gehen lassen." — Nicht Viele stellten sich damals diese Alternative so entschieden! Noch einmal später (am 15. März 1865) ermahnt er bei der Budget-Debatte, um der nationalen Sache willen, zur Versöhnung im Innern. Im Verlauf der Schleswig-Holstein'schen Angelegenheiten warnte er vor dem preußisch-österreichischen Bündniß, als einem unhaltbaren und schädlichen, und führte den Gedanken aus, Preußens naturgemäße Stellung sei an der Spitze der Mittelstaaten. Darum war er zu jener Frist nicht für die Annexion der Herzogthümer, sondern für die sogenannten Februarbedingungen, d. h. für unterordnenden Anschluß. Unter Preußens Leitung sollten die kleineren Staaten ihren Theil an der nationalen Pflichterfüllung übernehmen. Den kleinen Staaten ruft er mehrmals den Aristotelischen Satz zu: „Ein spannelanges Fahrzeug ist kein Schiff", wogegen er den Preußen sagt: „Wir dürfen nicht die nationalen Interessen von den staatlichen Interessen trennen."

Die Lösung der nationalen Aufgaben verzögerte sich; im Innern wurde der Zustand immer unerträglicher, die Auflösung aller gesetzlichen Einrichtungen ergriff auch die Justiz. Twesten, der Gemäßigte, der Versöhnliche, sah das Palladium des Rechts bedroht und unternahm den kühnen Feldzug gegen das Justizministerium und das Obertribunal, der in der Geschichte des Parlamentarismus sonder Gleichen da steht. Niemals ist in einer deutschen Kammer Stärkeres gesagt, niemals ist, bei aller Ruhe und Sicherheit der Begründung, heftiger, ja leidenschaftlicher gesprochen worden, als von diesem sonst so freundlichen und milden Manne, dem jeder persönliche Groll so weitab ferne lag. Seine beiden Reden vom 20. Mai 1865 und vom 10. Februar 1866 sind Denkmale des Bürgermuthes, wie der Beredtsamkeit. Doch waren das nicht die einzigen Tage, an welchen, damals und später, sein Gewissen ihn in den Kampf trieb für unabhängige Rechtspflege und für parlamentarische Redefreiheit. Die Vorgänge sind noch zu neu, um hier erzählt werden zu müssen. In vielen Gemüthern zittert die Wirkung seiner leidenschaftlichen Accente noch nach. Was den Eindruck der gewaltigen Worte zur höchsten Wirkung steigerte, war, daß der ganze Mann, wie Jeder fühlte, mit Leib und Leben, mit Gesundheit und Gut dafür einstand. „Wir sind nicht da", so hatte er begonnen, „um Illusionen (wie die Tradition von der Unabhängigkeit des preußischen Richterstandes) aufrecht zu halten, deren Behauptung zur Heuchelei wird." Und dann: „Freilich könnte sich die rechtsverachtende Gewalt nicht am Ruder erhalten, wenn sich ihr nicht die servile Ehrlosigkeit zur Verfügung stellte." ... „Die Geschichte der letzten Jahre lehrt allerdings, daß es unserer Verfassung an den nothwendigsten Garantien fehlt. Hier ist der

Punkt, wo es sich künftig zeigen muß, ob es Ernst werden soll. Der Rechtszustand des Landes darf nicht für alle Zeit von dem guten Willen der jeweiligen Gewalt abhängig bleiben. Hier müssen wir einen Markstein aufrichten!“ ... „Die Regierung hat Alles für sich, sie hat die Autorität des königlichen Namens, sie hat Geld und Kanonen, sie hat Polizei und Gerichte, aber Eines hat sie gegen sich: das Gewissen des preußischen Volkes!“ Stärkeres, und namentlich die Aufforderung zum Widerstande gegen ungesetzliche Gewalt, unterdrücke ich, um kaum verharschte Wunden nicht aufzureißen. Den Berliner Wählern freilich war und blieb unser verewigter Freund nicht „entschieden“ genug. Die Gegner aber konnten nicht vergessen und suchten, trotz Ausgleich und Indemnität, noch die vorletzten Jahre seines Lebens mit dem, an diese Reden geknüpften Prozesse zu verbittern.

Er dagegen kannte keine persönliche Erbitterung. Da er die Stunde der Versöhnung kommen sah, trat er am eifrigsten dafür ein. Der Glückliche hatte dabei Nichts zu verleugnen. Als er die Indemnität empfahl, sagte er von dem Konflikt: „der Streit berührte das tiefste Wesen unseres ganzen Rechtszustandes, unseres verfassungsmäßigen Lebens“, und fügte hinzu, was ihm Jeder aufs Wort glaubte, beim ersten Rechtsbruch würde er diesen Streit wieder aufnehmen. Doch meinte er später, als es sich um die schon ausgezahlten Abfindungssummen für die Depossedirten handelte, er möchte nicht, daß der Konflikt wieder anknüpfen solle an die großen Ereignisse von 1866, an die Erwerbung von Königreichen; er stelle sich niemals neben die Thatsachen, sondern er könne sich nur in die Thatsachen hineinstellen. Bei aller Versöhnlichkeit hatte er gleich Anfangs vor den reaktionären Fachministern gewarnt, denen die Assimilirung der neuen Provinzen nicht anvertraut werden dürfe. Eine positive Theilnahme der liberalen Partei an den großen

Aufgaben des Staates sei nöthig geworden, die bisherige rein negative Haltung sei fürderhin nicht ausreichend. Die großen Aufgaben, wie die großen Gefahren, waren bestimmend für ihn. Wenn er übrigens dem beanspruchten Antheil der bezeichneten Fachminister an den Erfolgen von 1866 widersprach, so machte er sich über den Liberalismus des leitenden Staatsmannes auch keine Illusionen und lehnte gelegentlich die sogenannte „Zweiseelentheorie" sehr entschieden ab. Ja, noch in den späteren Verhandlungen über die Erneuerung des Staatsschatzes erscholl seine laute Warnung vor dem „Ruere in servitium". Er erfuhr es unter Anderen auch an sich selbst, daß mit der alten Verfolgungs- und Maßregelungs-Politik im Innern noch nicht völlig gebrochen war; selbst die Wiederherstellung der parlamentarischen Redefreiheit bedurfte noch eines langen Kampfes. Vor allen Dingen verlangte Twesten noch nicht eine liberale, sondern zunächst eine gesetzliche Regierung, eine nach Gesetzen geführte Verwaltung. Konservativ oder liberal? Diese Frage sei zu stellen bei der Findung neuer Gesetze; für die Verwaltung wie die Justiz gebe es nur eine Richtschnur: die bestehenden Gesetze.

Im konstituirenden Reichstage prüfte Twesten den vorgelegten Bundesverfassungs-Entwurf auf das Gründlichste. Er hat an dessen Verbesserung, wie an die Vertheidigung und Durchführung des verbesserten, seine ganze Kraft gesetzt. Dem hohen Ziele sollten wohl Opfer gebracht werden, aber nicht von den kärglich zugemessenen Verfassungsrechten des Volkes. „Rechte können übertragen werden, dürfen aber nicht verloren gehen." Anfangs wohl hatte Twesten nicht an die Möglichkeit verantwortlicher Ministerien für die Centralgewalt geglaubt, später aber — und das war einer der letzten Momente seines öffentlichen Wirkens — selbst den Antrag auf deren Einführung gestellt.

Es ist uns hier versagt, auf die Einzelnheiten seines reichen Wirkens eingehen zu dürfen; nur die Höhepunkte desselben haben wir, nach den ihn leitenden, sittlichen und politischen Prinzipien, bezeichnen wollen. Außer den unmittelbaren Leistungen, für welche die Gegenwart ihm zu danken hat, hinterläßt eine so schöne Persönlichkeit noch den Segen ihres reinen Bildes, und daß wir uns in allen schwierigen Lagen des öffentlichen Lebens fragen dürfen: Wie würde Karl Twesten gehandelt haben?

V.

Ueber konstitutionelle Moral und Sitte.

März 1871.

Unberechenbar sind die mittelbaren Wirkungen großer Ereignisse auf die Gemüther der Menschen. Drängt sich uns zunächst die Frage auf, ob und welchen Vortheil die freiheitliche Entwickelung Deutschlands von dem äußeren Glanz und der erhöhten Sicherheit der Gegenwart ziehen werde, so wird leicht die Antwort gegeben, daß das Erleben welterschütternder Begebenheiten allerdings das politische Verständniß schärfe, aber den Rechtssinn abstumpfe; und zwar nicht blos durch die nach gewaltigen Anstrengungen eintretende Erschlaffung und Gleichgültigkeit, sondern mehr noch durch den allgemeiner verbreiteten Kultus der Gewalt, der Machtmittel und ihrer genialen Verwerthung. Eine Seelenstimmung, die an einzelnen Geschichtsforschern häufig zu beobachten ist, kommt dann auch in weiteren Kreisen zur Geltung. Der Widerstand gegen die Ansprüche der unverantwortlichen - Staatsleitung wird um so schwächer, je nöthiger er wäre. Denn eine siegreiche Regierung ist an sich schon eine starke Regierung; meistens sogar bringt sie aus dem Kriege bereits die Werkzeuge unabhängigen Schaltens mit.

Dagegen macht sich in weiten Kreisen die zuversichtliche Hoffnung geltend, daß das abschreckende Beispiel des, durch Diktaturen und Gewaltthätigkeit aller Art moralisch und materiell so tiefgesunkenen, bis ins Mark geschwächten Frankreichs für Europa nicht verloren gehe. Für Deutschland beginnt eine neue Entwickelung. Mit der deutschen Gesammtverfassung wird jetzt erst der volle Ernst gemacht. In dem geeinten Deutschland stehen dem Einfluß des leitenden Staatsmannes ansehnlichere Kräfte gegenüber, als im Nordbund, und die Noth des Augenblicks darf nicht mehr ängstliche Seelen über die konstitutionellen Bedenken hinwegheben. Dazu kommt, daß die Einzelverfassungen, durch die an das Reich abgetretenen Befugnisse und die Veränderung der Machtverhältnisse modifizirt und theilweise in Frage gestellt, einer entsprechenden Revision bedürfen.

Auf welche Seite wird der Gewinn fallen? Auf die Seite der minder beschränkten Souveränität? Zu Ehren der glänzenden militärischen Leistungen, der Popularität gekrönter oder dem Throne nahestehender Heerführer, oder weil dem konstitutionellen Fortschritt die gewöhnliche Handhabe, die finanzielle Verlegenheit der Regierungen, abgeht? Dagegen getrösten wir uns, daß in diesem Kriege die Richtung auf die nationale Einigung und Neugestaltung von Anbeginn so scharf bestimmend hervortrat und daß der Schwerpunkt der Entscheidung in die bewußte und willenskräftige Einmüthigkeit des Volkes selbst gelegt war. Hieraus, wie aus der Kriegführung selbst, ergiebt sich die erhöhte Achtung, welche den niederen Klassen und jedem Mitgliede derselben gezollt werden muß. So viel steht fest: die nachhaltige Zurückdrängung, die dauernde Umgebung einer bestimmten, vom Volke eingeschlagenen und in den allgemeinen Wahlen bekundeten Richtung ist kaum noch denkbar. Wenn die Nation nochmals eine Reaktion erleidet, so hat sie in erster Reihe sich selbst, das heißt: die Unklarheit der Mehrheiten anzuklagen. Darum braucht man vermuthlich über das Was weniger in Sorge zu sein, als über das Wie. Der Unverstand ist mehr zu fürchten, als böser Wille, Gewalt und Betrug. Neue Rechtszustände sind zu begründen, für welche weder das konstitutionelle Ausland, noch die fremden Föderativstaaten, noch die Vergangenheit passende Muster liefern können. Aus dem eigenen Geiste der Nation muß geschöpft werden und, nach einer untrüglichen geschichtlichen Erfahrung, können von den besten gesetzgebenden Versammlungen nur diejenigen Einrichtungen und Rechtssätze erfolgreich durchgeführt werden, deren Vorbild und Inhalt schon in das lebendige Bewußtsein der Massen eingedrungen ist.

Indessen hat jedes Rechtsinstitut seine innere Logik, die zu gewissen Folgerungen zwingt Und wer das konstitutionelle Leben ernsthaft erstrebt, muß die Hermeneutik des öffentlichen Rechts an dem Lande studiren, wo allein das konstitutionelle System, auf alle staatlichen Zustände eines großen Volkes angewandt, zur vollen Wahrheit geworden ist. Darum hat sich die deutsche Wissenschaft und der Eifer unserer Uebersetzer mit Recht den staatsrechtlichen Schriften des neuzeitlichen Englands zugewandt.

In England hat die staatsrechtliche Literatur, nachdem sie eine Zeit lang pausirt hat, durch die mit und seit der letzten Reformakte aufgetauchten Fragen wieder an äußerem und innerem Reichthum gewonnen. Während von liberaler Seite die, durch das erweiterte Wahlrecht in den Vordergrund getretene, geheime Abstimmung, die Verwirklichung der „Nationalerziehung", die Reform der Gemeindekorporationen und Aehnliches behandelt wird, arbeiten die konservativen Juristen noch immer vorzugsweise an der Feststellung des konstitutionellen Rechts durch Sammlung maaßgebender Präcedenzfälle und suchen die Funktionen der großen Staatskörper mit der parlamentarischen Praxis in einer Weise zu kombiniren, welche Dem, was bei uns Geschäftsordnung heißt, eine höhere Bedeutung verleiht. Wie jedem Recht der Exekutive eine entsprechende Befugniß der kontrolirenden Landesvertretung gegenüber steht, so hat auch jede derartige

Befugniß eine bestimmte Form der parlamentarischen Thätigkeit geschaffen, und diese Formen werden wiederum als erhöhte Garantien des ursprünglichen Rechtes kultivirt.

Seitdem den Kolonien eigene Verfassungen gewährt sind, welche durchweg getreue, aber nicht immer zweckentsprechende Nachahmungen der mutterländischen Institutionen enthalten, hat sich die Praxis des Mutterlandes naturgemäß auch über die Kolonien verbreitet. So verdankt das englische Staatsrecht beispielsweise einem Kolonialstaate eine der gründlichsten und einflußreichsten neueren Arbeiten, nehmlich das Buch „über die parlamentarische Regierung in England“ von Alpheus Todd, der weit über ein Vierteljahrhundert — fast so lange, als in Kanada eine „verantwortliche Regierung“ besteht, — an englischen Präcedenzfällen für das Repräsentantenhaus in Ottawa, dessen Bibliothekar er ist, gesammelt hat. Todd ist ein Tory, er nennt sich einen Konservativen und beklagt die zunehmende Schwächung der Exekutivgewalt. Aber so ein britischer Konservativer hält an den Gesetzen fest; gerade als Konservativer verlangt er die wissenschaftliche Erforschung, die gewissenhafte Auslegung, die pedantische Ausführung derselben. Nichts steht ihm höher, als die Herrschaft des Gesetzes oder der juristischen Tradition über alle Lebensgebiete, natürlich auch über die ganze Exekutivgewalt. Er würde sich nicht genug wundern können, daß auf dem Kontinente häufig eine Richtung als konservativ bezeichnet wird, welche auf den Umsturz der Verfassung, jedenfalls auf die Umgehung ihres wahren Inhaltes und ihres logischen Bestandes, auf die Vereitelung ihrer grundlegenden Verheißungen ausgeht. Wie überhaupt sollte man einem verständigen Engländer einen staatsrechtlichen Zustand erklären, in welchem die geschriebene Verfassung angefüllt ist mit der Ankündigung von Grundrechten und sonstigen wesentlichen Einrichtungen, welche vergebens der ausführenden Spezialgesetze harren, weil zwischen den drei

Faktoren der Gesetzgebung keine Verständigung zu erzielen ist! Jeder vernünftige Engländer würde sagen, daß eine Verfassung, die sich nicht selbst zu schützen vermag, gar nicht den Namen Verfassung verdient; daß England keine geschriebene, aber eine lebendige Verfassung hat, deren Grundsätze die öffentlichen Sitten' und namentlich das ganze Gebiet der Verwaltung und Rechtspflege immer inniger durchdrungen haben. Er würde als Engländer die Verfassung als ein System von Gewichten und Gegengewichten bezeichnen, die sich so bedingen, daß ihr thatsächlicher Bestand selbstverständlich ist. Eine Verfassung ist nicht wie eine Uhr, welche manchmal aufgezogen wird und dann wieder stille steht, sondern der selbstthätige Organismus des öffentlichen Lebens der Nation. Nichts kann außer ihr oder gar gegen sie bestehen. Das konstitutionelle Verhältniß der drei Faktoren und die Trennung der Gewalten, diese alten Inventarstücke aus Montesquieu's und Delolme's Nachlaß, reichen nicht aus; alle Welt weiß heutzutage, daß der Rechtsstaat ohne die Grundlagen einer alle Kreise durchdringenden Selbstverwaltung und einer völlig unabhängigen Rechtspflege haltlos in der Luft schwebt. —

Obgleich ein alter englischer Rechtsspruch besagt, das Parlament, (das heißt die Uebereinstimmung der drei Faktoren) vermöge Alles, nur nicht ein Weib zum Manne zu machen, so wurde doch schon seit dem siebzehnten Jahrhundert die Frage aufgeworfen, ob das Parlament über oder unter der Verfassung stehe, wobei jedoch auf keinen Fall die wirkliche Unabänderlichkeit der Verfassung zum Grundgesetz erhoben werden sollte. Der berühmte Junius sagt: „Die vereinte Gewalt des Königs, der Lords und der Gemeinen ist keine willkürliche Gewalt. Das Lehn ist unser. Sie können es weder veräußern, noch verschwenden. Wenn wir der Gesetzgebung Suprematie beilegen, so meinen wir, daß sie die höchste Gewalt ist, von der die Verfassung weiß; daß sie die höchste ist im Vergleich mit den übrigen untergeordneten Gewalten, die durch die Gesetze eingesetzt sind. Allein die Gewalt der Gesetzgebung ist beschränkt, nicht blos durch die allgemeinen Regeln der natürlichen Gerechtigkeit und durch die Forderungen der Wohlfahrt der Gesellschaft, sondern auch durch die Formen und Prinzipien unserer besonderen Verfassung. Wenn diese Ansicht unrichtig wäre, so müßten wir zugeben, daß der König, die Lords und die Gemeinen keine andere Regel für die Fassung ihrer Beschlüsse hätten, als einzig ihren eigenen Willen und ihr Wohlgefallen. Sie könnten die gesetzgebende und die ausübende Gewalt in dieselben Hände vereinigen und so die Konstitution durch einen Parlamentsakt auflösen. Aber ich bin überzeugt, Ihr werdet es der Willkür von siebenhundert Personen nicht überlassen, ob sieben Millionen ihres Gleichen freie Männer oder Sklaven sein sollen!"

Die Zeit, in welcher Junius einer theoretischen Frage diese praktische Spitze geben zu müssen glaubte, liegt weit hinter uns. Damals war, bei dem beschränkten Wahlsystem und der fast unbeschränkten Korruption, eine verfassungswidrige Majorität gar nicht außer dem Bereich der Möglichkeiten, und Georg III. hielt sich für den „Retter der Verfassung", wenn er ein im Lande verhaßtes Ministerium festzuhalten wußte. Aus anderen Gründen beschäftigen sich noch heute, wo die Ausdehnung des Stimmrechts und entsprechende Gesetze mit einem guten Stück parlamentarischer Korruption aufgeräumt haben, die staatsrechtlichen Theoretiker Englands mit der Frage, wie und wo gegen den Mißbrauch der Majoritätsherrschaft Schutz zu finden sei. Die von ihnen gefürchtete Gefahr liegt uns in Deutschland ferne. Von anderen Seiten ist unser politisches Leben bedroht. Das traditionelle und vorurtheilsvolle Feilschen und Markten der höchsten Kreise um jedes Quentchen Machtvollkommenheit; daneben eine noch in sich abgeschlossene Büreaukratie, die sich instinktmäßig gegen das Tageslicht der Kritik verschanzt und mit den wirksamsten Mitteln ihre Stellung außerhalb der Zuständigkeit der Gerichte behauptet; dies Alles in überkommenem Zusammenhang sich gegenseitig bedingend und haltend. Ueberdies wird noch das öffentliche Leben durch gewisse extreme Parteien verwirrt, welche ihre Stellung theils außerhalb der Verfassung, theils sogar außerhalb des weltlichen Staates nehmen. Diesen Feinden gegenüber hat das Self-Government nicht blos unmittelbar praktischen, sondern auch hohen pädagogischen Werth. —

Die frühere, vorzugsweise französische Vorstellung, daß in der konstitutionellen Monarchie das Ministerium allein und für Alles die Verantwortung trage, weil in seiner Hand der ganze Beamten-Mechanismus nur ein todtes Werkzeug sein dürfe, ist durch die ausreichendste Erfahrung gründlich widerlegt. Man ist, im Gegentheil, in der Skepsis gar so weit gegangen, daß bei Berathung der norddeutschen Bundesverfassung das Prinzip der Ministerverantwortlichkeit von gelehrten Leuten mit einer schwer zu rechtfertigenden Gleichgültigkeit behandelt ward. Freilich bildet dieses Prinzip, wie gut es auch verklausulirt sei, immer nur eine papierene Schutzwehr, wo es nicht, wie in England, mit einem vollendeten System der unabhängigen und über die ganze Verwaltung kompetenten Gerichtsverfassung verwachsen ist. Eben weil das „Kabinet" in England kein isolirtes Erzeugniß der Paragraphenweisheit ist, sondern sich aus der ganzen Verwaltung geschichtlich herausgebildet hat, steht auch die Ministerverantwortlichkeit nicht vereinzelt und ausnahmsweise da. Schon in der Grand remoustrance von 1641 wurde sie im Prinzip gefordert, und als die Frage unter Georg III. wieder lebhaftere Diskussionen hervorrief, sprach selbst Lord North es aus: „Wo ein Rath ist, da ist auch eine Verantwortlichkeit." Seitdem die konstitutionelle Regierung in England darauf beruht, daß der König das Ministerium aus der parlamentarischen Majorität, also nach der Mehrheit des Unterhauses, bilden muß, seitdem erscheint das Institut der Ministeranklage immer überflüssiger und geräth zuletzt ganz in Vergessenheit. Aber Niemand denkt daran, es abzuschaffen. Es ist nicht die einzige konstitutionelle Einrichtung, die nicht zur Anwendung zu kommen braucht, eben weil sie für den Nothfall drohend im Hintergrunde steht. Seit Königin Anna ist kein königliches Veto eingelegt worden. Und schon seit der Revolution von 1688 ist kein einziger Fall einer Budgetverweigerung vorgekommen. Daß solche Rechte unbestritten fest stehen, erspart die Anwendung derselben; so lange sie angezweifelt werden, sind die Parteien versucht und veranlaßt, ihre Wirksamkeit zu erproben.

Die praktischen Kommentatoren des englischen Verfassungsrechts, Lord Brougham, Lord Grey, Lord Derby, Austin u. A. m. bestreiten Alle mit Energie die Ansicht, daß der König ein bloßer Automat oder die Puppe der jeweiligen Regierung und daß überhaupt das Königthum nur das Pünktchen auf dem i sei. Selbst der radikale Walter Bagehot, der metaphorisch sagt, die Königin würde ihr Todesurtheil unterschreiben, wenn es ihr von den beiden Häusern vorgelegt wäre, selbst er weist aus dem Verlauf der neuesten Geschichte die stillen, aber unläugbaren Einwirkungen der königlichen Personen nach, so wie auch, daß auf diese Art der Einwirkungen in der ganzen Organisation der Gewalten wohl gerechnet sei. Voraussetzung ist allerdings die Legalität und Loyalität der königlichen Handlungsweise und daß durch dieselbe kein Mißtrauen erweckt werde. Das Ziel der Entwickelung schien zu sein, dem Königthum die Möglichkeit der wohlthätigen Einflüsse zu belassen, die des verderblichen Eingreifens abzuschneiden. Der Unterschied zwischen dem englischen König und einem republikanischen Präsidenten liegt nicht blos äußerlich in der Erblichkeit des ersteren, sondern auch in der inneren Verschiedenheit der Funktionen. Der König hat die geringere Macht, aber das größere Ansehn. Die eigentliche Gewalt im konstitutionellen Staate steht dem Ministerpräsidenten zu, der aber auf Kündigung genommen wird, während der Präsident eines republikanischen Staates für die ganze Frist seiner Regierungsperiode eine viel weniger bedingte Macht ausübt. —

Das Verfassungsleben hat zwei verschiedene geschichtliche Phasen: die des strengen Rechtes und die der Billigkeit, die des Jus strictum und die des Jus aequum. Jene ist die Epoche des Kampfes, diese die Epoche nach vollendeter Versöhnung. So lange noch die Grundlagen des Rechtsstaates bestritten, bezweifelt und gedeutelt werden, so lange muß die Verfassungstreue auf Buchstabenstrenge fußen. Erst wenn die im Verfassungsstaate auszugleichenden Machtansprüche zu wechselseitiger Anerkennung gediehen sind, kommt das eigentliche Wesen des konstitutionellen Systems zur Geltung, welches auf der gütlichen Ausgleichung und der Billigkeit beruht. Den strengen Buchstabendienst, welchen der Engländer in jener ersten Epoche so übertrieben kultivirt hatte, wie es sich in der privatrechtlichen Jurisprudenz des Inselreiches noch gegenwärtig oft verräth, hat er in seinem öffentlichen Recht längst beseitigen dürfen. Der vorzugsweise Werth, den er auch in der politischen Praxis auf Präcedenzfälle legt, gründet sich einerseits auf die juristische Fiktion von der unvordenklichen Geltung seiner ungeschriebenen Verfassung, andrerseits auf die richtige Würdigung der Thatsache im öffentlichen Recht, wo durch jede einzelne Uebertretung des Gesetzes der Rechtsbestand selbst erschüttert wird.

Wenn eine Minoritäts- oder Konflikt-Regierung — und die erstere würde alsbald zur zweiten werden — in England zu den Unmöglichkeiten gezählt wird, so liegt die wesentliche Begründung dieses glücklichen Verhältnisses zuvörderst darin, daß es in England keine Gesellschafts-, Rang- oder Beamten-Klasse giebt, welche ein Interesse daran finden könnte, die Krone gegen

Gesetz und Recht zu unterstützen oder an deren gesetzwidriger Machterweiterung zu arbeiten, und daß der Krone selbst sowohl die Mittel, als die Versuchung zu solchen Experimenten abgehen, weil eben die Verfassung in Fleisch und Blut der Nation und aller Glieder der Nation übergegangen ist.

Die Ausgleichung hatte sich nicht blos zwischen der Krone und dem Parlament zu vollziehen, sondern auch zwischen der gesetzgebenden und der richterlichen Gewalt. Ein interessanter Fall zur Beleuchtung dieses Verhältnisses begab sich erst vor drei bis vier Jahren, als gegen die Verleger der „Times" wegen gewisser, aus den Parlamentsverhandlungen mitgetheilter Schmähungen einer Privatperson Klage erhoben ward. Der Gerichtshof von Queens-Bench entschied bei dieser Gelegenheit, daß ein wahrheitsgetreuer Parlamentsbericht nicht zum Gegenstand einer Libell-Klage gemacht werden könne. Diese Entscheidung enthielt eine Erweiterung der Volksrechte und einen neuen konstitutionellen Grundsatz, dessen Inhalt allerdings schon längst in den herrschenden Sitten und Ansichten eingebürgert war. Der Geist der Verfassung zerbrach hier die alten Schranken des positiven Rechtes in auffälliger Weise. Aber es war nicht das einzige Mal, daß Reformen und Fortschritte, die sich im allgemeinen Bewußtsein durchgesetzt hatten, auf einem solchen Umwege zur positiven Geltung kamen, als verständen sie sich in und aus der Verfassung von selbst. Nach dem Wortlaut des Gesetzes ist in England die Oeffentlichkeit der Parlamentsverhandlungen ausgeschlossen, und doch beruht jetzt alles politische Leben auf dieser Oeffentlichkeit, gegen welche sich die Parlamente früher lange gesträubt haben.

Neben dieser größten Freiheit in der Behandlung der überkommenen Gesetze besteht wieder der peinlichste Formalismus, wo er zu den Garantien der Rechtspflege oder der persönlichen Freiheit erforderlich erscheint. So sind, um das oben gegebene Beispiel nach der entgegengesetzten Richtung zu ergänzen, die Formen und Fälle, in welchen das Parlament einen Richter tadeln oder gegen ein gerichtliches Verfahren wegen Mißbrauchs Einspruch erheben darf, durch Tradition und Praxis genau vorgeschrieben und geregelt. In solchen Dingen hat jeder Neuerungsversuch zunächst die einschränkende Berufung auf Präcedenzfälle zu überwinden. Dann aber, wenn er sich als zeitgemäß und zweckentsprechend erweist, wird er möglichst unter eine schon bestehende Form gebracht.

Die Engländer haben es in früher Zeit, wie wir in später, wohl verstehen gelernt, daß den staatsrechtlichen Konflikten Machtfragen zu Grunde liegen, und daß es, wenn der mächtigere oder sich für mächtiger haltende Theil ein Recht bestreiten will, im Staatsrecht so wenig, wie im Völkerrecht, einen höchsten Gerichtshof giebt, der seinen Schiedsspruch ohne Weiteres erzwingen kann. Wie über den völkerrechtlichen Streitigkeiten der Krieg die letzte Instanz bildet, so wäre es bei staatsrechtlichen Differenzen die Revolution oder Contrerevolution, wenn nicht Zustände bestehen, welche allen Gliedern der Gesellschaft die Erhaltung der Verfassung wünschenswerth machen. Rechtssicherheit, freie Bewegung, das Blühen der Gewerbe und ein ungehinderter Austausch der Meinungen schaffen und erhalten solche Zustände. Mit zarter Sorgfalt hütet der denkende Engländer seine Verfassung. Er will kaum zugeben, daß sie verändert werden könne. So sagte Lord Camden, der große Rechtsgelehrte, daß „die Revolution des Jahres 1688 die Verfassung nur auf ihre ursprünglichen Grundsätze zurückgeführt hat.“ „Mehr that sie nicht; sie vermehrte nicht die Freiheit der Unterthanen, gab ihr aber eine bessere Sicherheit. Sie erweiterte weder, noch verengte sie das Fundament, stellte aber das Gebäude wieder her und ergänzte es vielleicht durch den einen oder andern Pfeiler.“ Dennoch ist es eine ausgemachte Sache, daß das Uebergewicht des Unterhauses erst von dieser „glorreichen" Revolution datirt. Im Jahre 1741 begab sich der erste Fall des Rücktritts eines Premierministers — des Sir Robert Walpole — wegen einer im Hause der Gemeinen erlittenen Niederlage. Und erst 1782 wurde der seitdem allgemein anerkannte Gebrauch, daß ein totaler Wechsel des gesammten Ministeriums stattzufinden habe, wenn dasselbe des Vertrauens des Unterhauses verlustig ging, an dem Ministerium des Lord North zum ersten Male zur Anwendung gebracht. So hat sich das konstitutionelle System allmälig und unter schweren Kämpfen zu seiner inneren Wahrheit entwickelt. Seit jener Zeit hat sich eine feste parlamentarische Praxis ausgebildet, deren Logik dazu führt, daß von 1854 an das Unterhaus für jede, auch vereinzelte, Personenveränderung im Kabinet eine Darlegung der bestimmenden Motive zu erwarten und zu fordern berechtigt ist. Von einer solchen, einmal konstituirten Rechtssitte kann nachher nicht mehr abgewichen werden.

Auch die Stellung des Monarchen zu dem parlamentarischen Ministerium ist eine geschichtlich gewordene, deren letzte Festsetzungen der Neuzeit angehören. Denn die sogenante Bedchamber-Question, nehmlich die Frage, ob der Monarch seinen Hofstaat nach Farbe und Vorschlag des Ministeriums zu modifiziren habe, sowohl in den achtziger Jahren des vorigen Jahrhunderts, wie 1812 angeregt, ohne zum rechten Austrag zu kommen, ist erst 1841, zwischen Königin Viktoria und Lord Melbourne, endgültig zu Gunsten des Ministeriums entschieden worden. Wie lange dauerte es, bis die königlichen Pensionsverleihungen der parlamentarischen Kontrole unterzogen wurden, und bis das Parlament den offenbaren Mißbrauch der weltlichen, kirchlichen, militärischen und kolonialen Patronage vollständig seiner Kompetenz zu unterwerfen vermochte!

Nachdem das Unterhaus den Staat von solchen Auswüchsen,

unter deren Einfluß es theilweise doch selber stand, schrittweise und stückweise gesäubert hatte, mußte es daran gehen, sich selber zu reformiren. Die Wahlreform von 1832 übertrug den politischen Einfluß auf weitere Schichten der Bevölkerung und betheiligte die Mittelklassen in stärkerem Maaße. Die bange Fürsorge für das alte Fundament der politischen Größe verführte damals Männer, wie Lord John Russell, zu dem fruchtlosen Versuche, der zukünftigen Entwickelung den Riegel der „Finalität" vorzuschieben, obgleich doch die damalige Reform das Gepräge der Halbheit gar deutlich an sich trug. Dieses Gepräge der Halbheit wurde auch zur Zeit von den Anhängern nicht abgeleugnet; es entsprach vielmehr der ächt englischen Scheu vor rein prinzipiellen Lösungen, welche mit dem Bestehenden allzu radikal zu brechen scheinen. Da ein Menschenalter später, in denselben Kreisen, mit größeren oder geringeren Vorbehalten, an der weiteren Ausdehnung des Wahlrechtes gearbeitet ward, erklärten die konservativen Verfassungsfreunde jeden neuen Versuch für einen „Sprung im Dunklen", und jetzt rühmen sie es der ersten Wahlreform nach, sie habe doch die alten Grundlagen bestehen lassen, so daß das Unterhaus die Elemente der Autorität, der Stabilität und des Fortschritts enthalte und vertrete. Nach dieser, von der organischen Natur des (englischen) Staates ausgehenden Begriffsbestimmung ist das Stimmrecht kein persönliches Recht, sondern ein Amt, gleichsam ein Auftrag, von Dem auszuführen, der dazu am besten befähigt ist. Mit dieser, auf die Beschränkung des Wahlrechts ausgehenden, Auffassung hätten die Konservativen leichtes Spiel, wenn das allgemeine Stimmrecht nur von den Anhängern des Rousseau'schen Sozialkontraktes gefordert würde, wenn es nicht vielmehr der Abschluß einer unaufhaltsamen Entwickelung wäre, unter deren Gesetzen auch England steht.

Jedenfalls ist seit 1832 mancher Widersacher durch das

berühmte „It works well" bekehrt und mancher Saulus zum Paulus geworden. Der gewöhnliche Verlauf der englischen Reformen, daß nehmlich die Konservativen das liberale Programm ausführen*) und dann einem liberalen Ministerium den Platz räumen, hat sich auch diesmal bewährt.

Je gesünder die gesellschaftlichen Zustände eines Landes sind, desto weniger werden die Resultate der verschiedenen Wahlsysteme unter einander verschieden sein, desto weniger kommt es auf die Art der Wahl an. Wo aber die gesellschaftlichen Klassen einander feindlich bedrohen, wo die Aristokratie ihre Interessenvertretung, die Demagogie ihren Klassenkampf, die Pfaffenherrschaft ihre Massenverdummung mit einigem Erfolge betreiben kann, da spielt eben der Kampf schon in der Frage des Wahlrechts vor dessen Einführung und Ausübung mit; aber der Sieg, welcher Art er auch sei, bringt da schwerlich den Frieden. Aber auch, wo nicht das Schlimmste zu befürchten ist, muß die Wachsamkeit der denkenden Politiker um so schärfer sein, je breiter der Strom des Wahlrechts fließt. Diese Einsicht fehlt den Engländern nicht und entschuldigt vielfach ihren zähen Konservatismus. Lange vor der ersten Reformbill hatten sie schon die Erfahrung gemacht, daß das direkte Wahlrecht in den großen Wahlkreisen oft Leute ohne politischen Charakter in das Haus brachte, während hervorragende Kapazitäten darauf angewiesen waren, sich durch einen vornehmen Grundherrn ihrer Partei in diesem oder jenem verrotteten Burgflecken (darum auch nomination-borough genannt) wählen zu lassen. Damals standen sich zwei fest gegliederte Parteien gegenüber. Wo das Parteileben in Auflösung ist, wo Kandidaten ohne bestimmte und allgemein bekannte Farbe auftreten können, da bieten die größeren

*) Damit hängt allerdings auch das prinziplose Flickwerk der Ausführungen meistens zusammen.

Wählermassen noch erheblichere Gefahren. Todd als Lobpreiser der Vergangenheit, sagt von den verrotteten Wahlflecken: „Sie haben, wenn auch nicht gerade in regelrechter Weise, dazu beigetragen, das Gleichgewicht der Gewalt zwischen den verschiedenen Faktoren des Parlaments zu erhalten. Fast ohne Ausnahme verdanken alle unsere Staatsminister und hervorragenden Politiker ihre Sitze den kleinen Wahlflecken. Selbst wenn sie im Stande waren, über einen Grafschaftswahlbezirk zu verfügen, zogen sie meist den kleinen Wahlflecken vor, weil sie dadurch mehr den unaufhörlichen Ansprüchen ihrer Wähler an ihre Zeit und Aufmerksamkeit entgingen.“ Es ist bekannt, daß früher etwa 31 Adelsfamilien ein Viertel des ganzen Unterhauses gestellt haben, allein, der früher herrschenden Ueberzeugung gemäß, beruhte auch das eigentliche Wesen der konstitutionellen Monarchie auf der Herrschaft des Besitzes. Früher haben auch Lord John Russel, Lord Palmerston, Sir Robert Peel und Andere von dem „herkömmlichen und angemessenen Einfluß des Grundbesitzes auf die Wahl der Gemeinen“ gesprochen. Die geschichtliche Entwickelung ist hierin, wie anderweitig, den staatsrechtlichen Theorien vorangeeilt und hat die Doktrin weit hinter sich gelassen. Schritt für Schritt mindert sich der Einfluß der Aristokratie in England. Auch die Angst vor dem erweiterten Stimmrecht schwindet. Dagegen hat die zwar ehrenwerthe, aber überflüssige Fürsorge, die Minoritäten nicht mundtodt werden zu lassen, in letzter Zeit einige unpraktische Wahlsystem-Projekte (von Hare, Stuart Mill und Anderen) und auch eine unpassende Klausel zum neuesten Wahlgesetz hervorgerufen.

Das engere Wahlrecht wurde in England vertheidigt, wie alle Mißbräuche, mit dem Lob des Bestehenden, mit der Furcht vor dem Ungewissen. So waren auch die Patronatsrechte der Peerage vertheidigt worden. Weil das beschränkte Wahlrecht die Bestechlichkeit erleichtert, wurde selbst die Bestechung als

Verfassungsmoment in Schutz genommen. Die wichtigen Forderungen des politischen und sittlichen Bewußtseins der Massen überwogen schließlich. Niemand vertritt noch ernsthaft den Satz, daß die konstitutionelle Monarchie eine starke Dosis von Korruption vertragen könne oder gar gebrauche. Die neuen, mehr prinzipiellen Parteien, welche sich seit der ersten Reformakte allmälig auf den Trümmern der alten Adelskoterien bilden, nehmen es an sich schon mit der politischen Moral und Ueberzeugungstreue etwas genauer, und lange vor der Korruption bei den Wahlen hat die Korruption im Hause abgenommen.

Eine Schwierigkeit, die auf dem Kontinente meistentheils obwaltet, kennen die Engländer nicht, den Gegensatz von Stadt und Land. Die politische Bildung ist darum dort gleichmäßiger vertheilt. Auch der ältere Gegensatz zwischen Immobiliarwirthschaft und Kapitalismus, der in unserer Geschichte den Kampf zwischen Feudalständen und Censuswahlen hervortrieb, war in der englischen Geschichte zu unmerklichen Uebergängen verwischt. Die großen Parteien trugen in ihrer geschichtlichen Entwickelung mehr zur Ueberwindung dieser Gegensätze bei, als zu deren Fixirung, obgleich das Letztere oft irrthümlicherweise angenommen zu werden pflegt.

So weit wir die Lebensbedingungen des Konstitutionalismus aus der Erfahrung überschauend beurtheilen können, steht eine starke und rein politische Parteibildung unter denselben in erster Reihe. Ein Parteileben, das auf wechselseitiger Achtung beruht, wird auch eine gemäßigte und versöhnliche Ausgleichung der konstitutionellen Befugnisse herbeiführen. Gute Gesetze dürfen zwar nicht den Stempel des Kompromisses an sich tragen, aber sie entstehen doch mehr oder weniger auf dem Wege des Ausgleiches. Nur wenn die Machtfragen, hinter welchen sich die Kulturfragen verbergen, im allgemeinen Bewußtsein auch als Kultur-Interessen aufgefaßt und von den Parteien als solche behandelt werden, ist die Zukunft des konstitutionellen Systems gesichert.

www.ingramcontent.com/pod-product-compliance
Lightning Source LLC
Chambersburg PA
CBHW030629030726
47497CB00006B/1706
9783743300491